61에 관한 연구:

소세키와 런던 미라 살인사건

A Study in 61:

Soseki and the Mummy Murder Case in London

SOSEKI TO LONDON MIIRA SATSUJINJIKEN

© SOJI SHIMADA 2009

Originally published in Japan in 2009 by KOBUNSHA CO., LTD.
Korean translation rights arranged through TOHAN CORPORATION,
TOKYO, and BOOKPOST AGENCY, SEOUL

Korean translation copyright © 2012 by DoDream Publishing Co.

나쓰메 소세키와

런던 미라 살인사건

시마다 소지 지음
김소영 옮김

도서출판 두드림

슐록 홈즈 그리고

픽록 홈즈,

또한 루폭 홈즈와

스테이틀리 홈즈

및

모든 셜로키언에게 이 글을 바친다.*

* 이들은 전 세계의 다양한 셜록 홈즈 패스티시 소설에 등장하는 탐정들이다.

패스티시Pastiche는 특정한 작품으로부터 내용이나 양식을 빌려 온 모방 작품을 일컫는다. 풍자가 목적인 패러디와 달리 셜록 홈즈 패스티시는 원작에 대한 존경과 애정을 표현하기 위해 원작을 모방한다.

셜록 홈즈Schlock Homes는 미스터리 단편으로 유명한 미국 작가 로버트 L. 피쉬Robert L. Fish(1912~1981)가 탄생시킨 탐정이다. 그가 등장하는 소설은 전부 단편으로 그 수가 무려 32편에 이른다. 셜록 홈즈는 왓슨 대신 닥터 와트니와 함께 베이커 스트리트가 아닌 베이글 스트리트Bagel Street를 배경으로 활약한다. 픽록 홈즈Picklock Holes는 영국 작가 R. C. 레만Lehman(1856~1929)이, 루폭 올메스Loufock Holmes는 프랑스 작가 피에르 앙리 카미Pierre Louis Adrien Charles Henry Cami(1884~1958)가, 스테이틀리 홈즈Stately Homes는 미국 작가 아서 포지스Arthur Porges(1915~2006)가 탄생시킨 탐정들이다.

그들은 각자의 고향과 개성에 따라 다른 성姓을 쓰고 있지만, 시마다 소지는 이들이 모두 홈즈의 유산이라는 점에서 그들의 성을 전부 홈즈로 통일하고 있다.

차례

일러두기

• 《나쓰메 소세키와 런던 미라 살인사건》의 초판은 1984년 슈에이샤에서 발간되었다. 한국어판은 2009년 고분샤에서 발간한 완전개정 총루비판을 번역한 것이다.
• ( ) 안은 저자 주, | |안은 옮긴이 주이다.

머리말

세상에 발표된 '셜록 홈즈 모험담'은 장단편을 합쳐 딱 60편이다. 하지만 사람들은 세상에 공개되지 않은 왓슨의 수기가 이 외에도 더 존재할 것으로 추측해 왔다.

아니나 다를까 1984년 4월 1일, 런던에 사는 M. 파이슨의 저택 헛간에서 왓슨의 것으로 짐작되는 미발표 원고가 발견된 일은 아직도 기억에 생생하다. M. 파이슨은 1900년 당시 채링크로스에 있던 녹스 은행의 은행장 K. 파이슨의 손자다.

이 흥미진진한 원고를 런던의 한 각별한 지인에게서 입수한 나는, 역시 발표되지 않은 채 도쿄 국회도서관에 잠들어 있던 나쓰메 소세키의 〈런던 비망록〉과 엮어 대중에 당당히 발표하는 영광을 얻었다. 따라서 이 책은 소세키 학자 및 홈즈 연구자는 물론 영국 문학사와 서구역사에 흥미가 있는 분들에게 갈망의 대상이 되어, 오랫동안 귀중한 자료로 후세에 남으리라 예상한다. 한 집에 한 권, 반드시 갖춰두길 바란다.

또한 이 책에 적혀 있는 내용은 철저한 사실이니 수험생들에게도 한번 읽어보기를 권한다. 단, 소세키의 수기는 젊은 독자들을 위해 옛 표기를 새로운 표기법으로 고쳤다. 한자 일부는 가나ㅣ일본 고유의 글자ㅣ로 고치기도 했다.

나쓰메 소세키(당시 이름은 긴노스케)는 서력 1900년(메이지 33년)부터 2년 동안 영국에 체류하면서, 매주 화요일마다 셰익스피어 수업을 받으러 베이커 스트리트에 갔다. 그리고 역사적 사실만 보아도 그가 마음속에 고민을 품고 하루하루 고통에 몸부림쳤으며 뭔가를 두려워해 온 런던 시내의 하숙집을 전전했다는 것은 명백하다. 하숙집에서 혼자 울며 지내다 정신에 병을 얻어 귀국선을 타지 못한 일까지 있었다고 한다. 지금까지는 확실히 알 수 없었던 그 이유가 이 자료로써 분명해졌다.

이렇게 고통으로 신음하던 런던 시민이 매주 베이커 스트리트에 발을 들이면서도, 같은 해 〈여섯 개의 나폴레옹 석고상〉 사건 등으로 이름을 떨치던 셜록 홈즈와 상담하지 않았다고 주장하는 역사가가 있다면, 그것이야말로 상식에서 벗어났다고 해야 할 것이다.

진작부터 이렇게 주장해온 필자는 이번에 발견된 자료가 필자의 주장을 뒷받침해주어 몹시 만족한다.

　또한 독자들은 본문 중 주로 소세키 쪽 수기에서, 후세에 초인으로만 알려진 홈즈가 베이커 스트리트의 이웃 사이에서 어떤 대우를 받고 있었는지에 대한 뜻밖의 사실을 발견하게 될 것이다.

　다만 처음 만났을 때 홈즈에게 호되게 놀림 받은 소세키가 이를 꽁하게 속에 담고, 적어도 초반까지는 홈즈를 실제보다 다소 칠칠치 못한 인물로 묘사하려던 것처럼 생각된다 하더라도 그것은 어디까지나 읽는 사람 마음이다.

시마다 소지

20세기 초 런던 시내 지도

세인트바솔로뮤 병원
뉴게이트 감옥
세인트폴 대성당
플리트 스트리트
워털루 교
템스 강
런던 교
웨스트 민스터 교

철 도
지하철 (순환선)

0   500m

N

01

한때 바다 건너 영국에서 생활한 적이 있다. 유학기간은 2년 정도였다.

메이지 33년 | 1900년 | 10월 28일 일요일이었다. 후지시로 데이스케와 하가 야이치 등 독일 유학 팀과는 이미 파리에서 헤어졌기 때문에, 나는 달랑 혼자 남아 불안한 감정과 싸우며 영불해협을 건너왔다. 낯선 땅에서 간신히 런던에 도착한 것은 오후 7시쯤이었다.

무척 추운 해였다. 지금도 생생히 기억하고 있다. 늦가을의 북국北國이다 보니 해는 이미 꼴딱 저문 가운데 마치 한밤의 연회 중인가 싶을 정도로 온 거리에 실크해트를 쓴 남자들이 오갔고 이륜마차가 바퀴 소리 요란하게 지나갔다.

처음에는 서양인마다 실크해트를 쓰고 있어서 많이 놀랐다. 귀족부터 굴뚝청소부에 이르기까지 너나 할 것 없이 죄 이 모자를 쓰고 있다. 언젠가 나에게 1페니만 달라고 구걸하던 뒷골목 거지마저도 실크해트를 쓰고 있었다.

여자들은 머리에 군함을 얹은 것처럼 장식이 치렁치렁해 무거워 보이는 모자를 애용하고, 길바닥을 쓸고 다닐 정도로 긴 치마를 입었다. 얼굴 앞에 망사를 늘어뜨린 숙녀도 있었는데 마치 가쿠베지시ㅣ아이들이 추는 일본의 전통 사자춤. 머리에 닭의 깃털로 만든 사자 머리 모양 장식을 단다ㅣ같다. 나는 처음에 저 망사가 모기장 비슷한 노릇을 하는 건가 싶었다. 그런데 웬걸, 이것이 최신 유행인 모양이다.

런던의 안개에도 기함했다. 소문보다 더했다. 길 하나만 사이에 두면 건너편은 잘 보이지도 않는다. 이 정도일 줄은 몰랐다. 마치 연기 같았다. 빅토리아 역 안에 서 있으면 어스레한 가스등 불빛이 비친 처마 밑으로 안개가 뭉게뭉게 흘러드는 모습이 보였다.

나는 우선 고워 스트리트에 있는 하숙집에 짐을 풀고 동양 끝에서 올라온 촌뜨기답게 한동안 지도에 의지해 명소와 유적들을 샅샅이 찾아다녔다.

그 땅에서 뼈저리게 느낀 것은 내 키가 기형적일 정도로 작고 피부가 심하게 노랗다는 것이었다. 황인종이라, 말도 참 잘 지었지, 정말이지 노랗다. 그 땅에서 살아보니 내 피부색에 희한한 감회를 느끼게 됐다.

키는 작아도 너무 작아 기막혔다. 여자도 나보다 키 작은 사람이 얼마 없다. 남자들은 뭐, 마치 2층에 머리가 얹혀 있는 것 같은 느낌이다. 나는 처마 밑을 살금살금 걷는 기분으로 그들을 지나친다.

맞은편에서 체격이 작은 남자가 걸어오는 모습을 보면, 저 정도면 나만 하거나 어쩌면 나보다 작을지도 모르겠다며 기대를 한다. 하지만 옆에 와보면 역시 나보다 크다. 나는 런던 거리를 돌아다니며 언젠가부터 그런 생각들만 하게 됐다. 그러는 차에, 이번에는 정말로 이상한 난쟁이가 보인다. 저 정도면 나보다 확실히 작겠다 싶어서 용기백배해 다가가 보면 유리에 비친 나였다.

이렇게 나는, 이 땅에 와서 문명이고 자시고 내 키가 작다는 사실만 뼈아프도록 깨달았다. 거구들 사이를 돌아다니고 싶지 않아서 외출을 자제할까 생각했을 정도다. 이렇게 거구들만 있는 나라에 오면 작은 체구로는 정말 괴롭다. 나는 태어나 처음으로 이런 기분을 맛봤다.

고워 스트리트의 하숙집에서는 얼마 있지 않아 나왔다. 다 그렇다 치더라도, 눈이 튀어나올 정도로 하숙비가 비쌌기 때문이다. 이곳의 하숙비를 일본 돈으로 환산해 보면, 한 주에 40엔이 넘는다. 이것이 일주일치다. 도쿄 같으면 40엔은 한 달 하숙비 정도가 아니라 성인 남자의 두 달 치 월급이다. 이 돈이 생으로 일주일 만에 사라지는 것이다. 서양에 있으면 손이 떨릴 정도로 돈이 많이 들긴 하지만 이건 해도 너무한다. 더 저렴한 집을 서둘러 구해야 했다.

그렇게 해서 두 번째 하숙집으로 정한 곳이 런던의 북쪽, 웨스트 햄스테드에 있는 프라이어리 로드의 고지대였다. 나무에 둘러싸인, 붉은색 벽돌로 지은 단독주택으로 굉장히 산뜻한 분위기다. 그런데 하숙비는 주에 2파운드. 일본 돈으로 치면 24엔. 고워 스트리트 하숙집보다는 많이 싸지만, 그래도 비싸다.

집의 겉모습이 마음에 들어서 냉큼 하숙집으로 정했지만, 막상 방에 짐을 풀기 시작하자 순식간에 후회가 밀려왔다. 집이 어딘가 음침했던 것이다.

먼저 여주인의 생김새부터가 음침했다. 눈은 푹 꺼지고 코도 움푹 들어가 있는 데다 얼핏 봐서는 나이가 가늠되지 않을 정도로 성을 초월해 있다. 좀처럼 웃지 않는 게 전체적인 인상이 어딘가 료안지 마당에 자리 잡고 앉은 바위 같은 느낌이다.

이 집에서 일하는 아그네스라는 열서넛쯤 되는 소녀가 있는데 이 소녀도 여주인 뺨치게 음침했다. 언제 봐도 창백한 얼굴에 마른 나뭇가지처럼 야윈 팔로 무거운 석탄 양동이를 끌듯이 옮긴다. 나는 이 소녀의 웃는 얼굴 역시 끝내 한 번도 보지 못했다.

내가 프라이어리 로드의 하숙집으로 옮긴 날은 11월 12일 월요일이었다. 대충 정리를 끝낸 다음 날, 창을 열어보니 무려 눈이 내리고 있었다. 아침 식사 때 내가 놀라서 창을 가리키며,

"이게 뭔가요?"

하고 여주인에게 묻자,

"눈이겠죠. 소금 같지는 않으니."

라고 대답하고는 토스트를 입에 물었다.

기분이 축축 처지는 하숙집이기는 했지만 가끔 얼굴을 보이는, 여주인의 남편으로 짐작되는 40대 남자만큼은 혈색도 좋고 붙임성도 있었다.

12월, 그러니까 그게 아마 2일이었던 것으로 기억한다. 사흘 전에 일찌감치 쌓인 눈이 여전히 창밖으로 보이는 추운 아침이었다. 아침 먹으라는 소리에 아래층 홀로 내려가자 앞서 말한 남자가 신문을 읽고 있었다.

나를 본 그가 불그레한 얼굴을 들고 말했다.

"당신, 신문은 읽을 줄 아시려나?"

물론이라고 답하며 끄덕이자 이 광고를 한번 보라면서 펼쳐져 있던 데일리 텔레그래프의 광고란을 손가락으로 가리켰다. 들여다보니 이런 내용이 적혀 있었다.

'어제 유스턴 역에서 기절하신 부인께. 저는 부인을 안아 일으킨 사람입니다만, 그때부터 제 틀니가 보이지 않습니다. 만약 실수로 가져가셨다면 조속히 기별을 주셨으면 합니다.' 어쩌고저쩌고.

다 읽고 나니 웃을 수밖에 없었다. 주인장은 어때요, 광고 한 번 특이하지요? 하고 우쭐대며 말했다. 이어서 대체 이 남자는 안아 일으킬 때 뭘 어떻게 안아 일으킨 걸까요, 하고 말하더니,

"이 석 줄 광고가 매일 아침마다 날 즐겁게 해주는데 오늘 아침은 특별히 더하네. 지금 이 남자는 아침도 못 먹고 기다리고 있을 거 아닙니까. 이가 없으니까!"

그렇게 말하면서 또 한바탕 웃었다. 그런 다음,

"어떻습니까, 당신네 나라 신문은. 이런 광고가 실립니까?"

하고 묻기에 아니, 훨씬 지루하다고 대답하자,

"그거 안타깝군요. 우리나라 신문은 지루할 틈을 안 주거든. 여기 이 옆 광고를 보세요. 이게 또 참 특이한데."

그렇게 말하고는 다음 문장을 소리 내어 읽었다.

"어디 보자, '몸이 마르고 수염이 붉은 신사 찾음'이라. '마르면 마를수록 좋음' 이래놨네. '키는 5피트 9인치 정도. 연기 경험이 있거나 자신이 연기를 잘한다고 믿는 30대 신사. 2백 파운드 지급 의사 있음'. 이 친구 돈을 물 쓰듯 쓰네. 나쓰메 씨, 2백 파운드랍니다."

그러더니 묻지도 않았는데 자신은 학생 때 취미로 연극을 했다며 떠들어대기 시작했다. 나는 성가셔서 설렁설렁 들어 넘겼다.

그날 밤의 일이었다. 겨우 외국 생활에 익숙해지기 시작한 내 안도감을 단박에 뒤집어엎는 사건이 일어났다.

어둠 속에서 문득 눈이 떠졌다. 베개 밑에서 니켈 시계를 꺼

내어 보니 이제 겨우 10시가 넘은 시간이었다. 해가 저물고도 꽤 한참 동안 글을 쓰다 잠들었기 때문에 한밤중이 진작 지났을 줄 알았는데 겨우 이 시간이었다. 이 땅의 겨울은 마치 하루 종일 밤 같다는 인상을 준다.

깜박하고 커튼을 치지 않은 돌출창 너머 어둠 속에서 나뭇가지 끝이 윙윙 소리를 내고 있다. 어딘가 멀리서 떠돌이 개가 짖는 소리가 들린다.

그러다 또 깜박깜박 잠이 오기 시작했을 때, 나는 수상한 소리를 들은 것 같았다. 뭔가 탁하고 터지는 듯한 소리였다. 가만히 귀를 기울이고 있자니 꽤 오랜 간격을 두고 또, 한 번 두 번 소리가 났다. 처음에는 아주 작았지만 점점 커지는 것 같은 기분이 들었다. 소리 하나 없는 고요한 밤이다 보니 이 이상한 소리는 온 방 안에 메아리칠 정도로 크게 느껴졌다. 내 심장도 점점 평화를 잃어갔다. 대체 뭔가 싶어서 한쪽 팔꿈치를 짚고 이부자리에서 살짝 몸을 일으켰다.

물론 아무것도 보이지 않는다. 무슨 소리인지 통 알 길이 없다. 짐작도 가지 않는다. 창 밖에는 변함없이 살풍경한 어둠이 깔려 있고 이따금 개 짖는 소리만 들릴 뿐이다.

마침내 소리가 그쳤다. 나는 그 뒤로도 한참을 같은 자세로 있다가 결국 다 바보 같다는 생각이 들어서 그냥 자 버렸다.

그날 밤은 그것으로 그쳤다. 그런데 이상한 소리는 그 뒤로도 자주 들렸다. 매일 밤은 아니었지만 거의 하루걸러 한 번이었다. 런던대학에서 청강하며 낯을 익힌 커 교수의 소개로, 베이커 스트리트에 사는 크레이그라고 하는 사옹(셰익스피어의 한자식 표기) 학자의 집에 화요일마다 셰익스피어 수업을 들으러 다니게 된 후로도 전혀 그칠 기색이 없었다.

결국 섬뜩해진 나는 하숙집 아저씨를 붙들고 넌지시 물어봤다. 그런데 그는 아는 게 전혀 없다고 했다. 무뚝뚝한 여주인에게도 물어볼까 했지만 대답은 들으나 마나일 게 뻔해서 그만뒀다.

오늘은 그치겠지, 그치겠지, 생각하며 매일 밤 자리에 누웠다. 하지만 소리는 그치기는커녕 점점 더 심해졌다. 어느 날 밤에는 어둠을 울리며 뭔가가 숨 쉬는 듯한 소리까지 들려왔다. 그런가 싶더니 다음 날 밤에는 숨소리가 아예 말소리로 변했다.

"나가……. 이 집에서 나가……."

속삭이는 듯한 목소리가 긴 간격을 두고 분명 그렇게 반복하고 있었다.

내장 밑바닥에서부터 짜내는 듯한 어둡고 무거운 목소리였다. 이제 의심하고 말고 할 것도 없다. 이건 망령이다. 나는 어둠 속에서 벌벌 떨었다.

목소리는 다음 날 밤에도, 그다음 날 밤에도 들려왔다. 어둠 속에서 나는 무의식중에 두 손을 모으고 나무아미타불을 외웠다. 내일은 꼭 이 집에서 나갈 테니 제발 오늘 밤까지는 봐달라고 일본어로 부탁했다.

그런데 날만 새면 매번, 왠지 기운이 나서 이런 일로 이사를 하다니 바보 같다는 생각이 들었다.

그러는 사이 유령도 밤이면 밤마다 나가, 나가, 하고 똑같은 소리만 하는 데 싫증이 났는지 노래를 부르기 시작했다. '말이여, 밤색 꼬리를 말아라' 라는 이 땅의 오래된 민요였는데 대충 가사가 이랬다.

말이여 콧구멍을 크게 벌리고
커다랗고 하얀 숨을 내쉬어라
앞다리 뒷다리 번갈아 내밀어
견공 따위에게 질쏘냐
집에 도착하면 꼬리를 말고
한번 크게 히히힝 울어라

뭐, 대충 이런 가사인데 망령은 노래할 때마다 '견공' 부분을 '토끼'로 했다가 '족제비'로 바꿨다가 했다. 아무래도 유령 녀석이 가사를 제대로 외우지 못한 모양이었다.

나는 이 타국의 도시 사정에 어두운 데다 외국인이 계속해서 새 하숙집을 찾는다는 게 보통 일이 아님을 경험으로 알고 있었기 때문에, 우선 베이커 스트리트의 크레이그 선생에게 은근 슬쩍 부탁해 보기로 했다.

수업이 끝난 뒤, 새 하숙집을 찾을 때까지 잠깐 선생 댁에 머물 수 없겠느냐고 슬쩍 물어보자 선생은 곧바로 무릎을 탁 치고는(스승의 버릇이다) 당장 우리 집을 구경시켜줄 테니 따라오라고 했다. 그러더니 식당에서부터 하녀 방, 부엌까지 죄 데리고 다니며 보여줬다. 선생의 집은 4층 다락의 한 모퉁이라 애초에 넓을 수가 없었다. 2~3분 구경하니 끝이었다. 제자리로 돌아왔을 때, 보다시피 좁은 집이라 자네가 있을 곳은 없네, 하며 선생이 거절할 줄 알았는데 뜬금없이 휘트먼 이야기를 꺼냈다. 보아하니 휘트먼에게도 이렇게 집을 구경시켜준 모양이었다.

옛날에 월트 휘트먼 | 미국의 시인, 수필가, 기자 | 이 한동안 우리 집에서 지냈다. 나는 그때 처음으로 그의 시를 읽었다. 그때만 해도 성공할 인물이라는 생각은 전혀 못 했는데 몇 편 계속 읽다 보니 점점 재미있어졌고, 결국에는 엄청나게 애독하게 되었다……. 이렇게 떠벌리는 사이 선생은 자신이 처음에 무슨 이야기를 하려 했었는지 까맣게 잊어버리고 말았다. 급기야는 그때 셸리인가 하는 사람이 누구랑 싸움이 붙었는데 어떤 이유가 있건 싸움은 결코 바람직하지 않다, 나는 두 사람 다 좋아했으니까, 하는 식으로 도대체 무슨 소리인지 모를 이야기로 뻗어 나가게 되면서 내가 이 집에 머물러도 좋은가 따위는 영원히 어딘가로 날아가 버렸다. 나도 더는 말을 꺼내지 않았다.

결국 할 수 없이 나는 하숙집을 찾아 캠버웰 근방을 혼자 돌아다녔다.

캠버웰은 템스 강을 따라 하층노동자가 많이 사는 지역이다. 이 근처는 허름한 하숙집들이 늘 하숙생을 구하고 있다. 하지만 이 지역 한복판에 살자니 아무래도 불안해서 옆 동네인 플로든 로드를 찾아 걸음을 옮겼다.

그러자 별 고생 없이 금세 적당한 집을 찾았다. 벽돌로 된 근사한 건물로 원래는 사립학교였다고 한다. 하숙비는 주에 25실링. |1파운드는 20실링| 대단히 싸다. 전에 있던 곳의 거의 반이다.

하지만 싼 만큼 안내 받은 방은 아주 보잘것없었다. 천장에는 가로세로로 금이 가 있어 굉장히 음울하다. 창문의 여닫이 상태도 더할 수 없이 안 좋다. 외풍이 아주 술술 들어온다. 밤에 허리께가 견딜 수 없을 만큼 차가워질 때면, 정말로 유리가 끼워져 있는지 손으로 확인해보고 싶어질 지경이다.

난로 역시 형편없는 물건이다. 북풍이 세차던 어느 날, 난로 아궁이 앞에서 웅크린 자세로 책을 읽고 있는데 난로 연기가 바람에 밀려 방으로 역류하는 바람에 내 얼굴은 검댕으로 시커메졌다.

그래도 망령 때문에 고생하지 않아도 되니 천국이었다. 가난한 하숙생활이기는 하지만 이 집에서 한동안 만족스러운 생활을 했다.

마침내 크리스마스가 되었다. 이날은 일본으로 치면 설날처럼 굉장히 중요한 날이라고 한다. 푸른 호랑가시나무로 실내를 장식하고 가족들 모두 본가에 모여 만찬을 즐긴다. 나도 하숙집 여주인 자매 덕분에 오리 요리를 얻어먹었다.

이 집의 여주인들은 전의 하숙집 여주인과 달리 아주 명랑하다. 사실 좀 지나치다 싶을 정도인데 그중에서도 언니가 더 말이 많고 때로는 건방지기까지 하다.

영문학 전문가를 앞혀놓고 '스트로'라는 단어를 아느냐, '터널'은 쓸 줄 아느냐고 묻는다. 무슨 유치원생을 대하는 투다. 하지만 그런 부분만 빼면 사람은 나쁘지 않다. 대체로 친절하다.

밤이 늦어져 내가 방으로 물러나자 잠시 뒤에는 사람들도 모두 잠자리에 든 것 같았다. 나는 글을 쓰던 펜을 놓고 침대에 들어갔다. 창밖의 런던 거리는 온통 눈으로 뒤덮여 있었고, 생각보다 조용했다. 크리스마스 날 밤에는 밤새도록 떠들어대는 사람들도 있다고 들었는데 이 동네는 그렇지도 않았다.

그때, 나는 거품 터지는 듯한 소리를 다시 들었다.

그날 밤에는 그 소리만 들렸으나, 예상했던 대로 다음 날 밤에는 숨소리가 들리기 시작했고, 사나흘쯤 지나자 역시 나가, 이 집에서 나가, 라고 말하는 것처럼 속삭이는 목소리로 바뀌었다. 그 원령의 목소리는 해가 바뀌어 메이지 34년이 되었어도 이삼일 걸러, 혹은 사나흘 간격을 두고 계속되었다.

빅토리아 여왕이 죽자, 2월 2일에 거국적인 장례식이 치러졌다. 나는 하숙집 여주인들과 함께 하이드 공원까지 장례행렬을 구경하러 갔는데 이 무렵 내 정신 상태는 이미 정상이 아니었다. 온 도시가 음울해서 견딜 수가 없었다. 진심으로 일본이 그리웠다.

2월 5일 화요일의 일이다. 크레이그 선생이 강의 중인 햄릿이 마침 아버지의 원령과 만나는 장면에 접어들었다. 잘됐다 싶어서 나는 수업을 끝내고 돌아갈 준비를 한 다음에 영국에는 망령이 실제로 있더군요, 하고 선생에게 진지하게 이야기를 꺼냈다. 고민을 털어놓고 싶었던 것이다. 선생은 온 얼굴을 지저분하게 뒤덮고 있는 희끗희끗한 수염을 우물우물 움직이며 입을 다물고 있었다. 코안경 너머의 눈이 영문을 모르겠다는 듯 멍했다. 무슨 말인지 이해가 되지 않는 모양이었다.

그래서 나는 프라이어리 로드의 하숙집에서부터 시작해 차례대로 내가 겪은 망령 이야기를 들려줬다. 도저히 견딜 수 없어서 플로든 로드로 옮겨 왔는데 망령은 여기까지 따라와 나가, 나가, 하고 반복한다. 그러다 막판에는 잘 부르지도 못하는 노래까지 부른다, 망령은 내가 아주 마음에 쏙 드는 모양이다. 그런데 이 정도면 나가라는 말은 집에서가 아니라 이 나라에서 나가라는 뜻이 아닐까. 나는 이 나라에 친구도 없고 의논할 사람도 없는데 정말이지 어찌할 바를 모르겠다고 선생에게 하소연했다.

"그런 이야기는 처음 들어봤는데."

크레이그 선생은 말했다. 그렇게 말한 다음 코안경을 벗어 잠옷처럼 생긴 플란넬 소맷부리에 박박 문지르고는 다시 살집이 두툼한 코 위에 걸쳤다.

나는 꽤 오랫동안 영국에서 살아왔지만(선생은 아일랜드인이다) 그런 이상한 경험은 한 번도 해본 적이 없고, 친구가 겪어봤다는 이야기도 들어보지 못했다. 선생은 그렇게 말을 이은 다음 두 손을 허벅지 사이에 끼운 채 신기한 생물이라도 보는 듯한 눈으로 나를 가만히 바라봤다.

나는 그 말이 아주 불만이었다. 영국에 온 뒤로 망령을 보지 않은 밤이 더 적은 형편이다. 영국에는 그런 것들이 득시글대서 영국인 대부분이 그런 경험을 하고 있는 줄 알았다.

그때 선생이 또 탁, 하고 무릎을 쳤다. 그리고 말했다.

"그래서야 곤란하겠군. 이건 요 이웃에 사는 그 남자한테 딱 어울리는 이야기인데."

나는 무슨 말인지 몰라 어느 남자를 말하느냐고 물어봤다.

"셜록 홈즈라고 보통 사람들과 달리 좀 특이한 남자가 있는데, 들어본 적 있나?"

사돈 남 말 한다더니 선생은 그렇게 물었다.

"아니요."

"요 바로 근처 221B에 살아. 머리가 좀 이상한 남자이긴 한데 뭐, 괜찮아. 요즘에는 나았다고들 하니까. 의사가 종일 붙어서 같이 살고 있거든. 돌아가는 길에 잠깐 들러서 상담을 좀 받아 보는 것도 좋겠지."

나는 불안했다. 내 머리도 상태가 안 좋은데 여기다 미치광이까지 만나고 싶지는 않았다. 이렇게 말하면 좀 그렇지만 크레이그 선생도 그다지 정상은 아니다. 대체 그 사람은 뭘 하는 사람인가요, 하고 나는 경계하며 물었다.

"내가 셰익스피어를 연구하듯이, 온갖 범죄나 독특한 사건을 전문으로 연구하는 남자야. 뭐, 본인은 그렇게 주장하고 있어. 실제로 연구논문을 쓰고 있는 사람은 의사인 모양이지만."

나는 우선 오오, 하고 맞장구치며 들었지만 찾아갈 마음은 들지 않았다.

"일반인한테는 고민 상담사 같은 거지. 본인은 자기 직업이 탐정이란 식으로 말하는 모양이지만."

"머리가 이상하다고 하셨는데, 그, 포악하다든가 한 건가요?"

크레이그 선생은 또 무릎을 탁 치고 일어섰다.

"아니, 평소에 그런 경우는 없어. 그냥 날에 따라 기분 내키면 여장을 하고 요 근처를 어슬렁거리거나 방에서 권총을 쏘기도 하고 달리는 마차 뒤에 무턱대고 뛰어오르고 그러니까. 애도 아니고 벌써 마흔이 넘은 어른이 말이야. 꺼림칙하다고 이웃들이 합세해서 강제로 입원을 시켰더랬지."

"어디에요?"

"정신병원. 입원시키고 보니 코카인 과다복용이라는 진단이 나왔다던데. 뭐, 참된 예술적 영감을 구하는 사람의 정신이란 건 언제나 광기와 종이 한 장 차이지. 이해되지, 나쓰메 군."

나는 허, 하고 대꾸했지만 점점 더 기분이 찜찜해졌다.

"그, 그 사람과 상담해서 해결된 경우가 있나요."

"꽤 많다던데. 따라다니는 의사가 아주 실력이 좋다는 모양이니까. 그 친구가 딱딱 맞는 처치를 해주곤 하는 모양이야. 홈즈 선생이 입에서 나오는 대로 시끄럽게 떠들어대고 있으면 옆에서 생각을 정리해주는 모양이더군."

"저 같은 동양인의 상담도 받아줄까요."

"그 부분은 걱정할 필요 없을 거야. 그런 편견은 전혀 없는 남자라는 것 같으니까. 사건이 재미있기만 하면 당사자가 괜찮다고 해도 제 발로 달려들고."

"상담료는 비싸지 않은가요."

"나처럼 돈에 궁하지는 않은 모양이니까. 듣자 하니 코카인 밀매로 돈을 엄청 벌어서 쌓아놓고 있다던데. 그 물건을 요리조리 열심히 시험해보는 사이에 중독된 모양이야. 그러니 돈 걱정은 없는데, 그 남자를 만나려면 요령이 좀 필요해. 방금도 이야기했듯이 머리가 정상이 아니거든. 그러니 아마 자네한테도 뭐라고 영문 모를 소리를 해댈 거야."

"아아……. 그런데 어떤 소리를?"

"그야 나는 모르지. 실제로 만난 사람들이 다들 그러더군. 중요한 건 말이야, 절대 그 사람 말을 부정하면 안 돼. 부정하면 괜히 어깃장을 놓거나 폭력을 휘두르면서 주위 사람들 애를 먹인다니까. 그냥 입 다물고 그 사람 말을 끝까지 들어준 다음 마지막에 와, 놀랍습니다. 어떻게 아셨습니까, 이렇게 말하는 거지. 어때, 할 수 있겠어?"

"못합니다. 저는 그런 사람은 사양하겠어요."

나는 꽁무니를 뺐다.

"공짜니까 참아!"

크레이그 선생이 단호하게 말했다.

"젊어 고생은 사서도 한다고 했는데! 그렇게 해서라도 혹시 해결된다면 손해는 아니잖아. 새겨 둬, 무슨 일이 있어도 그 남자의 비위를 상하게 해서는 안 돼. 홈즈는 권투 챔피언 출신이야. 왓슨 같은 경우, 그, 같이 있다는 의사 이름이 왓슨인데 홈즈의 어퍼컷 한 방에 사흘 동안 기절해 있었다더군."

"……."

나는 불안한 마음에 식은땀이 났다. 권투란 최근 미국에서 유행하기 시작한, 서로 치고받고 싸워서 승부를 정하는 일종의 결투 같은 야만스러운 서양 놀이를 말한다. 칼 든 미치광이라는 게 바로 이런 경우를 두고 하는 말 아니겠는가.

"하지만 만에 하나라도 그 남자의 심기를 거슬렀다 싶으면, 다시 말해서 자네가 남자의 주먹세례를 받겠다 싶은 상황이 닥친다면, 한 가지 벗어날 방법이 있긴 해. 내 그걸 가르쳐주지."

"아."

나는 울고 싶어졌다. 유령한테 협박은 당하지, 크레이그 선생은 제정신이 아니지, 이 판국에 왜 그런 머리 이상한 사람까지 만나야 한단 말인가. 이제 그만 일본으로 돌아가고 싶어졌다.

"딱 한 마디, '코카인' 하고 말하는 거야. 그거 하나면 만사가 해결돼. 다른 말은 절대 꺼내면 안 돼. '코카인!' 이렇게만 말하는 거야. 그러면 홈즈는 사탕을 본 아이처럼 바로 얌전해진다고 하더군. 그 왜, 말이 난동을 부릴 것 같다 싶으면 당근을 쑥 내밀잖아? 같은 이치지."

코카인이란 물건은 이곳에 와서 알게 됐는데 아편 같은 마약의 한 종류인 모양이다. 런던에는 홈즈라는 남자처럼 이 약을 남용해서 머리가 이상해진 영국인이 꽤 많다고 한다.

"그건 왜 그런가요?"

"몰라, 미치광이니 뭐. 그 단어만 들으면 백팔십도 돌변해서 말투도 정중하게 바뀌고 손까지 싹싹 비비면서 '가지고 계신가요?' 하고 묻는다더군. 그럼 자넨 그냥 아리송하게 웃어넘기면 돼."

"그러니까 그 코카 어쩌고 라는 걸 얻고 싶어서 얌전해진다는 건가요? 그 사람."

"그렇겠지, 아마."

나는 그 와트손이라는 의사가 참 딱하게 느껴졌다. 어째서 그런 미치광이랑 계속 같이 사는 걸까.

"의사도 헤어지고 싶어 하는 모양이긴 하던데."

크레이그 선생은 조용히 말했다.

"애초에 그 사람도 홈즈를 환자로 치료하기 위해 만났던 모양이야. 당시 왓슨은 인도에서 막 돌아온 참이라 시간도 많았지. 홈즈가 시체 보관실을 찾아가서 작대기로 이 시체, 저 시체를 치고 돌아다니는 바람에 대학병원 측에서 그 사람한테 요청했다더군. 처음 만났을 때도 홈즈는 무슨 수상쩍은 약을 발명했다면서 아주 신이 나 있었다고 하던데. 뭐 혈액을 검출하는 약이라고 본인은 주장했다는데 물론 그런 약이 있을 리가 없지.

왓슨은 그 선생과 친해진 뒤 몇 번이나 결혼을 해서 이 골치 아픈 친구 곁에서 벗어나려고 애쓴 모양인데, 그때마다 홈즈 선생이 꼭 발작을 일으켰다더군. 왓슨의 신혼집에 쳐들어가서는 소파에 눌러앉아 계속 신음을 낸다는 거야. 부인들은 무섭다며 번번이 이혼을 해버리고. 그 사람 첫 부인이던가, 두 번째 부인은 노이로제가 심각해서 정신병원에 입원했다고 들었어. 홈즈도 입원한 적이 있는 병원이라고 하던데.

어, 나쓰메 군, 가려고?"

"잠시 혼자 생각 좀 해보려고요."

"그럼 내가 홈즈에게 편지를 보내두지. 내일은 꼭 가봐. 베이커 스트리트 221B야, 알겠나?"

나는 인사도 하는 둥 마는 둥, 도망치듯 크레이그 선생의 집에서 나왔다.

그날, 홈즈인지 뭔지 하는 그 꺼림칙한 사람을 찾아갈 마음 따위는 털끝만큼도 없었지만 밤에 또 망령의 얄궂은 노래를 듣게 되자 마음이 바뀌었다. 달리 비빌 언덕도 없고, 무엇보다 무료라는 점이 아주 매력적이었다. 어차피 다른 약속도 없다. 게다가 와트손이라는 의사는 능력자라고 하지 않나. 어쨌든 지금보다 상태가 나빠지지는 않을 것이라고 생각했다.

다음 날 지하전기(지하철)를 타고 다시 베이커 스트리트로 나가니 221B는 금세 눈에 띄었다. 살짝 멋을 부린 울타리가 도로 쪽으로 둘러쳐져 있고 셜록 홈즈라고 새겨진 작은 동판과 존. H. 와트손이라고 적힌 똑같은 동판 두 개가 붙은 문이 있었다. 문을 여니 바로 계단이 보이는 게, 아무래도 홈즈의 방은 2층에 있는 것 같았다.

계단을 다 올라가자 또 문이 나왔는데 이 문은 빠끔히 열려 있었다. 문을 조심스럽게 두드리자 "들어오세요" 하는 복수의 남자 목소리, 적어도 세 명은 되는 쾌활한 남자 목소리가 한꺼번에 흘러나왔다.

흠칫흠칫 문을 열고 안을 보니 연지색 벽지가 발린 상당히 고급스러운 방이었다. 왼쪽 책상에는 런던에서 흔히 볼 수 있는 멋쟁이 느낌의 수염을 기른 남자가, 읽고 있었던 듯한 책을 덮고 나를 보고 있었다. 안쪽에는 난로가 있고 그 앞에는 엄청나게 큰 키에 뚱뚱한 체구의 남자가 우뚝 서 있었고, 그 옆 안락의자에는 희한할 정도로 팔다리가 길고 하얀 이마가 눈에 띄는 매부리코 남자가 파이프를 빨고 있었다. 세 명의 신사가 편히 쉬고 있는 클럽에, 전혀 어울리지 않는 동양인이 끼어든 꼴이었다.

홈즈 씨가 어느 분이신가요, 하고 묻자 안락의자에 앉아 있던 거미처럼 팔다리가 긴 남자가 벚나무로 짐작되는 파이프를 손에 들고,

"접니다. 추우니 어서 불 곁으로 오세요. 곧 왓슨이 소다수를 섞은 브랜디를 내올 겁니다."

하고 마치 연극배우가 무대조명 아래에서 이야기하는 것처럼 점잔을 빼며 말했다.

내가 아, 하며 안으로 쓱 들어서자 홈즈 씨는 손으로 난로 옆에 있는 긴 의자에 앉으라고 권했다. 뚱뚱한 거구의 남자가 귀찮은 표정으로 몸을 비켰다.

홈즈 씨는 자신의 안락의자를 와트손이라고 부른 남자가 앉아 있던 의자 쪽으로 질질 끌고 가면서, 서양의 정신착란환자들이 흔히 그럴 법하듯 굉장히 쾌활한 어조로 말했다.

"자, 앉으세요, 크레이그 씨. 앉아서 당신의 이야기를 차분히 들어보죠. 당신이 파푸아뉴기니 출신이고, 최근 수마트라까지 배를 타고 가셨다가 지독한 황달에 걸렸지만 어렵사리 완치됐으며, 현재 고무나무 육성에 온 힘을 다하고 있다는 것 외에 저는 당신에 대해 아무것도 모르니까요."

나는 얼결에 뒤를 돌아봤다. 이 방에 파푸아뉴기니 출신이 또 한 사람 있는 줄 알았다.

그 와중에 와트손이라고 불린 의사는 나에게 잔을 내주며 눈을 반짝거렸다. 그러더니,

"와, 대단한걸, 홈즈. 이름 말고도 그런 것까지 안단 말인가?"

하고 물었다.

"관찰이야, 왓슨. 내가 늘 말하잖아? 내 탐정술에는 확고한 기본이 있어. 첫째도 관찰, 둘째도 관찰이지. 노련한 자의 눈이라면 이 사람이 쓰고 있는 모자챙 안쪽에 크레이그라는 이름이 금실로 수놓아져 있는 걸 놓칠 수가 없지. 그리고……."

나는 그제야 급히 모자를 벗고, 어제 당황한 바람에 크레이그 선생의 모자를 잘못 쓰고 나왔다는 사실을 깨달았다. 탐정은 말을 이었다.

"그리고 볕에 탄 이 사람의 피부색도 놓치면 안 되지. 이 한겨울의 런던 시내를 볕에 그을린 피부색으로 돌아다닌다면 그건 외국 여행에서 돌아온 사람이라고 생각하는 게 무방해. 그렇다면 그 여행지는 과연 어딜까. 병석에서 갓 일어난 사람이 좋아할 만한, 배를 타고 가는 여행지가 어딜까 생각해보면 물론 동양이지. 그리고 수마트라로 여행을 갔던 사람들은 대부분 고무나무를 가지고 돌아오는 법이거든."

"훌륭해!"

와트손 씨가 그 말도 안 되는 엉터리 소리에 진심으로 감탄한 듯 외쳤다.

"흠, 하지만 셜록, 이 사람한테서 끌어낼 수 있는 사실은 아직 더 있어."

아까부터 옆에서 잠자코 이야기를 듣고 있던 거구의 뚱보 남자가 끼어들었다. 이 남자의 풍채는 안색이 안 좋은 사이고 다카모리 | 일본의 사무라이 출신 정치가 | 라고 상상하면 거의 틀림없겠다.

"어디 솜씨 구경 좀 해볼까요, 형님."

머리가 의심스러운 탐정이 말했다.

"전직 골동품 수집가, 영국 서부 탄광에 제 한 몸을 바쳤던 남자."

사이고는 기가 막힐 정도로 대단한 허풍을 떨었다.

"축농증에 각기병."

홈즈 씨는 나른한 말투로 이야기했다.

"한때 중국 곡마단에서 활동했으며 불타는 링의 명수."

뚱보도 그에 질세라 받아쳤다.

"첫 번째 결혼에는 실패하고, 두 번째는 마누라에게 단단히 쥐여살고 있지."

"자식은 넷, 아니, 더 많을지도 모르겠는데, 어쨌든 열여덟 명 이내야."

"술고래에 아편 중독의 희생자."

웃으며 탐정은 말했다.

"하지만 지금은 바다의 매력에 사로잡혀 있지."

"그래 셜록, 똑똑한걸. 이 사람은 타고난 선원이야. 일곱 개의 바다야말로 그의 잠자리지!"

"저기, 와트손 씨."

나는 하도 어이가 없어서 슬쩍 엉덩이를 들고 말했다.

"아무래도 제가 여러분의 즐거운 시간을 방해한 것 같습니다. 이제 그만 물러가……."

내가 입을 열자 탐정은 뚱보와 벌이던 허튼소리 대결을 중단하고 내 말을 가로막았다.

"이러면 쓰나. 형님, 일부러 여기까지 찾아오신 고객을 따분하게 만든 것 같은데.

죄송합니다, 크레이그 씨. 제 이름은 이미 아시는 것 같으니 형님을 소개해 드리겠습니다. 이쪽은 제 형인 마이크로프트 홈즈라고 합니다."

정신병을 앓고 있는 탐정은, 이리 보고 저리 봐도 역시 머리가 이상해 보이는 사이고 다카모리를 손으로 가리켰다. 마이크로프트라는 거구의 남자는 몸을 굽히기도 악수하기도 귀찮은지 턱만 살짝 까딱했다.

"그리고 이쪽은 전기 작가로서, 골치 아프게도 저를 살짝 유명하게 만들어준 왓슨입니다."

혼자 정상인 의사는 싹싹하게 내게 악수를 청했다.

"자, 크레이그 씨, 저희가 할 말은 이제 다 끝났습니다. 이제 당신 차례입니다. 현재 당신을 괴롭히고 있는 수수께끼에 한시라도 빨리 도전하고 싶군요."

하지만 나는 이런 미치광이에게 내 고민을 털어놓을 기분이 아니었기 때문에 와트손 씨 쪽만 보고 있었다. 가능하다면 그와 둘이서 대화하고 싶었다. 그러자 탐정은 쾌활한 목소리로 이렇게 말했다.

"아아, 왓슨이라면 신경 안 쓰셔도 됩니다. 그 친구는 귀가 안 들리거든요. 그리고 형은 이제 막 돌아가려던 참이었습니다. 이제부터 디오게네스 클럽에서 끝말잇기 놀이를 할 예정이라는군요."

그렇게 말하더니 모자걸이에서 모자 하나를 집어 거구의 남자한테 휙 던졌다. 그런데 남자가 모자를 놓치는 바람에 모자는 계단 아래로 굴러떨어졌다. 거구의 남자는 코끼리처럼 느릿느릿한 동작으로 모자를 쫓아 방 바깥으로 나갔다. 홈즈 씨는 다시금 안락의자에 앉았다.

"저기, 정말 말씀드리기 어렵습니다만 사실."

나는 조심스레 입을 열었다.

"제 이름은 크레이그가 아닙니다. 나쓰메라고 하고 일본에서……."

거기까지 말하자 홈즈 씨는 이마를 감싸 쥐고는 "으으" 하고 낮게 신음을 냈다. 그러다 갑자기 안주머니에서 권총을 꺼내더니 천장을 향해 탕탕 하고 두 발을 쐈다.

나는 심장이 떨어질 만큼 놀라 허겁지겁 의자 뒤에 숨었다. 와트손 씨는 이런 발작에 익숙한지 재빨리 홈즈 씨에게 달려들어 권총을 빼앗았다.

홈즈 씨는 눈을 까뒤집고 주먹을 휘두르고 있었다. 나는 위험을 감지하고 크레이그 선생이 해준 말을 떠올리려고 했다. 선생은 분명 이런 위험한 상황에 빠졌을 때 무슨 마약 이름 하나만 대면 만사 해결이라고 했었다.

그런데 공포로 제정신이 아닌 상태다 보니 순간적으로 그 약 이름이 생각나지 않았다. 나는 안달복달했다. 하지만 안달복달하면 할수록 떠오르지가 않았다. 새까맣게 잊어버린 것이다.

"코……."

거기까지는 생각이 났다.

"코, 코."

하지만 아무리 머리를 짜내도 그 이상은 떠오르지 않았다. 나는 에라 모르겠다 싶어서,

"꼬끼오!"

하고 외쳤다. 그냥 될 대로 되라 싶었다.

그런데 이게 오히려 긁어 부스럼이었던 것 같다. 불난 데 기름을 붓는다더니 바로 그 짝이었다. 홈즈 씨는 점점 더 심하게 미쳐 날뛰어, 이제 와트손 씨 혼자 힘으로는 말릴 수가 없는 상황이었다.

"저기, 신사분."

와트손 씨는 나를 보며 외쳤다.

"당신 이름이 크레이그라고 했죠."

나는 순간 무슨 소리인지 몰라 잠깐 멍했지만 곧 이해했다.

"저는 크레이그입니다."

나는 필사적인 얼굴로 말했다.

"더 큰소리로!"

와트손 씨가 말했다.

"내 이름은 크레이그다!"

나는 거의 고함을 질렀다. 그제야 홈즈 씨가 얌전해져서 안락의자로 돌아간 덕분에 우리는 이야기를 계속할 수 있었다.

나는 꾸역꾸역, 직면하고 있는 불가사의한 사건을 이야기했다. 도중에 홈즈 씨가 또 신음을 내며 벽에 머리를 쿵쿵 박았다. 하숙집 여주인이 나를 나쓰메라고 부른다는 말을 그만 깜박하고 해버렸을 때였다.

나는 본능적으로 위험을 느끼고 무의식중에 또 "꼬끼오"-하고 말해버렸다. 그러자 홈즈 씨는 이렇게 말했다.

"이 신사분은 아무래도 머리가 좀 이상한 것 같군, 왓슨. 아까부터 왜 자꾸 수선을 떠는지."

누가 누구더러 하는 소리인지, 대체 이 무슨 무례한 소리란 말인가. 나는 탐정의 그 한 마디에 기분이 좀 상했다. 그러고 있는데 탐정이 또 한방을 먹였다.

"크레이그 씨, 이제 유령은 안 나올 겁니다."

놀라서 이유를 물었지만, 아무래도 좀 전에 벽에서 낸 소리로 대충 점을 친 모양이었다.

나는 기가 꽉 막혀서 제대로 작별 인사도 하지 않고 곧장 플로든 로드의 하숙집으로 돌아와 버렸다.

02

오랜 친구 셜록 홈즈와 함께 지내는 동안, 그의 독특한 수사법 때문에 모자라나마 내가 조수 역을 해야 할 만큼 궁지에 몰렸던 사건은 수없이 많다. 그 중에는 비극도 있고 희극도 있으며, 굉장히 기괴한 양상을 보이는 사건도 있는가 하면, 아주 흔해빠진 물건 찾기인 경우도 있다.

　독자들에게 내 친구의 지성을 충분히 보여주고자 한다면, 사건의 성격 자체가 지극히 특이하고 사건을 해결하는 과정에서 홈즈의 역할이 굉장히 극적인 것이 바람직하다는 건 말할 것도 없다.

하지만 사건 자체가 유례가 드물 정도로 기괴한 전개를 보이는 바로 그 특이한 점 때문에 친구의 존재가 다소 희석되는 경우도 있고, 반대로 홈즈가 눈부신 활약을 해도 사건 자체의 성격은 지극히 평범할 때도 있다. 이 모든 조건을 만족하는 예를 골라내는 것이 얼마나 어려운 일인지 잘 생각해야 한다.

하지만 개중에는 이상적인 예외도 있다. 지금부터 내가 이야기하려 하는 '프라이어리 로드의 미라 사건'이라면 위에서 말한 걱정들이 전혀 필요 없다고 할 수 있을 것이다. 특이하고 보기 드문 사건의 진행상황, 도구들, 그리고 이 힘든 사건을 해결하는 과정에서 홈즈가 해낸 대담한 행동들이 그렇다. 앞에서 말한 조건에 비춰볼 때 이보다 더 좋을 수가 없다.

이 사건에는 처음부터 다들 결코 있을 수 없는 일이라고 단언할 정도로 불가사의한 부분이 있었다. 그런 만큼 이 사건처럼 그가 사용하는 분석적 방법의 진가가 명백한 형태로 드러나, 함께 일한 이들에게 이토록 강한 감명을 준 사건은 없다.

사건의 시작은 1901년, 빅토리아 여왕의 장례식에 대한 기억이 여전히 생생했던 2월의 어느 몹시 추운 수요일이었다. 우리의 조촐한 집 앞 거리도 눈에 뒤덮여, 오가는 마차들이 비틀비틀하는 게 보기에도 힘들어 보였다.

지난해의 그 토르 교 사건 이후 우리는 다소 남아도는 시간을 주체하지 못하고 있었다. 난로 앞에서 움직이고 싶지 않은 나로서는 그것도 환영할 만한 일이기는 했지만, 나이를 먹어도 변함없이 정력적인 홈즈는 그렇지 못한 모양인지 범죄자들이 웬 추위를 이리 많이 타냐며 끊임없이 저주를 퍼부었다. 그런 때 한 통의 편지가 날아든 것이다.

"이 편지, 베이커 스트리트에서 보낸 거군."

홈즈는 특유의 면밀한 자세로 편지를 살피며 말했다.

"하지만 베이커 스트리트에 사는 사람은 아니야. 우선은 외국인일 가능성이 커. 어쨌거나 아주 특이한 편지군. 자네가 봐도 그럴 거야. 검토해봐."

홈즈는 나에게 편지를 던졌다.

"극심한 혼란에 빠져 있군."

나는 친구의 흉내를 내봤다.

직사각형의 흔한 편지지였는데, 글이 왼쪽 위에서부터 시작해 오른쪽 옆, 아래, 왼쪽 옆으로 종이를 빙빙 돌리면서 소용돌이 형태로 적혀 있었다. 읽는데 눈이 팽팽 돌았다. 혼란에 빠진 사람이 아니고서야 이런 식으로 편지를 쓰진 않을 것이다.

"제법인데, 계속해봐."

홈즈는 늘 그렇듯 날 비웃는 듯한 눈빛으로 안락의자에 몸을 묻었다. 나는 곧바로 편지를 내던졌다.

"나한테는 이게 한계야. 왜 이 편지를 쓴 사람이 외국인인지 이유를 듣고 싶군."

"아주 간단해. 이 편지는 베이커 스트리트에서 보냈어. 만약

이 편지를 쓴 본인이 의뢰인이라면 편지를 쓸 게 아니라 직접 찾아왔겠지, 바로 근처니까.

다시 말해서 이 편지는 베이커 스트리트에 사는 제삼자가 대필한 거야. 그럼 왜 대필을 했느냐, 이유는 일곱 가지 정도로 생각할 수 있지. 그런데 편지 내용을 봤을 때 외국인일 가능성이 가장 크다고 짚은 거야. 그것도 뭐 곧 확인하게 되겠군. 아무래도 의뢰인이 행차하신 듯한데."

누가 계단을 올라오는 발소리가 들렸다. 홈즈는 어지간히 따분했던지 웬일로 문까지 가서 노크하기를 기다렸다가 직접 문을 열었다. 그러자 문 앞에는 척 봐도 동양에서 온 손님이라는 걸 알 수 있는 무척 왜소한 인물이 서 있었다. 키는 홈즈의 어깨까지도 오지 않았다.

홈즈는 그의 머리 너머로 계단을 살펴보더니,

"어, 이상하네. 왓슨, 분명 노크 소리가 들렸는데 아무도 없어."

하고 말한 다음 아래를 보더니,

"오오, 이거 실례했습니다. 체구가 워낙 작으셔서 미처 못 봤습니다."

하고 말했다.

홈즈의 유머는 평범치가 않아서 때로는 남에게 상처를 줄 때가 있다. 이때도 동양인 신사의 마음이 살짝 상했다는 게 내 눈에는 똑똑히 보였다.

"홈즈 씨가 어느 분이신가요?"

동양인은 외국인 말투가 조금 느껴지는 약간 무뚝뚝한 영어로 말했다. 하지만 신사로서 그의 언동은 나무랄 데 없었다.

"접니다. 추우니 어서 불 곁으로 오세요. 곧 왓슨이 소다수를 섞은 브랜디를 내올 겁니다."

내 친구는 상대의 기분 따위는 전혀 개의치 않고 쾌활하게 말했다. 동양인은 소파에 앉자 자신을 K. 나쓰미라고 소개하고 일본에서 온 유학생이라며 명함을 내밀었다.

홈즈는 명함을 힐끗 보더니 난로 위에 두면서 말했다.

"실례했습니다, 나쓰미 씨. 무슨 고민이라도 있으십니까? 꽤 늦게까지 독서며 글쓰기를 하시는 모양인데, 그 일과 관련이 있는 건가요."

홈즈가 불쑥 그렇게 말하자 일본인은 많이 놀란 모양이었다.

"제 이야기를 들으셨습니까?"

"하하하, 노련한 사람 눈에는 일반인이 보지 못하는 것까지 보이게 되는 것 같더군요."

홈즈는 그렇게 말하고 웃으며 파이프를 빨다가 일본인이 여전히 말이 없자,

"별거 아닙니다. 한밤중까지 글쓰기를 하는 사람이 아니고서야 오른쪽 소맷부리와 팔꿈치 부분이 그렇게 번들거리지 않지요. 게다가 글을 쓰는 사람 중에 책을 전혀 읽지 않는 사람은 없으니까요."

하고 말을 이었다.

그러자 나쓰미는 그렇구나, 하는 얼굴로 두어 번 크게 끄덕거리더니,

"그렇군요, 듣고 보니 당연한 일이네요."

하고 말했다. 홈즈는 살짝 눈썹을 찌푸리며 말했다.

"이렇게 설명하길 잘했다고 생각한 경우가 없었지요. 그나저나 이런 쓸데없는 잡담이나 하려고 오신 건 아니겠죠. 고민이 뭔지 이야기해 주십시오. 조금 전까지도 왓슨과 함께 런던의 범죄계에서 무모함과 상상력이 영원히 사라진 것 같다고 한탄하던 참이었습니다."

그 말에 일본인 유학생이 털어놓은 이야기는 대강 다음과 같았다. 그는 프라이어리 로드에서 하숙하고 있었는데 매일 밤마다 망령으로 짐작되는 목소리가 '나가, 나가' 하고 속삭였다. 그래서 참지 못하고 플로든 로드로 이사했건만 그 기괴한 일이 여전히 계속된다는 것이다.

나는 일본인의 이야기를 흥미롭게 들었지만 내 친구는 그렇지도 않았는지 나쓰미의 이야기가 끝나자 몸을 쭉 뻗는 동작을 했다.

"여기가 일본 같았으면 저도 이런 일로 약해지진 않았을 겁니다."

일본인은 말했다.

"그런데 이해하시겠지만, 이곳은 기댈 사람 하나 없는 이국

땅이다 보니 제가 필요 이상으로 예민해져 있는 건지도 모릅니다. 듣기 지루하셨죠."

홈즈는 파이프를 쥔 손을 들고 어깨를 움츠렸다.

"아닙니다. 그렇잖아도 말씀하신 그런 사건은 과거에도 몇 건 다룬 적이 있습니다. 세상에 새로운 사건이란 없어요. 언뜻 보기에는 별일 아닌 것 같아도 창조적인 요소를 찾아내는 것이 예술가의 눈이겠죠."

나쓰미는 자신을 고통스럽게 하는 일을 두고 별일 아니라고 표현하자 다소 섭섭한 모양이었다.

"어쨌든 나쓰미 씨, 이렇게 뵙게 돼서 즐거웠습니다."

홈즈는 말했다.

"지금 겪고 있는 사건 자체는 그다지 심각한 것이 아니라고 저는 생각합니다. 하지만 사건을 책임지고 맡았으니 당신의 이름이나 얼굴은 결코 잊지 않을 겁니다. 오늘 밤에 또 그 망령이 당신 방에 나타난다면 내일 다시 연락 주십시오. 그럼 바로 달려가겠습니다. 하지만 제 생각이 틀리지 않는다면, 그 유령은 이제 두 번 다시 나타나지 않을 확률이 꽤 높을 겁니다."

"무슨 뜻이죠? 좀 더 자세히 말씀해주실 수 있을까요."

일본인은 엉덩이를 들썩이며 그렇게 물었다.

"아니요, 확실해지기 전에는 아무 말도 하지 않는 것이 제 방식입니다. 사태가 제 예상대로 진행된다면 그때 모두 말씀드리죠.

그럼 조심해서 가세요, 나쓰미 씨. 베이커 스트리트에 자주 오시는 것 같은데, 이 사건과는 별개로 다음엔 고국 이야기라도 들려주세요."

"실망한 것 같군."

일본인이 돌아가자 나는 홈즈에게 말했다.

"조금. 신비의 나라에서 온 귀한 손님이라 어떤 이야기를 들려줄지 기대했었는데 내용 자체는 좀 평범했어."

"난 그렇게 들리지 않던데."

"하하, 자네를 무료함의 강에서 건져내는 일은 아주 간단해 보이는군, 왓슨. 내 보잘것없는 경험으로 말해보자면, 애초에 유령사건이란 건 별다른 발전 가능성이 없는 거야. 몬테레이 유령사건도 그랬고 케네스 뱅크 장군의 쌍둥이 망령 사건도 그랬지.

애써 기대 하지 않고 기다려 보겠지만, 그 친애하는 일본인이 다시 한 번 찾아와서 이제 안 나옵니다, 하고 말할 확률은 꽤 높다고 생각해."

"왜 그렇게 생각하지?"

"그야 유령한테 그 일본인이 나라는 참견쟁이를 찾아갔더라는 보고가 들어갈지도 모르니까. 어차피 그런 수수께끼의 대답은 대부분 단순한 법이야, 다시 말해서……. 어, 또 누가 계단을 올라오는군. 이번엔 좀 제대로 된 이야기였으면 좋겠는데 말이야, 왓슨.

이거 어서 들어오세요. 바깥이 많이 춥죠. 난로 곁에 잠시 앉아 계시면 바깥에 내리는 눈은 금세 잊어버릴 겁니다."

막상 따분한 시간이 깨지게 되면 자칫 사건은 겹치는 법이다. 이번에 들어온 사람은 부유해 보이는 차림새의 부인이었는데 긴 장갑을 낀 손으로 스커트 자락을 살짝 걷어 올리고 있다. 저 자세로 쭉 눈길을 걸어왔을 것이다. 머릿속을 지배하는 고민거리 때문에 방에 들어와서도 스커트를 놓을 생각을 못하는 것 같다.

나이는 마흔 살쯤 되었을까. 아니면 좀 더 젊을지도 모르겠는데 추위와 아마도 절망 때문에 뺨이 까칠까칠하게 말라버린 듯 보였고, 게다가 같은 이유 탓이겠지만 몸을 끊임없이 부들부들 떨고 있었다.

"느긋하게 불이나 쬐고 있을 기분이 아니에요, 홈즈 씨."

부인은 날카롭게 쏘아붙였다.

"살면서 이렇게 절망해본 건 처음이에요. 이렇게 불쾌하고, 불가사의한 일을 겪고 있는 사람은 런던에서 나 혼자뿐일 거예요. 어떻게든 설명을 해주셨으면 해요. 킹즐리도 분명 저와 같은 심정일 거예요. 하지만 그애는 정신적으로 좀 혼란을 겪고 있기 때문에 자신의 심정을 그런 식으로 헤아리지 못하고 있어요."

"자자, 링키 씨."

홈즈는 이성을 잃고 말을 쏟아내는 부인을 손으로 제지한 다음 손님용 소파를 손으로 가리켰다.

"부인은 여기 왓슨이랑 비슷한 부분이 있군요. 어쨌거나 여기 불 옆의 소파에 앉으시는 게 낫겠습니다. 처음부터 차근차근 이야기를 해주신다면 이보다 훨씬 나은 조언을 해 드릴 수 있겠는데요."

하지만 부인은 홈즈의 말에 따를 생각은 하지 않고 눈을 휘둥그레 뜬 채 우뚝 서 있었다.

"제 이름을 아시나요? 홈즈 씨."

"이름이 알려지는 게 싫으시다면 앞으로는 눈을 털 때 자수로 이름을 수놓지 않은 손수건을 쓰시는 게 좋겠군요."

방문객은 처음으로 웃는 얼굴 비슷한 것을 보여줬다.

"섬세한 데까지 잘 살피는 분이라는 말은 들어서 알고 있었는데. 분명히 제가 이성을 잃은 것처럼 보이겠죠. 하지만 제 이야기를 듣고 나면 무리도 아니라고 하실 거예요. 그럼 실례지만 불 옆에 앉겠습니다."

"예, 어서 오시죠. 뭐 몸이 뼛속까지 따뜻해질 만한 걸 좀 드리는 게 좋겠는데, 왓슨."

부인은 잠시 내가 내준 브랜디를 천천히 마시더니 이야기할 결심이 섰는지 느릿느릿 다음과 같은 기괴한 이야기를 들려주었다.

"저는 어릴 때부터 쭉 가난하게 살아왔지만 런던에서 한 부자 노인을 알게 되어 결혼했습니다.

남편은 쭉 독신으로 산 사람이라 당연히 그때까지 자식도 없었죠. 남동생이 하나 있다는 말은 들었지만 아직 만난 적이 없습니다. 저는 결혼 후 메리 링키가 되었고 결혼 전 성은 홉킨스예요.

남편이 작년 9월에 죽었기 때문에 노스 프라이어리 로드에 있는 땅과 저택을 상속받았죠. 거기서 집사 부부와 셋이 지내고 있습니다.

남편과 저 사이에 아이가 생기지 않았기 때문에 저는 고양이를 기르며 위안을 얻고 있었어요. 그 고양이가 새끼를 낳아 현재 네 마리가 되다 보니 이웃 중에서는 우리 집을 고양이 저택이라고 부르는 분들도 있는 모양이에요. 근처 길고양이들 먹이까지 챙겨주니까, 집 정원은 평소 고양이들로 득시글거리는 형편이죠. 남편은 부동산뿐 아니라 귀금속이며 보석류, 거기다 저금도 남겨줬기 때문에 생활에 불편한 건 없어요.

그런데 저한테는 십 대 때 생이별한 남동생이 있어요. 나이는 저와 여섯 살 차이가 나니까 지금 서른넷이 되죠.

저는 힘든 생활 끝에 어떻게 운이 좋아 보통 이상은 되는 안정된 생활을 얻었기 때문에, 무슨 수를 써서든 남동생을 찾아내서 아직도 가난하게 살고 있다면 집으로 데리고 와 함께 살아야겠다고 생각했습니다. 그래서 신문에 사람 찾는 광고를 냈는데 아무런 반응이 없더군요.

그렇게 실망하고 있을 때 하늘의 은혜로 조니 브릭스턴이라는 분이 찾아와주신 거예요. 여기 런던에는 참 다양한 직업을 가진 분들이 많죠, 홈즈 씨. 브릭스턴 씨는 광고를 보고 왔는데 자신의 직업은 사람 찾는 것이라고 말씀하시더군요.

　그분은 그리 젊지는 않았지만 그렇기에 경험이 풍부할 것 같았고, 무엇보다 그분 말고는 어디 매달릴 데가 없었기 때문에 부탁하기로 하고 이것저것 동생 이야기를 해 드렸어요.

　제 동생의 이름은 킹즐리라고 합니다. 가족이라고는 우리 둘뿐이었어요. 동생이 태어난 지 얼마 되지 않았을 때 부모님이 돌아가셔서 저희는 둘 다 친척 손에 컸죠. 그때까지 살던 집은 친척들이 팔아치웠고요.

　이 친척이라는 집안이 정말이지 지독해서 지금까지도 잊지 못하는 괴로운 추억이 수없이 많지만, 일일이 이야기하면 분명 지루하실 테니 그만두기로 하고요. 저와 동생은 어느 날 밤 그 집에서 도망을 쳤습니다. 제가 열아홉, 동생이 열세 살 때였어요. 그렇게 해서 우리 남매는 거리와 공원을 헤매고 다니다 떠돌이 공연을 하는 극단에 들어가게 됐습니다.

　하지만 얼마 지나지 않아 동생은 그곳에서도 도망을 쳤고, 그 길로 행방불명이 되었습니다. 고아원에 들어갔다는 소문은 들었지만 찾아갈 수 있는 상황이 아니었어요. 벌써 20년도 더 된 옛날이야기예요. 그 뒤로 다시는 동생을 보지 못했죠.

　동생의 특징이라고 할 만한 건 딱히 말씀드릴 게 없지만 만나면 반드시 알 수 있을 거라는 자신이 있습니다.

우리 남매는 로켓 한 쌍과 부모님 사진을 하나씩 가지고 있었어요. 로켓은 아버지가 주신 선물인데, 돌아가시기 1년 전에 저에게 두 개를 주시면서 킹즐리가 자라면 하나를 주라고 하셨던 겁니다. 말하자면 아버지의 유품 같은 것이니 동생도 지금까지 소중히 간직하고 있을 거예요.

게다가 동생의 로켓에는 상처가 하나 있었어요. 친척 집에서 도망쳐 나오다가 생긴 거죠. 저는 그 상처가 어떻게 생겼는지 똑똑히 기억하기 때문에 만약 브릭스턴 씨가 동생으로 짐작되는 사람을 찾아준다면 이 로켓의 상처가 큰 증거가 될 거라고 생각했어요. 그래서 브릭스턴 씨께는 말하지 않았습니다.

이게 작년 11월 10일의 일이에요, 홈즈 씨. 찾을 수 있겠느냐고 브릭스턴 씨께 물어봤더니 먼저 고아원부터 찾아봐야 하니까 시간이 걸릴지도 모르겠다고 하시더군요. 하지만 이런 사람들은 대부분 종군하는 경우가 많고, 이름을 바꿀 이유도 없으니 어떻게든 되지 않을까. 뭐, 우리 같이 노련한 사람들은 찾아갈 장소라든가, 다양한 수법 체계가 잡혀 있으니 얼마간은 기대해도 좋을 거다, 라는 식으로 말씀하셨습니다.

그 뒤 한동안 마음 졸이며 기다리고 있었는데 한 달쯤 지났을 때 동생을 찾았다는 브릭스턴 씨의 전보가 온 거예요. 저는 남동생이 살고 있다는 스코틀랜드의 에든버러까지 부랴부랴 찾아갔습니다.

스코틀랜드 북부인데다가, 이런 추위에 동생이 어떻게 지낼지 생각하니 가슴이 아팠어요. 킹즐리가 살고 있다는 집은 에든버러에서도 한참 변두리에 있었는데, 눈에 보이는 것이라고는 온통 눈 덮인 들판뿐인 곳에 오도카니 서 있는 외딴집이었습니다. 브릭스턴 씨를 따라 동생의 집에 들어설 때, 기쁘면서도 무서운 기분이 들더군요.

동생은 폭삭 늙고 여위어서, 옛 모습이라고는 거의 찾아볼 수 없었습니다.

'누나야?'

킹즐리가 말하더군요. 집 안에서는 뭔가 쉰내 같은 불쾌한 냄새가 났습니다.

외모는 변했지만 동생은 아까 말한 그, 제 것과 한 쌍인 로켓도 가지고 있었고, 많이 상하기는 했지만 부모님 사진도 가지고 있었기 때문에 동생이라는 걸 확신할 수 있었습니다.

다행히 아직 독신이더군요. 그래서 바로 우리 집에 가자고 했죠.

집이 허름하고 작았지만 동생은 동양의 진귀한 골동품을 많이 가지고 있었습니다. 그중에는 갑옷과 투구도 있었어요. 이야기를 듣자 하니 동생은 오랫동안 중국에 가 있었고 그 골동품들은 모두 중국에서 사들인 것이라고 하더군요. 그런데 중국에서 어떻게 지냈느냐고 물어보자 이야기하려 들지 않았어요. 누나 앞에서 자랑스럽게 이야기할 만한 일은 하지 않은 것 같더군요.

동생은 그 기분 나쁜 잡동사니들을 하나도 빠뜨리지 않고 우리 집으로 가져왔습니다. 덕분에 동생에게 내준 방은 노팅힐의 고물상처럼 돼버렸죠.

브릭스턴 씨께는 고맙다는 인사와 함께 소정의 사례금을 드린 뒤 헤어졌습니다. 그 뒤 만날 기회는 없었어요.

저기, 제 설명이 너무 간단한가요."

"흠 잡을 데 없습니다, 링키 씨."

홈즈는 감고 있던 눈을 뜨고 말했다.

"어서 계속해주세요."

부인은 잠깐 생각에 잠긴 듯 시간을 두었다가 다시 이야기를 시작했다.

"그 뒤 네댓새는 제가 꿈꾸던 즐거운 생활을 보낼 수 있었습니다. 서로 마음을 터놓고 대화해보니 그 애는 역시 내 동생이 분명했어요. 지금까지 20년 동안의 고생이 우리에게서 공통분모를 빼앗아 갔을 뿐이었던 거죠.

부모님과 살던 집이 어떻게 생겼는지는, 그야 갓난아이 때였으니 전혀 기억하지 못했지만, 그 끔찍했던 맨체스터 집은 동생도 자세히 기억하고 있었어요. 저는 동생을 제 앞에 데려다 주신 신께 고마워했습니다.

그런데 연말이 다가왔을 즈음, 상황이 변해 버렸어요. 이상한 일들만 일어났죠. 다 제 탓이겠지만.

왜 이런 말을 하냐 하면, 동생이 가지고 온 동양 골동품 중에 중국 특유의 장식이 달린 고리짝 같은 게 있는데 동생이 그 물건을 유난히 아끼는 것 같아서 전부터 대체 뭘까, 궁금해하다가 어느 날 동생 방에 들어가서 허락도 없이 열어본 거예요.

고리짝은 밧줄로 단단히 동여맨 상태였는데 안에는 동양의 비단 같은 것들이 잔뜩 들어 있고, 그 밑으로 역시 비단에 싸인 낡은 불상 같은 게 슬쩍 보였어요. 그때,

'무슨 짓이야, 누나!'

하는 목소리가 들려서 보니 제 뒤쪽에 동생이 무서운 얼굴을 하고 서 있었습니다. 동생은 저와 그 뚜껑 열린 고리짝을 보자 무시무시한 기세로 뚜껑을 닫더니,

'대체 무슨 짓을 한 거야, 누나! 누나가 지금 얼마나 엄청난 짓을 했는지 알아?'

하며 창백한 얼굴로 말하더군요.

그날부터 동생은 완전히 침울해져서는, 제가 그렇게 사과하고 어떻게 된 일인지 이야기해달라고 해도 응응, 하고 건성으로 대꾸하면서 나중에, 라는 말만 할 뿐 도무지 속을 알 수가 없었어요.

그러다 나중에는 밥도 먹지 않고 방에만 틀어박혀 그 고리짝 앞에서 뭐라고 웅얼웅얼 기도 비슷한 것만 온종일 되뇌게 됐습니다. 안 그래도 비쩍 말랐던 애가 순식간에 더 살이 빠져서 뼈와 가죽밖에 남지 않게 됐죠. 물도 제대로 마시지 않고 잠도 영

못 자는 것 같고, 주문을 외우는지 헛소리를 하는지 알 수 없는 소리만 웅얼대면서 온종일 냄새 짙은 향을 피우는 거예요.

그전에도 동생이 동양의 향을 피울 때가 있었는데 그래도 그때까지는 아주 조금이었기 때문에 그리 싫지는 않았지만, 그때 이후로는 마치 방 안에서 장작불이라도 때나 싶을 정도로 향을 태우더군요. 누구든 동생 방에 들어가면 숨이 턱 막혔을 거예요. 그 정도로 방이 연기로 자욱했어요.

그런가 하면 킹즐리는 방에 절대 불을 못 때게 했어요. 일부러 근사한 난로가 있는 방을 내줬는데도 절대 불을 피우려 들지 않더라고요. 제가 불을 지펴놓으면 곧장 꺼버렸어요. 바깥에서 제아무리 눈보라가 치고 추워도 말이죠.

그러니 동생 방은 한길이나 다름없었어요. 얼어붙을 정도로 추웠죠. 저 같은 경우에는 가장 두꺼운 코트를 입지 않으면 동생과 함께 오래 있지 못할 정도였어요. 그런 방 안에서 동생은 핏발 선 눈으로 덜덜덜 떨고 있었습니다.

계속 이렇게 있다가는 무슨 사달이 나도 나겠다 싶었어요. 그리고 결국 사달이 난 거죠.

새해가 된 지 얼마 되지 않았을 때였어요. 아마 1월 2일인가 3일인가, 그때쯤이었을 거예요. 너무도 혼란스러워서 이제 정확한 날짜도 잘 모르겠습니다.

걱정돼서 동생 방 앞에 가보니 문이 빠끔히 열려 있고, 그 문틈으로 멍하니 서 있는 동생이 보였습니다.

괜히 방에 들어갔다가 동생을 경계하게 하느니 복도에서 지켜보는 게 낫겠다 싶어서 조용히 보고만 있었어요. 동생은 뭔가에 조종당하는 몽유병 환자처럼 흐느적흐느적, 두 손을 얼굴 쪽으로 들어 올리더군요. 손에 뭔가 짧은 작대기 같은 걸 쥐고 있었는데 잠시 뒤 그게 중국제 칼이라는 것을 알아차렸죠. 동생은 칼자루를 두 손으로 움켜쥐고 칼끝을 왼쪽 눈썹 위 이마에 대고 있었어요.

제가 큰소리로 비명을 지름과 동시에, 동생은 자신의 이마 왼쪽부터 왼쪽 눈썹까지를 비딱하게 홱 그어버렸습니다.

저는 방으로 뛰어들어 동생한테 달려든 다음 칼을 빼앗았습니다. 베인 자리가 쩍 벌어져서는 피가 줄줄 흘러나왔어요. 저는 울부짖으며 집사 부부를 불러 구급상자를 가져오게 했습니다.

그런데 주위에서 그 난리법석을 떠는데도 킹즐리는 넋 나간 사람처럼 그저 멍하니 있는 거예요. 눈이 어디 한 군데를 뚫어져라 응시하는 것처럼 보이기에 그 애의 시선을 따라가 봤더니 놀랍게도 거울이었습니다. 동생은 멍하니 거울을 보며 자기 얼굴에 제 손으로 상처를 낸 거예요.

처치를 마치고 나니 동생은 통증 때문에 정신을 차렸는지,

'나 어떻게 된 거야, 누나?'

하고 물었습니다. 저는 오싹해졌어요. 그때 동생의 얼굴은 핏기가 가셔서 창백한 게 마치 죽은 사람 아니면 사신에게 홀린

가엾은 죄인처럼 보였거든요. 그때 처음 깨달았는데, 어디서 들어왔는지 방바닥에 도마뱀 두어 마리가 꼼짝도 않고 앉아 있는 게 보였습니다.

그런 일이 있고 나자 동생도 단념했는지 꼬치꼬치 캐묻는 제 말에 각오했다는 얼굴로 조금씩, 도저히 놀라지 않을 수 없는 이상한 이야기를 하기 시작했습니다.

동생 말에 따르면 동생은 중국에서 아편을 매매하는 패거리에 가담해 있었다는 것 같았어요. 피붙이도, 비빌 언덕도 없는 혈혈단신의 청년이 살아남는 것이 얼마나 힘든지 알다 보니 킹즐리를 원망할 수 없었습니다. 그 패거리와 함께 행동하다 어떤 피비린내 나는 사건에 연루되었던 모양이에요. 그 사건 내용만큼은 아무리 물어도 말을 해주지 않았어요. 그저 수많은 현지인이 그 사건 때문에 목숨을 잃었다고만 했습니다. 그리고 동생 말로는 그 사건 때문에 오직 자신만, 수많은 중국인의 무시무시한 저주를 한몸에 받았다고 하더군요.

저는 제 귀를 의심했습니다. 동양에는 아직도 그런 신비한 일이 남아 있다고 들은 적이 있어요. 하지만 이곳은 20세기 문명국가의 한복판입니다. 그런 저주니, 저주로 죽인다느니 하는 어처구니없는 일이 현실에 존재한다고는 도저히 생각할 수 없었으니까요.

하지만 동생은 진지했습니다. 창백한 얼굴로 자신은 저주를 받아 죽을 것이라며 나에게 하소연을 하더군요. 저주에 대항할 방법은 없느냐고 제가 묻자 있었다. 그게 바로 저 고리짝이다, 이렇게 대답했습니다.

중국에서 지내던 시절, 자신이 놓인 상황 때문에 고민하고 있자니 어떤 중국의 현인이 고맙게도 동생의 상담에 응해줬는데, 그분은 커다란 녹나무로 인도의 불상을 만들고 그것을 비단으로 싼 다음 그 고리짝에 넣어서 동생에게 줬다고 합니다. 그분은 고리짝 안에 저주를 봉인해 뒀으니 동생에게 걸린 저주는 모두 불상이 대신 받아줄 거라고 하면서 평생 고리짝을 곁에 두고 소중히 보관한다면 재앙은 일어나지 않을 거라고 했다더군요.

단, 절대로 뚜껑을 열어서는 안 된다는 말도 덧붙였다고 해요. 열면 안에 봉인되어 있던 저주며 온갖 사악한 것들이 상자 바깥으로 튀어나와 동생에게 좋지 않은 일이 생긴다고 신신당부를 했다고 합니다. 그런데 그것도 모르고 제가 멍청하게 열어버린 거죠.

동생은 완전히 겁에 질려서 지금 이 순간에도 수많은 동양인이 한마음 한뜻으로 자신을 저주하고 있다, 자신은 동양인의 저주로 죽는다, 라고 중얼대면서 넋 나간 사람처럼 멍하니 있습니다.

저는 그때 바로 여길 찾아올까 했는데, 동생이 누구에게도 이 사실을 알려서는 안 된다며 간청을 하는 바람에 결국 이렇게 늦어지고 말았어요."

"불을 지피지 않은 건 왜 그런 건가요?"

홈즈가 끼어들었다.

"아, 깜박했네요. 그것도 중국의 현인이 가르쳐준 모양인데, 저주가 효력을 발휘하게 되면 저주를 받는 사람과 그 주변의 온도가 아프리카처럼 올라가고 마치 불에 얹은 냄비 안처럼 되면서 수분이 완전히 증발한다고 해요. 그러니 방을 차갑게 해둬야 한다고 말하더군요. 이렇게 방이 얼음장처럼 차가운 동안에는 안전하다고 말했습니다.

아까 설명해 드린, 동생이 칼로 자해를 한 사건 후에 제가 아무것도 모른 채 동생 방 난로에 장작을 지폈더니, 동생이 냉큼 뛰어 와서 물을 붓고는 서슬 퍼런 얼굴로 호통을 치더군요. 그제야 방에 불을 피우지 않는 이유를 알게 됐어요."

홈즈는 나를 힐끔 쳐다봤다.

"이상한 이야기라고 생각하시죠. 저도 믿는 것은 아니에요. 그렇지만 동생이 눈앞에 있으면 믿지 않는다고 잘라 말할 용기도 없습니다. 그래서 이렇게 의견을 듣기 위해 찾아온 것입니다만……."

"그 자해사건 이후 동생분은 좀 어떻습니까?"

"여전해요. 이게 조금도 바뀌질 않는 거예요, 홈즈 씨. 오히려 점점 더 나빠지고 있어요. 그 사건이 있은 지 한 달 조금 넘었는데, 그동안 킹즐리가 뱃속에 집어넣은 게 대체 뭐가 있나 싶어 곰곰이 생각해볼 정도예요. 지금은 거의 뼈와 가죽뿐인

형편입니다.

하인으로 부리는 베인즈 부부와 셋이서 이것저것 먹기 편한 음식을 하겠다고 머리를 쥐어짜긴 했지만 과연 얼마나 효과가 있을런지. 이 상태로는 중국의 저주인지 뭔지가 효력을 발휘하기 전에 킹즐리는 굶어서 죽어버릴 거예요."

"아무것도 안 먹는다는 거죠?"

"개미 눈물만큼 먹긴 하는데 대부분 곧장 토해버려요. 그리고 하루 종일 핏발 선 눈으로 헛소리를 되뇌고, 의미도 없이 소리를 지르거나 복도에 쓰러져 있고 그럽니다."

"그 외에 이상한 행동은 없나요?"

"그 외에 이상한 행동이라니, 너무 많아서…….

아, 이런 일도 있네요. 파자마 갈아입는 것을 너무 싫어해요. 처음 우리 집에 올 때 킹즐리는 침구 한 세트를 가지고 왔는데 이게 바뀌면 잠을 못 잔다고 했어요. 그래도 침대는 제가 준비해둔 걸 썼지만 시트는 동생이 전부터 써온 허름한 것으로 바꾸었어요. 파자마도 그렇고요.

동생은 발작을 일으키면 파자마를 입은 채 바닥을 굴러다니기도 하기 때문에 파자마가 아주 지저분해져요. 그런데도 통 갈아입으려고 하질 않는 거예요. 그래도 전에는 갈아입고 빨래도 하게 내버려뒀는데 요즘 들어서는 그 옛날 파자마를 벗으려고 하지도 않습니다."

"오호. 그런데 그건 나폴레옹도 마찬가지였다고 하니까요. 그나저나 저와 상담을 하러 간다는 사실을 동생분께는 말씀하셨습니까?"

"아니요, 말하지 않았어요. 아주 질색을 하거든요. 외부의 타인이 개입하면 더 나쁜 일이 일어난다는 거예요. 그 고집에 져서 결국 오늘까지 미뤄온 거죠.

하지만 선생님은 특별한 분이시죠? 홈즈 씨, 부디 가엾은 제 동생을 구해주세요. 저는 정말 뭘 어떻게 해야 좋을지 모르겠어요. 최후의 수단에 호소하는 심정으로 이곳까지 찾아왔습니다."

홈즈는 심각해 보이는 표정이었지만 두 손바닥을 신이라도 난 듯 비벼댔다. 이것은 그의 지성이 더할 나위 없는 자극을 받고 있다는 증거이다.

"굉장히 흥미로운 이야기입니다, 링키 씨. 동생분과 링키 씨가 경험하고 있는 일은 제가 아는 한 전혀 유례가 없는 일입니다. 그런데 오늘내일 중으로 댁을 방문하면 동생분을 만날 수 있을까요?"

"그 부분 말인데요, 홈즈 씨, 동생은 지금 누굴 만날 수 있는 상태가 아니에요."

"사람 만나는 걸 싫어하는군요?"

"그렇습니다."

"그렇다면 왓슨은 어떨까요. 저 친구는 의사인데."

"죄송하지만 더욱 무리라고 생각해요. 의사선생님을 유난히 싫어합니다. 자신은 병에 걸린 것도 아니고, 영국 의사가 이해할 수 있는 상태가 아니라는 거예요.

동생이 체력은 많이 약해졌어도 마음에 들지 않는 일이 있으면 사람이 바뀐 것처럼 괴력을 내요. 저는 더는 동생 때문에 다치고 싶지 않습니다.”

“흠, 그것참 난감하군요……. 그럼 하루 이틀 더 두고 보다 우리가 쳐들어갈 만한 무슨 일이 일어나기만을 기다려야 한다는 건가.

그나저나 동생분은 그 동양의 저주라는 걸 그냥 내버려두면 마지막에 어떤 결말로 간다고 말하던가요? 아까 말씀하신 내용만으로는 이 점이 약간 막연하게 느껴지는데요. 역시 목숨을 잃는 거겠죠?”

“저도 자세히는 모르지만 동생이 말하기로는 저주 능력이 있는 중국인들이 일제히 한 사람에게 저주를 걸면, 그 사람은 온몸에서 수분이 싹 빠져나가 미라처럼 바싹 메말라 죽는다고 합니다.”

“허어! 그거야 원.”

보아하니 홈즈는 전혀 믿지 않는 눈치였다.

무슨 일이든 조금이라도 이상한 일이 벌어지면 전보를 친다는 약속을 하고 부인이 돌아가자 홈즈는 나에게 말했다.

“그래, 어떻게 생각하나? 왓슨.”

"아주 신기한 이야기인데. 난 방금 들은 이야기를 있는 그대로 다 받아들이지는 못하겠어."

"흠, 그럼 어떻게 해석하고 있지?"

"킹즐리는 역시 병적인 망상에 기인한 극도의 신경쇠약으로 봐야 한다고 생각해."

내가 그렇게 말하자 홈즈는 싱긋이 웃었다.

"문명국가인 영국의 의사다운 착실한 의견이야. 역시, 이래서 킹즐리가 자넬 만나고 싶어 하지 않는 거로군."

"그럼 어떻게 해석해야 한다는 거지?"

"자네가 한 해석 말고도 다양한 해석이 가능하다고 생각해. 다만 동양의 저주인지 뭔지와 관련해서는 내 의견도 자네와 별 차이 없이 교과서적이야. 어제까지 쌩쌩하던 사람이 어느 날 갑자기 말라비틀어진 미라가 돼서 죽는 사건이 일어난다면, 난 런던이고 어디고 가릴 것 없이 세상 끝까지라도 당장 날아갈 거야."

"안 믿는 거지?"

나는 물었다.

"전혀! 동양물이 든 사기꾼이 생각해낼 법한 실없는 소리지."

"그럼, 그 남동생이라는 자가 가짜라는 건가?"

"글쎄, 그건 지금으로선 알 수 없지만, 가짜라면 미라가 돼서 죽고 그러진 않겠지."

그러나 홈즈는 세상 끝까지 갈 필요가 없었다.

그다음 날, 홈즈는 다소 들썽들썽하니 침착하지가 못했다. 프라이어리 로드의 메리 링키가 마음에 걸리는 것이다.

그리고 그다음 날인 2월 8일, 그러니까 메리 링키가 우리를 찾아온 다음다음 날 오전, 홈즈 앞으로 전보가 한 통 도착했다. 나나 홈즈나, 그 부인이 보낸 전보일 거라고 생각했다.

"자, 어떤 진전이 있었을 것 같나, 왓슨. 킹즐리가 미라가 되지 않았다는 거 하나는 내가 장담하지."

하지만 메리 링키가 보낸 것이 아니었다. 발신자는 우리의 오랜 친구, 레스트레이드 경감이었다. 이 뜻밖의 사실에 친구는 평소의 쾌활함을 잃었다.

'당신 취향의 사건 발생. 즉시 프라이어리 로드에 있는, 당신도 알고 있는 메리 링키 부인 댁으로 오기 바람. 레스트레이드.'

전보를 읽은 홈즈의 얼굴이 금세 어두워졌다. 입을 굳게 다물고 일어서더니,

"자, 자네도 가야지, 왓슨."

하고 말했다.

여전히 춥긴 했지만 바깥 날씨는 더없이 좋았다. 하지만 맥클턴 역에서 링키의 집으로 가는 마차 안에서 홈즈는 여느 때와 달리 잡담은 일절 하지 않은 채 뚱하니 입을 다물고 있었다. 우려할 만한 사태를 머릿속에 그리고 있는 것이리라. 이렇게 말하는 나도, 지금부터 그 사건의 어두운 결말을 이야기하려니 그

때 맛봤던 경악과 공포가 새삼 몸으로 느껴진다.

링키 저택은 내 상상보다 열 배는 훌륭했다. 위엄 있는 장식이 달린 철문으로 들어서니 널따란 저택 내부가 펼쳐져 있고, 좁은 길이 대리석 포치 | 건물 입구에 지붕을 내어 차를 대도록 한 곳 | 가 있는 현관까지 이어져 있다.

지금은 온통 눈으로 뒤덮여 보이지 않지만 이 넓은 설원 밑에는 잘 손질된 잔디밭이 펼쳐져 있고, 이런 훌륭한 저택들이 대부분 그렇듯, 우리가 탄 마차가 지나가는 길에는 자갈이 깔려 있을 게 분명했다. 쭉 둘러보니 저택 내부에는 작은 못도 보이고 그 너머로 울창한 숲까지 있었다.

이윽고 전방에 엄해 보이고 여윈 얼굴을 한 레스트레이드의 작은 몸이 눈 속에 오도카니 서서 마차가 가까이 오기를 기다리고 있는 모습이 보였다. 현관 앞에 경찰관계자의 것으로 보이는 마차가 잔뜩 세워져 있어 우리는 한참 멀리서 내려야 했다.

"이거 홈즈 씨, 그리고 왓슨 씨까지. 여전히 좋아 보여 다행입니다. 우리가 이렇게 만날 때는 대부분 누군가에게 불행이 찾아왔을 때라는 사실이 참 안타깝네요. 좀 유쾌한 이유로 만나고 싶은데 말이죠."

레스트레이드의 말수가 평소보다 많았다. 나는 뭔가 꿍꿍이가 있는 것 같다고 생각했다.

"당신이 일부러 이런 교외까지 찾아오다니 별일이군요, 레스트레이드 경감."

"말씀하신 대로입니다, 홈즈 씨. 바로 그 점이 이 사건이 얼마나 독특한지를 설명하고 있다고 하고 싶군요, 저는."

그렇게 말하더니 레스트레이드는 약간 교활해 보이는, 그리고 어딘지 모르게 동정하는 듯한 눈으로 홈즈를 봤다.

"이 집 사정을 들으셨다면서요, 홈즈 씨. 방금 베인즈 집사 부부한테서 들었습니다. 메리 링키를 만나셨다고요. 늘 조금의 빈틈도 없이 일을 처리하는 당신에게 이번 일은 좀, 완전하다고 말하긴 어렵군요."

"홈즈도 실수를 했다고 떠들어대고 싶어서 입이 근질근질한 자들이 경시청 내부에 아주 많겠죠. 링키 부인은 어디 계십니까?"

"그 점이 말입니다, 홈즈 씨. 그런 말이 하고 싶어 입이 근질근질한 사람이 과연 경시청 인간들뿐일까요. 저쪽입니다."

레스트레이드가 현관 쪽으로 턱짓을 했다. 그곳에 낯익은 링키 부인이 양쪽으로 힘센 남자들의 부축을 받으며 비틀비틀 나타나는 참이었다.

바로 앞의 마차 안에서도 또 하나의 남자가 나타나 셋이 합동으로 부인을 마차에 태우려 했다.

"잠깐!"

홈즈는 그렇게 외치더니 걸음을 서둘러 다가갔다.

"그분을 어디로 데려가려는 건가, 자네들."

그런데 메리 링키는 홈즈의 목소리를 듣고도 전혀 이쪽을 돌아보려 하지 않았다. 헝클어진 머리, 공허한 눈, 미친 듯 떨리는 입술, 모든 것들이 그녀의 절망적인 정신 착란 상태를 말해주고 있었다.

"보면 모르십니까?"

남자 중 한 명이 지긋지긋하다는 듯 말했다.

"이 상태로는 집에 그냥 못 둬요."

홈즈는 메리 링키에게 가까이 다가가 어깨에 손을 얹고 이름을 불렀다. 하지만 그녀는 홈즈를 보려고도 하지 않은 채 고개를 숙이거나 하늘을 올려다보는 행동만 되풀이했다. 그러다 별안간 무서운 표정으로 홈즈를 노려보기에 나는 그녀가 홈즈에게 원한 맺힌 말이라도 퍼붓는 것은 아닌지 걱정이 됐다. 하지만 그렇지 않았다.

"킹즐리? 킹즐리니?"

부인은 말했다. 맹인처럼 잠시 그러고 있다가는 고개를 푹 숙이더니,

"킹즐리가 아니야."

하고 슬픈 목소리로 말했다.

"저리 가. 당장 킹즐리를 찾으러 가야 하니까."

"자, 이제 됐죠, 선생. 병원으로 가겠습니다. 걸리적거리니까 거기 좀 비켜요."

메리 링키는 세 명의 남자에게 안기다시피 해서 마차에 자리를 잡았다. 마부가 채찍을 휘두르자 말은 하얀 숨을 크게 한

번 뱉어내고는 링키 저택의 문밖을 향해 떠나갔다.

"집사 부부 말로는, 메리 링키가 전부터 좀 이상했다고 하더 군요. 그런데 이번 일로 결정타를 맞은 거죠."

넋 나간 사람처럼 마차를 지켜보는 홈즈의 등 뒤로 다가간 레스트레이드는 보기에 따라서는 기뻐 보이는 얼굴로 말했다.

"대체 이게 무슨 일이야."

홈즈는 폐에서부터 쥐어짜 낸 듯한 목소리로 중얼댔다. 나는 홈즈가 이토록 고통스러운 표정을 짓는 모습을 단 한 번도 본 적이 없었다.

하지만 그는 언제까지나 패자의 위치에 머물러 있지는 않았 다. 그의 눈 안에 깃들어 있던 나약한 절망의 빛이 서서히 이 굴욕감을 맛보게 한 자를 향한 격렬한 복수심으로 바뀌더니, 이윽고 불같은 투쟁심이 되어 활활 타오르는 것을 나는 느꼈 다. 그러나 겉으로는 어디까지나 이성적이고 신사다운 태도를 잃지 않았다.

"자, 현장 좀 볼까."

홈즈는 단호하게 말했다. 그의 모습에서 불타는 투지를 애써 억누르고 있다는 여운이 느껴졌다.

"그리고 사건 설명을 좀 해주셨으면 합니다만."

우리 셋은 나란히 저택 안으로 들어갔다. 들어서자마자 의외 라고 생각한 게 하나 있다. 이 정도로 넓은 부지를 가진 집이니 저택 뒤쪽에도 분명히 상당한 면적의 뒤뜰이 있으리라 생각했는데, 울타리 대신 심어놓은 약간의 초목을 사이에 두고 뒤쪽에 곧바로 이웃집이 붙어 있었다. 이웃집의 2층 창문에는 '빈방 있음'이라고 적힌 작은 팻말이 달려 있었다. 그 모습이 저택 내부 복도에서 훤히 보였다.

링키 저택은 2층 건물이었는데, 이렇게나 넓은 부지에 세워진 건물치고는 꽤 작은 편이겠지만 그래도 집사 부부와 미망인 한 명이 사는 집치고는 많이 커 보였다. 세 명에서 네 명이 되었다 하더라도 마찬가지일 거라 여겨졌다.

정면의 홀 구석에서 이 엄청난 사태에 어떻게 처신을 해야 좋을지 몰라 우물쭈물 대고 있는 노부부의 모습이 보였다.

"저쪽이 집사인 베인즈 부부입니다."

레스트레이드가 설명했다.

"저분들은……."

"아니, 저분들은 나중에. 먼저 현장 안내와 설명부터 부탁합니다. 킹즐리는 사망했습니까?"

"그렇습니다만 홈즈 씨, 홈즈 씨 눈으로 직접 보시는 편이 좋을 겁니다. 말로 설명해봐야 다들 거짓말이라고 할 테니까요. 저만 해도 지구 경찰에게 이 사건을 처음 들었을 때는 사람을 놀리나 싶었거든요. 저도 홈즈 씨와 마찬가지로 이 일을 한 지 오래됐지만 그렇게 기괴하게 죽은 시체를 본 건 처음입니다."

문제의 방은 2층 거의 중앙에 있었다. 복도를 따라 늘어서 있는 네 개의 방 가운데 서쪽에서 두 번째 방이었다.

문은 안으로 열리는 형식이었는데 그 1미터 정도 앞에 도착하자 탄내가 진동했다.

방에 들어가니 예상대로 방 안이 홀랑 불타고 물건 대부분이 다갈색으로 변한 채 물기를 머금고 있었다.

"불이 난 것을 보고 집사와 링키 부인이 물을 끼얹은 겁니다."

그러나 홈즈는 그런 주위 것들에는 눈길도 주지 않고 곧장 침대를 향해 걸어갔다. 침대 위로 몸을 수그리고 있던 경찰이 얼른 비켜줬다.

그곳에는 신기한 물체가 누워 있었다. 파자마를 입은 미라였다. 입을 반쯤 벌려 이를 살짝 드러내고 있었다. 눈은 감고 있고 왼쪽 이마에서 눈썹까지 대각선으로 큰 흉터가 있었다.

팔다리는 침대 위에 똑바로 뻗어 있고 딱히 고통스러운 표정은 보이지 않았지만 파자마 밖으로 보이는 가슴팍과 얼굴, 그리고 손발은 뼈와 가죽뿐인 상태에 다갈색으로 변색되어 있었다.

불에 탔다는 소리가 아니다. 시트 위에도 군데군데 그을린 자국이 있지만 파자마는 거의 타지 않은 것만 봐도 알 수 있다. 어느 모로 보나 가엾은 킹즐리는 미라로 변한 것이다.

"바싹 말랐어요. 수분이 싹 다 빠진 완전한 미라입니다. 어떻게 이런 해괴하기 짝이 없는 일이 벌어진 건지!

당신이 나설 만한 정말 나무랄 데 없이 좋은 기회가 왔네요,

홈즈 씨. 그렇게 생각하지 않으십니까?"

홈즈는 미라로 변해버린 킹즐리의 시체 위로 허리를 굽히더니 예의 돋보기를 꺼내 들고 꼼꼼하게 관찰했다.

"뺨이 약간 무너졌군요."

"누나인 메리 씨가 건드렸기 때문인 것 같습니다. 그 순간부터 그녀가 이상해진 것 같더군요."

그때 경찰 한 명이 유리판 두 장을 나사못으로 고정한 것을 들고 와 레스트레이드에게 조심스럽게 내밀었다. 구석에서 잠시 둘이 뭐라고 속닥거리더니 레스트레이드가,

"재미있는 물건을 입수했습니다, 홈즈 씨."

하고 말했다. 홈즈는 관찰을 멈추고 돌아봤다.

"킹즐리의 목에서 이런 종잇조각이 나왔다는군요. 종이도 퍼석퍼석 말라 있어서 말입니다, 조심스럽게 모아 붙여서 이렇게 유리 사이에 끼워놨습니다.

아래쪽에 '랭엄 호텔'이라는 활자가 찍혀 있는 것으로 보아 아무래도 랭엄 호텔의 편지지 조각 같은데요. 눈으로 봤을 때 글자가 좀 흐릿하긴 하지만 61이라는 숫자 같죠. 제 눈에는 그렇게 보입니다. 홈즈 씨는 어떻습니까?"

나도 홈즈와 나란히 서서 들여다봤다. 다 찢어져 가는 종이를 간신히 이어붙인 것이었는데 그림으로 나타내면 이런 것이었다.

Langham Hotel

"분명 61로 보이는군. 자넨 어떻게 생각하나?"

"61이군. 그 앞의 글자는 펜 자국이 흐릿해서 뭐라고 썼는지 모르겠지만."

나는 대답했다.

"확실히 모르겠군. 중국 문자인 것 같기도 하고. 왓슨, 미안하지만 이 도형과 숫자를 다른 종이에 베껴주지 않겠나. 찢어진 종이 윤곽까지 함께 말이야."

나는 고개를 끄덕인 뒤, 얇은 종이를 유리판 위에 얹고 창가로 다가가 바깥의 광선에 비췄다. 글자와 종이 윤곽이 잘 보이자 최대한 신중하게 베꼈다. 작업을 마치고 두 개를 비교해 보니, 내가 생각해도 얼마나 잘 베꼈는지 한 치의 오차도 없었다.

"그나저나 목구멍에 이게 들어 있었다니 어떻게 된 일일까요, 홈즈 씨."

내가 작업을 끝내고 그들 곁으로 돌아와 진품을 레스트레이드에게, 사본은 홈즈에게 건네주고 나자 레스트레이드가 입을 열었다.

"이해가 안 갑니다. 하지만 참 흥미롭네요."

"없애고 싶은 증거물이었을 가능성은 없을까요?"

젊은 경찰이 끼어들었다.

"순간적으로 없애려고 할 땐 삼키는 게 최고죠."

"피해자가 증거물을 숨긴다고?"

레스트레이드가 반박했다.

홈즈는 토론 자리에서 빠져나가 바쁜 걸음으로 돌아다니며 검게 타버린 참혹한 방 안의 잡동사니들을 살피다 불탄 책상 뚜껑과 서랍을 달그락달그락 건드리며 말했다.

"랭엄 호텔 편지지는 안 보이는데요, 레스트레이드 경감. 당신들의 고상한 토론에 이 자그마한 사실도 포함해 주셨으면 합니다. 킹즐리는 랭엄 호텔 편지지를 갖고 있지 않아요."

두 경찰은 내 친구의 충고를 듣고 입을 다물었다.

"그 편지지는 찢어낸 조각이야. 처음부터 조각에 뭘 썼다고 보기는 힘들지. 쓴 다음에 찢어낸 거라고. 그렇다면 나머지가 있어야 해.

그게 그의 위장 속에 들어 있지 않다면 이 난로 아니면 쓰레기통인데……. 틀렸군, 재뿐이야."

쓰레기통을 들여다보며 홈즈는 말했다.

"타버린 걸까요?"

"현재로서는 그렇게 생각할 수밖에 없겠죠. 방 안이 거대한 난로 안처럼 돼버렸으니.

그럼 저는 이만, 저만의 방식으로 재량껏 조사하도록 하지요. 오늘만큼 이 소박한 애용품이 믿음직하게 느껴지는 날도 없군."

말을 마치기가 무섭게 홈즈는 그 자리에 웅크려 앉아 돋보기로 구석구석 세심하게 조사하기 시작했다. 바닥이 불타 있다 보니 배를 깔고 엎드리지는 않았지만 평소의 곱절은 열정적이었다.

홈즈는 때때로 만족스러운 신음을 내고는 주머니에서 손수건을 꺼내어 접힌 틈 사이에 증거물을 채집했다.

그는 한번 집중하면 무섭게 몰입하는데, 누가 말을 걸어 생각이 중단되는 것을 아주 싫어하기 때문에 우리는 말없이 잘 훈련된 사냥개 같은 그의 작업 모습을 바라보고 있었다.

이윽고 홈즈는 일어서더니 바닥에 있는 갑옷과 투구를 손가락으로 가리키며 말했다.

"이건 동양의 갑옷과 투구 한 쌍이네요. 제각각 흩어져서 앞으로 엎어졌다는 건가. 이것도 어지간히 탔군……. 이건 평소 어떤 형태로 장식되어 있었습니까?"

"거기 작은 스툴 보이시죠? 집사 말로는 그 위에 앉은 자세로 장식해뒀다고 합니다. 그리고 거기 굴러다니는 지지대로 등을 받쳐주고 있었고요."

"흠, 그럼 이건 방 한구석에 놓여 있었다는 거네요? 투구도 있고, 얼굴 가리개에 무릎 가리개, 장갑 비슷한 것까지 있군. 이 정도면 노출되는 부분이 거의 없으니 전쟁터에서 아주 안전

하겠어요, 우리하고 비슷하네.

그나저나 이 뿔뿔이 흩어진 것들을 제대로 모아놔도 원래대로 모양이 잡힐 것 같지 않은데."

"탔으니까 그렇겠죠."

"축이 필요했을 텐데. 방금 하신 말씀은 그 축이 타버렸을 거라는 의견이죠, 레스트레이드 경감? 이건 등을 받치고 있던 지지대라고 했고. 축 같은 건 전혀 안 보이는데. 이거 이상하군. 뭐 됐고, 다음으로 가볼까.

이게 바로 그 고리짝인가 보군. 개중에서도 이게 많이 탔어. 뚜껑은 아예 사라진 상태고.

레스트레이드 경감, 안을 쑤셔보고 그러지는 않았죠?"

"전혀. 저는 믿음이 깊은 사람이라 이런 중요한 조사는 홈즈 씨를 위해 남겨뒀죠."

"흠, 저주는 홈즈가 받아라, 이건가. 왓슨, 그 지팡이 좀 주겠나…… 고마워."

홈즈는 지팡이로 뚜껑의 잔해를 사정없이 휙 치운 다음, 불탄 비단의 재를 옆으로 밀었다. 나는 내심 가슴을 졸이며 지켜보고 있었다. 그러자 밑에서 시커멓게 탄 나무 조각상 같은 물체가 나타났다.

"이게 저주를 막아준다는 목상이로군. 레스트레이드 경감, 그 이야기는 경감도 들어서 아시죠?"

"베인즈에게 대충 들었습니다. 물론 믿지는 않지만 말입니다.”

“그거 다행이군요. 흠, 이거 굉장히 특이한 목상인데. 난 동양 미술품은 꽤 봐왔다고 생각하는데 이런 식으로 두 다리를 하나씩 따로 만든 건 처음 보는군.

왓슨, 자네도 알다시피 난 모리어티 교수와 있었던 그 일 이후 3년 정도 중동과 티베트를 방랑했어. 그때 볼 수 있는 모든 불상은 다 봤지. 하지만 이렇게 두 다리를 하나씩 따로 만든 건 극히 드물었어. 동양의 불상은 대부분 하반신이 옷으로 덮인 형태이고 한 덩어리로 조각되어 있어. 이런 목상은 처음 보는데.

흠, 손도 마찬가지군. 하나씩 조각되어 있어. 저주를 막는 상은 원래 이렇게 만드는 건가.

어? 이건 왜 이렇지? 이 상은 여기저기가 절단되어 있는데. 어깨와 팔꿈치, 그리고 두 다리와 몸체가 이어지는 부분하고 무릎 부분. 목은…… 절단이 안 돼 있군. 네 군데뿐인가. 이건 중요해! 굉장히 중요합니다, 레스트레이드 경감.”

“어째서 중요하다는 건지 전혀 모르겠네요. 누가 톱으로 자르기라도 한 건가요.”

“생각을 해야죠, 생각을, 레스트레이드 경감. 이 목조상은 처음부터 이런 식으로 만들어진 겁니다. 이거 아주 재미있는데. 정말 재미있는 사건이야. 다른 중국제 잡동사니들은…… 딱히 볼 건 없군. 그럼 다음은 문과 창문인가. 어? 이건 또 어떻게 된 거죠?"

"홈즈 씨, 당신의 수사를 방해하면 안 되겠다 싶어서 설명이 늦어졌습니다만, 현재 침대 위에 훈제상태로 누워 있는 킹즐리가 어젯밤 갑자기 문 안쪽에서 이렇게 못을 박아버렸답니다. 링키 부인과 베인즈 부부도 아닌 밤중에 들린 망치 소리 때문에 잠에서 깼다고 하더군요.

문뿐이 아니에요. 보면 아시겠지만 창문에도 모조리 못을 박아놨습니다. 꿈쩍도 안 해요."

"그거 놀랍군. 그렇다는 말은……."

"모르그 가의 재현입니다, 홈즈 씨. 파리의 그 유명한 사건 말이죠. 단, 이번에 우리가 직면한 것은 그 사건보다 백배는 철저합니다."

"못 박힌 방이라. 아하, 그래서 망치가 저런 곳에 굴러다니고 있었군."

"못은 난로 위에 있습니다."

"흠, 내가 아무래도 평소답지 않게 냉정함을 잃은 모양이야. 머리를 식히는 의미에서도 레스트레이드 경감, 시체 발견 경위를 슬슬 이야기해주시죠."

"킹즐리의 망치 소리 때문에 세 사람이 잠에서 깼다는 말은 좀 전에도 했죠. 새벽 2시 조금 못 되었을 때라고 합니다.

링키 부인이 이 복도 쪽에 난 작은 창 너머로 킹즐리와 이야기를 해보니, 어이없는 짓을 하고 있던 사람치고는 뜻밖에 차분했다더군요.

'이렇게 하면 악마가 못 들어와, 누나.'

그 사람이 이렇게 말했답니다. 그래서 링키 부인은…….'

"잠깐. 링키 부인은 이 방 열쇠를 가지고 있었겠죠?"

"그런 것 같습니다."

"계속해주시죠."

"그래서 세 사람은 일단 물러갔다고 합니다. 그런데 아침이 되자 요 근처 복도까지 엄청나게 덥고, 방은 불타고 있었다는 거죠.

뭐, 불타는 범위가 워낙 작아서 아직 화재라고 할 정도는 아니었어요. 세 명이 어렵사리 문을 부수고 침대 쪽으로 뛰어가 봤더니 킹즐리가 보시다시피 이렇게 훈제가 되어 있었다는 거죠.

그다음 링키 부인이 기절하는 바람에 베인즈 부부가 일으켜 세워서 아래로 데려갔고, 베인즈 씨 혼자 돌아와서 불을 껐다고 합니다."

"혼자서 어떻게 잘 껐군요."

"아니죠. 불 끈 사람이 한 명뿐이었기 때문에 이렇게까지 타버렸다는 게 정확한 표현이겠죠. 요컨대 화재 자체는 별 게 아니었다는 겁니다."

"어젯밤 누가 이 저택에 몰래 숨어들었을 가능성은 없습니까?"

"그건 절대 아니라고 베인즈 씨는 주장하고 있습니다. 문단속을 철저하게 했고, 자신들 부부도, 그리고 아마 링키 부인도 간밤에는 전혀 잠을 못 잤을 거라고 하더군요. 따라서 누가 저택에 침입했다면 곧장 눈치를 챘을 테고, 아침에도 집안을 쭉 둘러봤지만 도둑놈이 창을 따거나 해서 침입한 흔적은 없다고 말이지요. 그건 우리도 이미 조사를 했습니다."

"그래서?"

"같은 결론을 내렸습니다. 당신식대로 모두 면밀하게 조사했는데 말입니다. 창 대부분은 먼지가 잔뜩 쌓여 있는 형편이니까요."

"만약에 킹즐리가 안에서 도왔다면?"

"그건 아닌 것 같은데요."

"만에 하나라는 게 있는 법이죠."

"집사 부부는 그럴 가능성이 전혀 없다고 말하고 있습니다. 먼저, 보시다시피 현장은 문이고 창문이고 이렇게 못으로 단단히 박혀 있어 벽이나 다름없는 상태입니다. 우선 킹즐리 본인부터가 바깥에 나올 수 없었지요. 세 사람이 한밤중에 이 방으로 찾아왔을 때, 문에는 분명 못이 박혀 있었다고 단언하고 있습니다.

만약 킹즐리가 못을 **뺐**다면, 쥐 죽은 듯 조용한 밤이었으니 반드시 알았을 거라고도 하더군요.

다시 말해 2시부터 여기, 이 방에서 킹즐리는 한 발짝도 밖으로 나간 적이 없고, 들어간 자도 없습니다."

"그럼 오전 2시 시점에 이미 누가 들어와 있었을 가능성은 어떻습니까."

"그런 일이 있었을 거라는 생각은 전혀 들지 않는데요, 오후 9시 반쯤 누나인 메리 씨가 잘 자라는 인사를 하러 이 방에 왔었다고 합니다. 뭔가 이상이 있었다면 한바탕 소동이 벌어졌겠죠. 어젯밤에는 찾아온 손님도 없었던 모양이고, 1층 창문 같은 경우는 아까도 설명해 드렸고 말이죠."

"흠, 그러니까 불길을 잡고 난 뒤 곧바로 경찰에 신고했다, 이거군요?"

"그렇습니다. 그런데 이쪽 관할 경찰한테는 좀 어려운 문제라 버거울 것 같아서 저한테 연락한 거고요. 그리고 저는 유명하신 범죄연구가께도 공평하게 활약할 기회를 주는 게 좋겠다고 판단한 거지요."

"그거 영광입니다, 레스트레이드 경감."

"그렇게 당신은 이곳에 오셨고, 지금쯤이면 면밀한 조사를 통해 모든 자료를 손에 넣으셨겠죠.

지금까지 당신은 항상 우리가 서류작성 같은 성가신 작업에 매달려 있는 사이에 우리가 미처 생각지도 못한 해답을 끌어내 왔습니다. 우리 전문가들 눈을 휘둥그렇게 만들었던 경우도 조금은 있었다는 걸 인정합니다. 자, 이번에도 마음껏 우리를 놀라게 해주시죠."

홈즈는 실내를 빙 돌며 모든 창에 못이 박혀 있어 움직이지 않는다는 것을 눈으로 확인했다.

"어젯밤 이 근처에 눈이 왔습니까? 레스트레이드 경감."

홈즈는 이런 경우가 많다. 얼핏 생각해서는 아무런 관련도 없는 질문이나 의견을 거침없이 내뱉는다.

"글쎄, 모르겠는데요."

레스트레이드는 대답했다.

"솔직히 말해서 레스트레이드 경감, 내가 지금 파악한 내용은 아마도 당신이 파악한 것과 큰 차이가 없을 거라고 생각합니다. 몇 가지 발전 가능성이 있는 발견도 하긴 했지만 한나절 정도 베이커 스트리트에서 실험을 해봐야 당신에게 말할 수 있겠어요. 자, 그럼 여기서 볼 건 이제 다 봤고. 이제 아래층으로 내려가서 베인즈 부부의 이야기를 좀 들어보죠."

베인즈 부부의 증언에서는 딱히 얻을 게 없었다. 대강 말하자면, 우리가 베이커 스트리트에서 메리 링키에게 들은 기이한 이야기가 아주 정확한 이야기였음을 확인하는 데 그쳤다.

"고양이가 안 보이네."

불쑥 홈즈가 말했다.

"링키 부인의 말로는 이 저택에 고양이들이 우글우글하다고 했는데."

"킹즐리 씨가 다 쫓아내 버렸습니다."

조셉 베인즈가 대꾸했다.

"그분은 고양이가 그렇게 싫은 모양이더라고요."

"오호, 킹즐리의 기행에는 아직 우리가 모르는 것들이 꽤 있을 것 같군. 그나저나 베인즈 씨, 어젯밤부터 오늘 아침까지 이 근처에 눈이 왔습니까?"

"어젯밤에는 오지 않았고, 오늘 아침에 저희가 침대 위에서 죽어 있는 킹즐리 씨를 발견했을 때는 눈이 내리고 있었습니다. 바깥에는 눈이 내리고 있는데 킹즐리 씨의 방 복도는 인도처럼 더워서 놀랐습니다."

홈즈는 끄덕였고, 우리 세 사람은 팔짱을 낀 채 생각에 잠겼다.

"경찰로서 이런 말은 하고 싶지 않지만."

레스트레이드가 두 사람의 대화 모습에 조바심이 났는지 입을 열었다.

"이렇게 되면 그 중국인의 저주인지 뭔지를 믿고 싶어지는군요. 그것 말고 어떤 이유를 생각할 수 있겠습니까, 이 괴상망측한 사건에. 예? 베인즈 씨, 당신은 어떻게 생각합니까?"

"저는 생전에 킹즐리 씨가 하신 말씀을 추호도 의심한 적이 없습니다."

"왓슨 씨, 당신은 의사로서 어떻게 생각하십니까? 많이 쇠약해진 상태이기는 했지만 어젯밤까지 살아서 팔팔하게 움직이던 사람을 단 하룻밤 만에 저렇게 미라로 만들어 버리는 살인 방법이 의학적으로 있나요? 어떻습니까?"

나는 가능하면 아무 말도 하고 싶지 않았지만 어쩔 수 없이, 내가 아는 한도 내에서는 없는 것 같다고 대답했다.

그러자 레스트레이드는 의기양양한 목소리로 말했다.

"문명 도시인 런던의 현역 의사가 아는 한도 내에서는 없다고 했으니 이건 뭐, 그런 방법은 이 세상에 존재하지 않는다는 거죠. 그렇다면 결국 통상적인 범죄는 아닌 것 같군. 과연 앞으로 우리가 나설 차례가 돌아오기나 하려나."

"베인즈 씨, 그 동양 갑옷 말인데."

홈즈가 입을 열었다.

"보통 그런 물건은 보관할 때 넣어두는 상자 같은 게 있죠? 방에서는 보이지 않던데요."

"그건 처음부터 없었습니다. 이 집에 가지고 오셨을 때부터 그렇게 그냥 노출되어 있었어요. 상자는 구하지 못했다고 킹즐리 씨가 말씀하셨습니다."

"흠."

"상자라고요? 갑옷 상자 따위가 대체 뭐라고 그러시는 겁니까!"

레스트레이드가 목청을 높이기 시작했다. 하지만 홈즈는 전혀 신경 쓰지 않고 말했다.

"또 하나 질문을 하죠. 베인즈 씨, 킹즐리 씨가 한밤중에 망치를 두드리는 바람에 당신 부부와 부인이 함께 그 방으로 달려갔다고 하셨죠?"

"그렇습니다."

"그리고 잠시 입씨름을 한 뒤 당신들은 방으로 돌아갔어요. 그 뒤로도 못을 박는 소리가 들렸습니까?"

"아니요, 그때부터는 어떤 소리도 들리지 않았습니다."

"그럼 그 입씨름할 때 말인데, 당신은 킹즐리 방 내부의 모습을 복도에서 봤습니까?"

"봤습니다. 그 방 복도 쪽에 난 창문에는 커튼이 쳐져 있지만 그때는 커튼이 열려 있었거든요."

"방 안이 훤히 보였던 거죠?"

"그렇습니다."

"킹즐리 외에 누가 있지는 않았죠?"

"그럼요!"

"침대 밑은 봤습니까?"

"복도에서는 침대 밑도 보입니다."

"킹즐리의 방 바로 아래는 누구 방이죠?"

"메리 사모님의 침실입니다."

"잘 알겠습니다, 베인즈 씨, 고마워요. 독특한 사건이라 또 찾아올지도 모르겠군요. 내일 하루는 그 방을 치우지 말고 그대로 뒀으면 좋겠는데.

그럼 레스트레이드 경감, 오늘은 이쯤에서 물러나겠습니다. 그나저나 좀 전에 낸 당신의 용감한 의견 말인데, 저도 찬성할

것인지 말 것인지, 오늘 하룻밤 베이커 스트리트에서 천천히 생
각해본 뒤에 결정하도록 하겠습니다."

03

베이커 스트리트의 셜록 홈즈라는 인물은 예상했던 대로 머리가 살짝 이상한 남자였지만, 참 신기하게도 그 후 사흘 동안 플로든 로드의 하숙집에 망령의 발걸음이 뚝 끊어졌다.

　신통방통한 노릇이다. 그러고 보면 베이커 스트리트의 그 특이한 인물은, 머리는 정상이 아닌지 몰라도 일본으로 치면 액운을 제거해주는 가와사키다이시 | 액운 제거에 영험하다는 가와사키 시의 절. 헤이켄지라고도 한다 | 나, 불행한 사고를 당한 사람들을 위한 가케코미테라 | 에도 시기, 남편의 폭행이나 강제 결혼을 피해 도망쳐 들어간 여성을 보호하

고 중재, 이혼을 성사시켜주는 절|에 필적하는, 고맙고도 덕이 높은 인물인지도 모른다.

이제 글쓰기와 학문도 순조롭게 진행될 거라고 생각하니 무척 고마웠다. 이삼일 더 상태를 봐서 계속 나오지 않는다면, 다음번 크레이그 선생의 개인교습 날이 돌아올 때까지 기다릴 것도 없이 베이커 스트리트에 인사라도 하러 가는 게 좋겠다고 생각하고 있었다.

2월 9일 토요일 아침, 나는 하숙집에서 기상 신호로 울리는 징소리를 무시하고 조금 느지막이 자리에서 일어나 느릿느릿 몸단장을 한 다음 산책에 나섰다.

늘 가는 코스를 돌고 플로든 로드로 돌아오니 멀리서 기분 나쁜 사람이 이쪽으로 걸어온다. 분명 날씨가 꽤 화창하기는 했지만 길바닥 색깔도 보이지 않을 정도로 눈이 쌓여 있는데 양산을 받친 숙녀가 맞은편에서 걸어오고 있다.

이 숙녀 말인데, 과연 숙녀라고 불러도 좋을지는 곰곰이 생각해볼 문제다. 분홍색 긴 치마를 눈길에 질질 끌고 있는 모습은 분명 여자처럼 보이기도 하지만 키가 족히 6척(약 181.8센티미터)은 넘었는데, 그러다 보니 실크해트를 쓰고 지나치는 풍채 좋은 신사들도 겨우 그녀의 어깨까지밖에 닿지 않는다.

그런 사람이 전에도 말한 가쿠베지시 같은 모자를 머리에 얹고는 양산을 머리 위로 드높이 들고 있으니 저 멀리 있을 때부터 그 기묘한 모습이 사람들 눈을 끈다. 지나치는 사람마다 모두 눈을 깔고 길을 터주는 듯한 동작으로 냉큼 지나쳐간다. 지나친 다음 걸음을 멈추고 뒷모습을 빤히 본다. 마치 등대 같다. 등대 같은 여자가 인파 위로 머리를 쑥 내민 채 이쪽을 향해 사뿐사뿐 걸어온다.

거리가 꽤 가까워져서 쳐다보니 이럴 수가, 홈즈 씨였다. 나는 반가운 마음이 들어 얼마 전 일은 고마웠다는 인사를 하려고 다가갔다.

'홈즈 씨, 안녕하세요.'

목구멍까지 올라온 이 말을 나는 퍼뜩 삼켰다. 가만 보니 홈즈 씨는 새침한 얼굴로 모른 체 딴 곳을 보고 있다. 며칠 전의 악몽 같은 기억이 되살아났다. 여기서 홈즈 씨라고 불렀다가는 또 발작을 일으킬지도 모른다.

그래서 행인들 모두 시치미를 떼고 있었나, 하는 생각이 들면서 그제야 이해가 갔다. 홈즈 씨는 말하자면 런던의 명물 같은 인물이니까 이제 모르는 사람이 없는 것이다. 다들 알면서도 변장에 속아 넘어간 척해주는 것이다.

그래서 나도 외면한 채 휘파람을 불며 지나쳤는데 뒤에서 와하하 하고 웃는 소리가 들렸다. 돌아보자 홈즈 씨가 가쿠베지시 모자를 벗고 내 쪽을 보고 있었다. 여성용 손 주머니에서 손수건을 꺼내 재빨리 분을 지우고는 튀김옷을 입혀 기름 속에 넣기 직전의 튀김 같은 얼굴로 서 있었다.

나는 약간 낯 뜨겁기는 했지만,

"아니 이런, 홈즈 씨, 전혀 몰라봤지 뭡니까."

하고 말하며 다가갔다. 그러자 홈즈 씨는 아주 입이 귀에 걸려서는,

"감춰서 뭐 하겠습니까, 접니다. 섭섭하네요, 제 얼굴을 잊어버리시다니."

하고 말한다. 누가 자기를 잊어버렸다는 건지 모르겠다.

"당신은 방금 큰 고비를 넘겼습니다."

솔직히 나도 그렇게 생각하고 있었기 때문에 그 말에 움찔했다.

"당신은 방금, 당신이 바로 변장한 모리어티 교수가 아닌가 하는 제 중대 용의선상에서 깨끗이 벗어났습니다. 그 사람처럼 눈썰미 빠른 악당이라면 호적수의 이런 초보적인 변장에 쉽사리 넘어갈 리가 없으니까요."

무슨 소리인지는 통 모르겠지만 어쨌거나 아까 말을 걸지 않기를 잘했구나, 하고 절실하게 깨달았다.

"그나저나 홈즈 씨."

나는 하늘을 올려다보며 화제를 바꿨다.

"뭔가요, 시거슨 씨."

걸음을 내디디며 홈즈 씨가 그렇게 말하기에 나는 또 뒤를 돌아봤다. 아무도 없다. 그는 내 이름을 잊어버린 것이다.

"며칠 전에 상담한 망령 건 말인데요."

나는 치마를 입은 홈즈 씨에게서 의도적으로 떨어져 걸으며

말을 이었다.

"망령? 무슨 망령?"

"왜 그러세요, 홈즈 씨. 제 하숙방에 망령이 나와서 어려움을 겪고 있다고 바로 며칠 전에 상담하러 방문하지 않았습니까."

나는 말했다. 눈치를 보니 홈즈 씨는 그 사실 자체를 까맣게 잊어버린 모양이었다.

"아아, 그랬지! 물론 망령 건 알지요. 사흘 전이었죠. 아니, 나흘 전이었나……? 아니, 혹시 닷새 전이었던가."

홈즈 씨가 진지하게 고민하는 것 같기에 나는 조심스럽게 말했다.

"그건 그다지 중요한 문제가 아니라고 생각하는데……."

"아, 물론 그렇죠, 스플렌더 씨! 그런 건 아주 사소한 문제예요. 어서 당신 집으로 가서 자리 잡고 앉아 천천히 망령 문제를 상담하시죠."

"아니, 그러니까 그건 이미 해결이 됐습니다, 홈즈 씨. 홈즈 씨에게 상담을 받으러 간 이후로는 나타나는 게 딱 끊겼어요, 덕분에."

이 말은 사실이었다. 그러자 홈즈 씨는 의기양양한 얼굴로 끄덕였다.

"당연히 그러셨겠죠. 그래야 제 이야기에 집중하실 수 있을 테니. 사실 오늘은 상담 드릴 게 좀 있어서 찾아왔습니다."

"저한테요?"

나는 나도 모르게 경계하며 목청을 높였다. 그렇다면 홈즈 씨는 이 엄청난 복장을 한 채 내 하숙집으로 향하고 있었단 말인가.

"실은 당신의 힘을 꼭 빌리고 싶은 사건이 생겼어요. 괜찮으시겠습니까?"

"그, 그야 물론 저 같은 사람도 도울 수 있는 일이라면 기꺼이."

나는 흠칫흠칫 떨면서 말했다.

"당신의 지식을 빌리고 싶은 일은 바로 이겁니다. 우선 이걸 좀 봐주세요."

홈즈 씨는 그렇게 말하더니 팔꿈치에 걸고 있던 여성용 손주머니에 손을 집어넣고 꼼지락꼼지락 뒤적거리다가 종잇조각 하나를 끄집어냈다. 거기에는 이런 글이 적혀 있었다.

하늘은 푸르다.
석양은 붉다.
설탕은 달다.

내가 소리 내어 글을 읽자 홈즈 씨는 종이를 얼른 낚아챘다.

"잘못 꺼냈다. 이건 핀치 경 실종사건에 관련된 중대암호였어."

그렇게 말하더니 다른 종잇조각을 내밀었다. 종이에는 그림으로 나타내자면 다음과 같은 도형이 그려져 있었다.

"뭐죠, 이게?"

나는 물었다. 그러자 홈즈 씨는 이 종이의 유래를 나에게 들려줬다. 이 사건은 나중에 '프라이어리 로드 미라 사건'이라는 이름으로 영국에 널리 알려지게 된다. 자초지종을 간단히 말하면 이랬다.

사건이 일어난 장소는 런던 북쪽에 있는 프라이어리 로드로, 우연찮게도 작년까지 내가 지내던 곳 근처이다. 한길에서 조금 들어간 곳에 링키 저택이라는 이름의 커다란 저택이 있다는 모양이다.

이 저택의 주인은 미망인으로 하인 부부와 셋이서 살고 있었는데 행방불명되었던 미망인의 남동생을 최근에 찾아 함께 살게 되었다. 이 킹즐리라는 남동생은 중국에 머무는 동안 어떤 사건에 연루돼 중국인들의 저주인지 뭔지를 한 몸에 받은 처지였다. 그전까지도 수많은 기행이 두드러졌었는데 어제 아침에는 단 하룻밤 만에 미라처럼 바싹 말라서 죽어버렸다고 한다. 얼핏 믿기 어려운 기괴한 이야기였다.

"미라가 된 그 가엾은 남자의 목에서 바짝 마른 종이가 나왔습니다. 이건 그 종이를 베낀 겁니다. 중국과 관련된 사건이란 말입니다, 챈 씨. 같은 동양인이시니 거기 적힌 기호를 보면 뭔가 짚이는 게 있지 않을까 해서 이렇게 찾아온 겁니다."

고작 그 볼일을 보자고 일부러 여장까지 했나 싶어 나는 기가 막혔다.

"자, 하숙집에 도착했군요. 당신의 대답은 당신 방에서 동양 차라도 한 잔 얻어 마시며 천천히 듣고 싶군요. 저는 동양 차라면 아주 사족을 못 씁니다."

종이에 적힌 글자를 아무리 봐도 내 눈에는 히라가나로 보였다. 그래서 나는 방에 자리 잡고 앉아 '쓰네つね 61'이라고 읽힌다고 설명했다.

'쓰네'가 무슨 뜻이냐고 홈즈 씨가 묻기에 나는 올웨이즈 always라는 뜻이라고 가르쳐줬다. 하지만 만약 이 글자가 일본 문자라면 일본인은 이런 식으로 서양식 숫자 표기법과 함께 쓰지 않는다고 덧붙였다.

우리가 그런 대화를 하고 있는데 창문 아래로 마차 소리가 다가오더니, 이윽고 포석 위에서 말발굽 소리가 어지럽게 나는 게 집 앞에 멈춰선 눈치였다. 그러자,

"조그만 마술을 하나 보여 드릴까요, 친타오 씨."

하고 홈즈 씨는 말했다. 부를 때마다 사람 이름을 바꿔 부르는데 딱 기가 찬다. 그냥 입에서 나오는 대로 부르는 것이라는 생각밖에 들지 않지만, 홈즈 씨 나름대로 생각이 있을지도 모른다. 괜히 신경을 건드려 봐야 골치 아프기 때문에,

"부탁드립니다."

하는 대답만 했다.

"런던의 마차에는 세 종류의 울림이 있습니다. 이륜마차는 유려한 왈츠."

그렇게 말한 홈즈 씨는 벌떡 일어나 내 앞에서 화려한 스텝을 밟았다.

"그리고 사륜마차는 독일가곡의 장엄한 4분의 4박자."

그렇게 말하더니 홈즈 씨는 저벅저벅 육중하게 걸었다.

"그리고 이륜 역마차는 물론 정열적인 남쪽의 피를 연상시키는 플라멩코지."

말을 마치자마자 선생은 발을 쿵쿵댔다.

"방금 그 소리는 왈츠였으니까."

그렇게 말을 하자마자 홈즈 씨는 다시 까치발을 하고 왈츠 스텝을 밟고 있었다.

"이륜마차입니다. 이륜마차만큼 중산층 가정 부인에게 잘 어울리는 것도 없지. 따라서 이 하숙집 여주인이 외출에서 돌아왔다고 생각하면 되겠습니다."

나는 창 아래를 내려다봤는데 예상과는 달리 사륜 역마차가

세워져 있었다. 그리고 계단을 올라와 내 방문을 노크한 이는,
바로 와트손이라는 의사였다.

"홈즈, 역시 여기 있었군."

와트손 씨의 등장에 나는 한숨 돌렸다.

04

내가 홈즈의 지시를 받고 나쓰미의 하숙방을 찾아가보니, 그는 글을 쓰고 있었는지 실내복 위에 가운을 걸친 채 입구에 나타났다. 그는 나와의 두 번째 만남을 크게 기뻐하며,

"어떻게 여길 아셨습니까?"

하고 물었다. 나는,

"제 친구는 그런 방면의 전문가거든요."

하고 대답했다.

나쓰미는 나를 방으로 들여 홈즈를 입이 마르도록 칭찬하더

니 그 뒤로 유령이 전혀 나타나지 않는다고 말했다.

홈즈의 말이 딱 들어맞은 이 결과에 나는 친구에게 약간의 경외심을 느끼며 일본인의 이야기를 들었다. 나쓰미는 이삼일 안에 베이커 스트리트로 가서 인사를 할 참이었다고 했다. 그래서 나는 손뼉을 치고,

"그거 마침 잘 됐군요!"

하고 외쳤다. 그리고 창 아래 역마차의 지붕을 가리키며 이렇게 말했다.

"지금 당장 아래로 내려가시면 베이커 스트리트까지 가실 필요가 없습니다. 저기에 홈즈가 있거든요."

나쓰미가 앞장 서고 뒤따라 내가 역마차 앞까지 내려가자 홈즈가 마차 안에서 나쓰미를 맞아줬다.

"이거, 나쓰미 씨, 사흘만이군요. 왓슨이 무리하게 나오시게 한 게 아니었으면 좋겠는데요."

우리 세 사람이 모두 마차에 올라타자 마부는 천천히 말에게 채찍질을 했다.

"나쓰미 씨가 자네한테 할 말이 있는 모양이야."

내가 말하자 홈즈는 미간에 살짝 주름을 잡으며,

"설마 방이 점점 더 많은 유령으로 우글댄다는 이야기는 아니겠죠."

정반대입니다, 하고 나쓰미는 말했다. 말씀하신 대로 그날 이

후 거짓말같이 나타나지 않게 돼서 한번 뵙고 고맙다는 인사를 하고 싶었다고 설명했다. 홈즈는 다소 만족스러운 듯 웃음 짓더니,

"인사는 됐습니다. 이제 나쓰미 씨도 한동안은 이 나라를 싫어하지 않고 지낼 수 있겠죠?"

하고 말하자 일본인은 고개를 끄덕였다.

"고맙습니다. 저는 영국인으로서 의무를 다한 것일 뿐이에요."

친구의 말을 듣고 나는 그의 절제된 기질 밑바닥에 힘차게 흐르고 있는 진정한 기사도 정신을 보았다고 생각했다. 그러나 홈즈는 그렇게 말한 뒤 쿡쿡 웃으며,

"하지만 나쓰미 씨 혹시라도 이대로는 마음이 불편하시다면 한 가지 좋은 방법이 있긴 한데요."

하고 말했다. 뭔가요, 하고 나쓰미가 물었다.

"이번에는 당신이 우리의 고민 상담을 좀 해주시면 됩니다. 이걸로 서로 비긴 걸로 치자는 겁니다. 어떻습니까?"

홈즈는 약삭빠르게 말했다.

"그렇게 말씀해주시니 영광스럽기 그지없습니다만, 저 같은 일개 유학생이 고명하신 탐정님을 도울 일이 뭐가 있겠습니까."

나쓰미는 겸손하게 말했다.

"있다마다요. 혹시 우리나라 신문을 읽으십니까?"

홈즈는 물었다. 나쓰미는 유학생에게 시간은 너무도 짧고 영

국에서 배우는 것들은 너무 많아 도저히 신문까지 공부할 여유가 없다고 대답했다.

"어어, 그건 편견이에요, 나쓰미 씨."

홈즈는 말한다.

"신문에야말로 우리 영국의 모든 것이 있습니다. 현재 우리가 획득한 작은 진보와 향상을 유효하게 배울 수 있는 교과서라는 게 있다면 그건 바로 타임스이며, 데일리 텔레그래프이며, 리즈 머큐리나 웨스턴 모닝 뉴스 같은 것들입니다.

뭐, 그건 그렇고, 그래도 오늘 아침 런던 사람들을 술렁거리게 한 프라이어리 로드 미라 사건은 알고 계시겠죠."

전혀, 하고 일본인이 대답하자 홈즈는 나를 보며 살짝 장난스러운 웃음을 지었다.

"쯧쯧, 이거 잘 안 되겠는데. 왓슨, 시간이 좀 걸릴 거 같아."

그런 다음 나쓰미 쪽으로 돌아보며 이렇게 말을 이었다.

"그럼 나쓰미 씨, 지금부터 제가 신문을 대신해줘야겠군요. 귀 기울여 주시면 고맙겠습니다. 그런 다음, 동양에서 오신 당신의 지혜를 꼭 빌리고 싶은 게 있어요.

당신도 아시다시피 저는 죽을 때까지 범죄 연구를 하며 살아갈 다짐을 한 사람입니다. 그런데 지금 이야기할 링키 저택의 미라 사건은, 부끄럽지만 얼마 되지 않는 제 경험에 자부심을 가지고 있는 저 같은 전문가까지 놀라게 하고 혼란에 빠지게 할 정도의 사건입니다. 그건 사건의 핵심으로 여겨지는 부분에 평소 우리가 동경해 마지않던 동양의 신비라고 하는 요소가 들어 있기 때문인데요. 이 사건을 만나기 직전에 우리에게 동양인 친구가 생겨서 정말 다행입니다."

홈즈의 무심한 듯한 이 말에서도 그의 현재 심경이 잘 드러나 있었다. 홈즈가 자신을 '혼란에 빠졌다'와 같이 표현하는 것은 처음 들었다. 그다음부터 나는 친구가 그 기괴한 사건을 간략하고 요령 있게 이야기해주는 것을 옆에서 감탄하며 듣고 있었다.

"어떻습니까?"

이야기를 마치고 홈즈가 물었다.

"당신은 머나먼 신비의 나라에서 온 손님입니다. 이런 현상에 저나 왓슨처럼 놀라서 입만 딱 벌리고 있는 게 아니라, 뭔가 다른 견해를 가지고 있을지도 모른다는 생각에 이렇게 묻는 것입니다."

그러나 일본인 역시 우리와 다를 바 없이 놀란 상태였다. 그는 한동안 넋 나간 사람처럼 있더니,

"정말 그런 일이 실제로 이 문명 도시에서 일어났다고요?"

하고 물었다.

"그렇습니다."

홈즈는 대답했다.

"인간의 몸을 미라로 만든다는 게 말이 쉽지, 그건 남쪽의 이집트라든지 나름대로 자연조건이 갖춰진 곳 아니면 무리 아닌

가요. 그러니까 제 말은 공기 중에 습기가 극도로 적고, 기온은 높은 그런 장소가 아니면 일부러 만들고 싶어도 만들지 못하잖아요. 평범한 조건의 장소에서라면 시체는 곧바로 부패가 시작되지 않습니까? 더군다나 하룻밤으로는 말도 안 되죠."

일본인의 대답은 옳은 말이었고, 내 생각과 다르지 않았다. 그 말에 홈즈가 입을 열었다.

"저는 지금껏 꽤 많은 시체를 봐왔기 때문에 시체 관련 지식은 일반인들보다 많다고 생각하고 있습니다. 제가 젊은 시절에 살다시피 한 런던의 대학 의학부에서도 해부용 시체의 부패 방지를 위해 다양한 방법을 쓰고 있었죠.

하지만 이번 사건의 시체에는 지금까지 알려진 어떤 방법도 쓰인 흔적이 없습니다. 그래서 동양입니다. 동양에는 우리 유럽인이 아직 알지 못하는, 뭔가 특수한 방법이 있지 않을까 해서 말이죠, 나쓰미 씨."

홈즈가 그렇게 말하자 나쓰미는 그제야 상황이 이해된 모양이었다.

"일본에는 전통적으로 옻칠 처방이라든가, 가죽을 만드는 기술이 전해져 내려오고 있지 않습니까?"

홈즈는 다시 물었다. 나쓰미는 옻칠은 있지만 가죽에 관해서는 잘 모른다고 대답했다.

"그럼, 인체에 옻칠을 하면 어떻게 되나요?"

홈즈가 물었다.

"염증을 유발한다고 듣기는 했는데 그건 일부 사람들에게만 일어나는 일이고, 하물며 죽거나 미라가 되지는 않습니다."

"그럼 저주는 어떤가요? 동양에는 저주의 힘이라는 게 실제로 존재합니까?"

"죽이고 싶은 상대의 인형을 만들어서 기도를 하며 칼로 찌르면 결국에는 상대가 병에 걸리거나 죽는다는 말이 일본에 있기는 합니다. 저는 믿지 않지만요."

나쓰미는 대답했다. 그런 다음,

"아무리 그래도 미라가 되지는 않아요."

하고 덧붙였다.

"그럼 중국에서는 어떤가요?"

"중국이라니, 영국보다 더 모릅니다."

"흠, 그럼 동양의 저주 때문에 한 남자가 하룻밤 만에 미라가 되었다는 이야기를 들으면 일본인인 당신도 우리처럼 똑같이 놀란다는 건가요?"

홈즈가 이렇게 묻자,

"물론이죠."

나쓰미는 대답했다. 그 말을 듣자 홈즈는 약간 낙담한 표정으로,

"이 이야기를 들으면 스코틀랜드 야드 | 런던 경시청의 별칭 | 에 있는 제 친구가 크게 실망하겠어요."

하고 말했다.

"사건 수사에 관련된 사람이라면 킹즐리는 저주가 아닌 다른 어떤 힘 때문에 미라가 됐다고 생각하는 편이 아무래도 현명하겠군요."

"연기는 어떨까."

내가 옆에서 끼어들었다. 그러자 홈즈는 비웃는 표정으로 내쪽을 보더니 그것이 의사인 자네의 의견이냐고 물었다.

홈즈는 더 이상 얻을 게 없다고 판단했는지, 외투에서 킹즐리의 목에서 나온 종이와 똑같이 베껴놓은 종이를 꺼내어 펼쳤다.

"그럼 이걸 좀 봐주세요, 나쓰미 씨. 여기에 쓰인 도형이나 기호를 혹시 아시겠어요?"

"이건 61이라는 숫자잖아요."

일본인은 말했다.

"그야 틀림없습니다. 그럼 그 앞의 기호는 어떤가요?"

나쓰미는 잠시 생각에 잠겼다가는 '언제나'라는 뜻을 가진 일본어 글자와 비슷하다고 말했다. 하지만 일본어 문장으로는 아무런 의미도 되지 않는다고 했다.

"런던에서 죽은 영국인의 목에 들어 있던 거죠?"

나쓰미가 물었다.

"일본어가 적혀 있을 이유가 없잖아요. 이건 일본어가 아니에요. 많이 비슷하긴 하지만 단순한 우연일 거라고 생각합니다. 하지만 혼자서 좀 더 생각하다 보면 뭔가 새로운 해석이 떠오를지도 모르겠네요."

"그럼 이 종이는 가지십시오."

홈즈는 말했다.

"우리는 스코틀랜드 야드에 가면 언제든 진짜를 볼 수 있으니까요."

"보탬이 되지 못한 것 같네요."

나쓰미는 미안한 듯 말했다.

"그나저나 그렇게 신기한 사건이라니, 호기심이 마구 솟는데요. 불가해하고 기괴한 사건 같습니다."

"정말 보기 드문, 인상 깊은 사건이죠."

홈즈가 맞장구를 쳤다.

"이런 말씀을 드려도 될지 모르겠지만 이 종이와 관련해서는 아무 도움이 되지 못한 듯한데, 혹시 현장을 보게 해주신다면 다른 쪽으로 뭔가 도움이 될 수 있을지도 모르겠습니다."

그러자 홈즈는 곧바로 이렇게 받아쳤다.

"자, 도착했습니다, 나쓰미 씨. 저기가 링키 저택이에요. 그렇게 말씀하실 줄 알고 이렇게 모셔왔습니다."

05

우리가 마차에 올라타자 치마를 입은 홈즈 씨는 쾌활하게 목청을 높였다.

"이보시오, 마부 양반. 프라이어리 로드의 링키 저택까지 30분 안에 도착하면 웃돈 1실링을 내겠소!"

덕분에 마차는 바퀴를 삐걱대며 맹렬히 달리기 시작했다. 워낙 시끄러워서 와트손 씨와 대화를 할 때도 소리를 지르다시피 해야 했다.

그래서 나는 어지간히 급한 볼일인가 보다, 하고 있었는데 전혀 그렇지 않았다. 나중에 와트손 씨한테 물어봤더니 홈즈 씨는 그런 식으로 마차를 몰아붙이는 게 취미라고 한다.

"링키 저택의 미라 사건은 들으셨죠."

와트손 씨가 큰 소리로 내게 물었다.

"내가 더할 수 없이 완벽하게 설명해 드렸네."

홈즈 씨의 목소리는 커질수록 카랑카랑하니 쇳소리가 되어서 뭔가 비명 같다. 그러는 동안에도 마차는 엄청난 기세로 달려간다. 뒤쪽으로 안개의 소용돌이가 생긴다. 나는 있는 힘껏 창틀에 매달렸다.

"동양에는 저주라는 힘이 실제로 존재하나요, 나쓰메 씨."

와트손 씨가 물었다.

"그렇습니다. 동양이라고 해봐야 저는 일본밖에 모르지만……."

나도 큰 소리로 대답했다.

"제 친구는 동양에 관한 지식에서는 유치원생 수준입니다."

홈즈 씨가 외쳤다.

"중국과 일본을 구별하는 건 당연히 못 합니다. 일본은 중국의 일부이고 베이징 교외쯤에 붙어 있는 거라고 생각할 걸요. 그렇지? 왓슨."

설마 그럴까 싶었는데 와트손 선생의 얼굴이 살짝 붉어져 있었다. 홈즈 선생은 신이 나서 이렇게 덧붙였다.

"그런데 우리 영국인들의 지식이라는 게 대부분 그런 수준이란 말입니다. 저만한 동양통이 아니고서야 일본이 홍콩의 일부라는 건 아무도 모르지요!"

조국을 세계에 널리 알려야만 한다는 것을 나는 이때 통감했다.

나는 '대못 박기' 방법을 두 사람에게 설명해줬다. 일본에서는 옛날부터 '대못 박기'라고 불리는 저주가 널리 알려져 있어 일반적으로 많이들 이용했다고 들었다. 저주하고 싶은 상대를 작은 짚 인형으로 만든 다음 그걸 가지고 매일 밤 축시, 다시 말해서 대략 오전 2시경에 영험한 땅으로 찾아간다. 그리고 정성을 다해 저주를 하며 그 짚 인형에 대못을 박는다. 이것을 아무도 모르게 7일간 계속하는 것이다.

이밖에도 상대를 사람 형상의 종이로 만들어 불에 태우는 방법도 있다.

내가 이렇게 설명해주자 홈즈 씨는 박학한 면모를 보여줬다. 그의 말에 따르면 아프리카의 어떤 민족은 물이 펄펄 끓는 냄비 안에 대고 저주하고 싶은 상대의 이름을 세 번 외친 다음, 재빨리 뚜껑을 닫고 사흘 밤낮으로 끓이면 그 상대가 고통을 받는다는 전설을 실행하고 있다고 한다.

그렇게 하면 그 상대는 어떻게 되느냐고 와트손 씨가 묻자 병에 걸리거나 죽는다는 말이 있다고 대답했다. 단, 그래도 미라가 되지는 않는다고 덧붙였다.

와트손 씨와 홈즈 씨는 내 설명에 크게 실망한 눈치이다. 일본에는 상대를 미라로 만들어서 죽이는 저주가 있다는 대답을 기대한 모양이다.

　대체로 서양에서는 동양을 마법사의 나라처럼 생각하는 면이 있다. 대단한 실례다. 그래서 나는 말했다.

　"캠버웰에 건달들이 득시글대듯이, 동양은 신비로운 것들로 가득할 것이라는 여러분 영국인들의 생각에 저는 늘 불만을 품고 있습니다.

　우리 도쿄도 현재 이곳보다는 조금 뒤떨어져 있기는 하지만 런던과 별반 다를 게 없는 도시입니다. 이곳과 마찬가지로 한 달에 몇 번 살인사건이 일어나지만 죄다 칼이나 총을 이용한 것들이지 저주를 이용한 것들이 아닙니다."

　내가 그렇게 말하자 와트손 씨는 이해한 듯 고개를 끄덕였다. 해가 저물어가면서 안개가 더욱 짙어졌다. 마차는 안갯속을 질주한다. 뒤쪽에서 하얀 소용돌이가 인다.

　나는 아까부터 계속 손에 들고 있던 그 '쓰네 61'이라고 적힌 종이를 펼쳐봤다. 와트손 씨가 읽을 수 있겠느냐고 재빨리 물어왔다. 그래서 나는,

　"쓰네 61로 읽을 수 있을 것 같은데요."

　하고 대답했다. 무슨 뜻이냐고 묻기에 억지로 갖다 붙이자면 '늘' 혹은 '언제까지고' 61이라는 뜻이라고 말하기는 했는데, 사실 제대로 된 일본어 문장 형식은 아니다. 일본어 문장이라면 이 '쓰네つね'와 '61' 사이에 '니に' | 동작·작용이 이루어지는 시간·경우를 나타

내는 격조사 | 라는 글자가 들어 있어야 한다. 일본인이라면 절대 이런 식으로는 쓰지 않는다.

게다가 그 피해자는 중국인의 저주를 받은 상태였으니 그 목에서 나온 이 종이에는 중국어가 적혀 있어야 마땅할 것이다. 내가 이런 의문점을 이야기하자,

"이게 중국 문자가 아닌가요?"

하고 와트손 씨가 물었다.

"중국 문자와는 전혀 다릅니다."

나는 대답했다.

"게다가 이게 혹시 일본어라고 하더라도 뒤쪽의 숫자가 이상합니다. 일본어에서 숫자는 이것과 다른 표기 방식이 있어요. 이건 당신들 문자에서 숫자를 쓰는 방식이고, 일본어에서는 이런 식으로 섞어 쓰지 않습니다."

말은 그렇게 했지만 가만히 생각해 보니 나처럼 이곳에 와 있는 일본인이라면 간혹 이런 식으로 쓸지도 모르겠다는 생각도 들었다.

와트손 씨가 이 종이는 일부를 찢어낸 것입니다, 따라서 이것은 긴 문장의 일부일지도 모릅니다, 라고 말했다. 그 말을 듣자 나는 곧바로 '요시쓰네 | 일본 헤이안 시대 말기의 무사 | '라는 단어를 머리에 떠올렸지만 설명하기 귀찮아서 입 밖에 꺼내지는 않았다.

"중국과 일본은 문자가 다른가요?"

와트손 씨가 물었다. 그렇다, 문자뿐만 아니라 하나에서 열까

지 모조리 다르다고 내가 대답하자,

"하지만 중국과 일본은 여기 영국과 파리 같은 관계 아닌가 요?"

하고 거푸 물었다.

듣고 보니 아닌 게 아니라 그렇다 싶다. 아주 당연한 질문이다. 하지만 참 신기하게도 전혀 다르다. 중국과 일본은 이곳만큼 사이좋게 허물없이 왕래하지 않는다. 이유는 묻지 않기를 바랐다. 물어본들 나는 설명도 못 한다.

전방의 안갯속에서 그야말로 귀족의 저택 같은, 금속세공 장식도 호화찬란한 철문이 성큼 다가왔다.

"자, 치마 입으신 나리, 도착했습니다! 정확히 30분 걸렸소."

마부가 기쁜 목소리로 외쳤다. 이렇게 직접 찾아와보니 링키 저택은 전에 내가 지내던 하숙집 바로 근처였다. 걸어서 10분도 걸리지 않을 것 같았다.

"어허, 이 사람 마부 양반, 링키 저택이라고 하면 현관 바로 앞에 마차를 대는 거지. 지금부터가 깁니다."

홈즈 씨는 그렇게 말했는데 사실이 그랬다. 대문 안으로 들어서니 저택 내부의 부지가 그야말로 광대했다. 우에노 공원 크기는 되어 보였다.

마차가 현관 앞에 도착하자 홈즈 씨는 유쾌한 듯 목청을 높였다.

"5초 초과! 웃돈은 못 내오."

에잇, 이 사기꾼아, 하는 말을 내뱉고 마차가 떠나가자 마중 나온 백발의 집사에게 두 사람은 나를 동양에서 온 신분이 높은 손님이라고 소개했다. 그러자 집사는 나를 향해 공손히 머리를 숙였다.

링키 저택은 굉장히 훌륭한 건물이었다. 이렇게 아무렇지 않게 무심히 서 있지만, 이 건물을 그대로 히비야 | 일본 도쿄에 있는 최초의 서양식 공원 | 에 가져다 놓으면 바로 귀인들의 사교장으로 쓰일 수 있을 것 같았다. 홈즈 씨는 홀을 가로질러 2층으로 올라가는 계단을 앞장서서 올라갔다. 나도 뒤따라갔다.

킹즐리라는 남자의 시체가 발견된 방은 벽에서부터 바닥, 커튼까지 몽땅 시커멓게 타 있었다. 이런 범죄 현장에는 난생처음 와 보는데, 역시 범죄 현장이란 것은 사람의 마음을 불안하게 만든다. 침대 위에 미라로 변한 시체는 없었다. 경찰이 가지고 갔다는 모양이다.

방에 들어가자마자 홈즈 씨는 치마 안주머니에서 커다란 돋보기를 꺼내더니 용감하게도 시커멓게 탄 바닥 위에 배를 깔고 엎드려서는 온 방안을 질질 기어 다니기 시작했다. 벌떡 일어섰나 해서 보면 또 금세 납죽 엎드린다. 덕분에 프릴이 주렁주렁 달린 비싸 보이는 부인복은 순식간에 시커메졌다. 의사 와트손 씨는 멍하니 선 채 친구의 행동을 슬픈 눈으로 지켜보다가 뭔가 불에 탄 관처럼 생긴 상자 앞에 다가가 나에게 손짓을 했다.

"나쓰메 씨, 이거 좀 봐주세요. 킹즐리가 저주를 가두어뒀다고 주장하던 상자입니다. 이 안에 이렇게 그를 대신해 저주를 막아낸다는 목조상이 들어 있습니다.

그런데 이 상은 보시는 대로 몸 여기저기가 절단되어 있죠. 아무래도 만들 때부터 이랬던 것 같아요. 이런 식으로 만든 목상을 고국에서도 보신 적이 있나요?"

그렇게 묻기에 나는 어림없는 일이라고 대답했다. 단무지도 아니고 김초밥도 아닌데 목상의 몸체 여기저기에 칼질을 해서야 천벌을 받아도 쌀 일이다. 나는 와트손 씨에게 일본인이라면 목을 벤다 해도 이런 짓은 못 한다고 말했다. 그러자 홈즈 씨도 옆으로 와서 *끄덕끄덕*했다.

거기에 내가 좀 이상하다고 생각한 것은, 이 목상의 하반신이 인왕상처럼 좌우 두 다리가 멀쩡히 만들어져 있다는 점이다. 불에 타서 자세히는 모르겠지만 뭔가 바지 비슷한 것을 입고 있는 것처럼 보이기도 하는 굉장히 희한한 형태이다.

그렇다면 이것은 인왕상의 한 종류일까. 하지만 타다 만 얼굴을 봐서는 오히려 관음보살 같이 생겼다. 이렇게 이상한 모양은 처음 봤다. 내가 그렇게 말하자 과연, 하며 두 사람은 얼굴을 마주했다.

또 한 가지, 그 방에서 내 눈길을 *끄*는 물건이 있었다. 나는 눈을 휘둥그레 뜨고는 엉겁결에

"이거 놀랍네. 이런 물건이 왜 여기에 있지. 이게 뭔지 아시나요?"

하고 목청을 높였을 정도였다. 그 물건은 일본의 갑옷과 투구였다. 반 이상 타서 바닥에 뒹굴고 있었지만 틀림없는 일본의 갑옷, 일본 무사의 갑옷과 투구였다.

"누가 어떻게 설명했는지는 모르지만 홈즈 씨, 이건 틀림없는 일본 갑옷이에요, 중국이 아니라."

나는 용기백배해서 주장했다.

작년, 이 도시에 온 지 얼마 되지 않았을 때 런던 탑을 구경한 적이 있는데 그때 런던 탑 안에도 일본 갑옷이 있어 깜짝 놀랐다. 영국 땅까지 우리 갑옷이 와 있구나 싶어 다소 신기한 감상에 빠져 한동안 바라봤었다.

홈즈 씨는 검댕이 범벅인 바닥을 휘젓고 기어 다닌 덕분에 매부리코의 코끝까지 새까매져 있었다. 그런데 내 말을 듣자 순간 눈을 번뜩인 것처럼 보였다. 그리고 한동안 팔짱을 끼고 생각에 잠겼다. 한참 지난 뒤, 그게 확실한가요? 중국 것일 가능성은 없나요? 하고 물었다.

일본인이라면 틀리고 싶어도 틀릴 수가 없다. 우리 집에도 이런 갑옷과 투구가 한 쌍 있었다. 나는 그것을 보며 자라왔다. 내가 확실하다고 대답하자 홈즈 씨는 킹즐리가 중국에서 입수했다고 말한 모양이던데 이런 갑옷을 중국에서도 입수할 수 있느냐고 내게 물었다.

나야 통 알 수 없는 일이었기 때문에 입수할 수 있을지도 모르겠네요, 하고 애매한 대답을 했다. 그리고 이렇게 되면 그 '쓰네 61' 역시 히라가나인지도 모르겠다고 생각했다.

06

마차가 링키 저택의 현관으로 들어와 멈추자 먼저 홈즈, 그리고 나, 이어서 나쓰미의 차례로 내렸다. 그런데 그때, 생각지도 못한 일이 벌어졌다.

현관에서 집사인 베인즈가 늘 그렇듯 공손하게 우리를 맞이해줬는데, 갑자기 빈혈이라도 난 것처럼 눈 위에 스르륵 무릎을 찍으며 쓰러진 것이다. 홈즈와 내가 재빨리 양옆에서 부축해 그를 현관 앞까지 데리고 갔다.

베인즈는 금세 정신을 차리더니 옆에서 이 상황을 지켜보고

있던 나쓰미에게 손가락질을 하며

"노란 악마 네 이놈, 당장 이 집에서 나가!"

하며 고함을 지르기 시작했다. 나는 그제야 베인즈가 기절한 것이 나쓰미 때문이라는 것을 깨달았다. 베인즈는 이 집에 별안간 찾아든 불행이 모두 동양인 탓이라고 믿고 있는 것이다. 그리고 그 사달의 장본인이 사태의 결말을 눈으로 확인하기 위해 마침내 모습을 드러낸 것이라고 착각한 것이다.

홈즈는 얼른 베인즈를 데리고 가 홀 구석 자리에서 자초지종을 설명하는 것 같더니 이윽고 돌아와서 나쓰미에게 말했다.

"죄송했습니다, 나쓰미 씨. 아무래도 그런 사건이 난 직후이다 보니 베인즈가 다소 예민해져 있어서요. 뭐, 무지하다 보니 저지른 실수지, 왓슨. 나쓰미 씨, 기분이 상하신 건 아니죠?"

일본인은 걱정말라고 대답했다.

베인즈는 다소 차분해진 것 같았지만 우리가 2층 복도로 사라지기 직전에 보니,

"노란 얼굴의 악마 네 이놈, 조만간 피눈물을 흘리게 해줄 테다!"

하고 계단 아래에서 악을 쓰고 있었다.

문제의 2층 방은 홈즈가 지시한 대로 건드리지 않은 채 고스란히 남아 있었다. 홈즈는 그 저주를 막아주는 목상이 들어 있는 고리짝 곁으로 가서 나쓰미를 부르며 말했다.

"나쓰미 씨, 이것 좀 봐주세요. 이 목상은 보시다시피 몸체 여기저기가 절단되어 있죠. 이런 식으로 만든 목상을 고국에서도 본 적이 있나요?"

나쓰미는 고개를 휘휘 저었다. 그러더니 일본 것과는 다르다고 분명 못을 박았다. 나에게는 뜻밖의 대답이었지만 홈즈는 그렇지도 않았는지 만족스러운 표정으로 고개를 끄덕이며 두 손을 비벼대고 있었다.

나쓰미는 대신 방에 놓여 있던 동양의 갑옷을 일본 것이라고 장담했다. 내 친구도 이 말은 조금 뜻밖이었는지 팔짱을 끼고 생각에 잠겼다. 한동안 그러고 있다 고개를 들더니 그밖에 일본 물건은 없느냐고 물었다. 나쓰미는 방 안을 돌며 꼼꼼하게 살펴보고 난 뒤 보이지 않는다고 대답했다.

"없네요, 홈즈 씨. 이 방에 있는 일본제 물건은 저 갑옷과 투구 한 쌍뿐입니다."

그러자 홈즈는 말했다.

"아니, 하나 더 있을 것 같은데요, 나쓰미 씨. 그 글자요, 킹즐리의 목에서 나왔죠."

그러더니 내 쪽으로 몸을 틀고 말했다.

"왓슨, 이 시점에서 할 수 있는 말은 이 기괴한 사건은 중국과 일본이 뒤섞인 잡탕같이 되어 있어 흥미진진하다는 거야.

만약 이 희한한 사건이 아주 만만찮은 능력을 지녔다고는 하나 우리와 같은 인류가 꾸민 것이라면, 그 사람도 우리와 마찬가지로 중국과 일본을 구분하지 못하는 녀석일지도 몰라. 음, 이 짐작은 개연성이 꽤 높을걸."

그러더니 다시금 일본인 쪽을 돌아보며 말했다.

"그럼 나쓰미 씨, 당신이나 저나 이 음침한 화장장에서 얻을 수 있는 것은 다 얻은 것 같군요. 불쾌한 일까지 겪게 한 데다, 이 이상 나쓰미 씨의 공부를 방해할 수는 없죠. 곧바로 하숙집까지 모셔다 드리겠습니다."

"61이 의미하는 것으로는 어떤 것들이 있을까, 왓슨."

베이커 스트리트로 돌아와 흔들의자를 흔들거리며 홈즈가 말했다.

"글쎄……. 일수日數인가."

그렇게 나는 대꾸했다.

"그럴지도 모르지. 61일간, 아니면 앞으로 61일.

날짜는 말이 안 되지, 2월 61일 같은 날짜는 없으니까. 달도 마찬가지고. 61월이라는 달은 없으니까.

그럼 연도인가. 하지만 1961년은 아득히 먼 미래인 데다, 서기 61년은 또 엄청난 옛날이고 말이지.

그 종이에는 61 뒤에 약간의 여백이 있었어. 이 말은 61이 더 긴 숫자, 예를 들면 6161이라든가, 6100 같은 숫자의 앞부분이 아니었다는 걸 뜻하지.

또 어떤 걸 생각할 수 있을까. 거리인가. 61마일, 61피트. 아니면 금액인가? 61파운드, 이건 사람 하나를 죽일 정도의 금액은 아닌데. 아니면 무게의 단위인가? 61파운드, 이건 사람 한 명의 무게는 안 되고. 자네도 이 곱절은 나가지?"

"그 일본인은 숫자 앞의 기호를 보고, 만약 일본 문자라면 '올웨이즈'라는 뜻이라고 말했잖아. '언제나 61파운드', 이건 그럴듯하기도 한 것 같은데."

나는 말하다가 곧바로 고개를 갸우뚱했다.

"그나저나 대체 왜 목에서 그런 글이 적힌 종이가 나온 거지?"

"바로 그거야, 왓슨. 정말 이해가 되지 않아. 마음에 안 드는 점들은 그것뿐이 아니야. 먼저, 이 이야기는 전에도 했지만 킹즐리의 방에 랭엄 호텔의 편지지 따위는 없었지. 킹즐리의 방뿐만이 아니야. 어젯밤에 내가 링키 저택에 일부러 찾아가서 베인즈와 함께 온 저택 안을 다 찾아봤어. 하지만 링키 저택 어디에도 랭엄 호텔의 편지지는 없었어. 아니, 그게 문제가 아니라 킹즐리의 방에는 자네도 봤다시피 필기도구 자체가 하나도 없었어. 펜도, 잉크병도, 연필 한 자루도 없었지.

이렇게 되면 킹즐리는 꽤 오래전에 이미 그 종이에 61이라고 썼고 내내 갖고 있었다는 이야기가 되지. 그러다가 죽기 전에 삼켰는데, 그것도 그 일부분만을 찢어서 삼킨 것 같잖아. 나머지는 곧바로 쓰레기통에 버렸을 텐데 그건 다 타버렸고……. 과연 이렇게 추리하는 게 맞는 걸까. 맞다면, 몇 장 중에서 찢은 걸까? 또 왜 삼켰을까?

　만약 이게 비밀 금고의 비밀번호 같은 거라서, 그날 우리 친구의 부하가 말한 것처럼 순간적으로 감추기 위해 삼킨 것이라면 대단히 급한 사태가 발생했다고 생각할 수밖에 없어. 별안간 눈앞에 그 종이를 노리는 옛 악당 동료가 나타났다던가 말이지. 그 정도 일은 있어야 한단 말이야.

　은폐하고 싶었다면 느긋하게 태우는 게 당연히 훨씬 낫지. 실제로 그 종이의 나머지 부분은 태웠는지 완벽하게 사라지고 없어. 오히려 은폐하고 싶었던 부분이 남아버린 거지.

　하지만 과연 그렇게 다급한 사태가 실제로 발생한 걸까 하고 생각하면, 이것도 아주 의심스러워. 못을 박아버린 문과 창문 말이야. 집사 부부와 그 딱한 부인이 문을 부수기 전까지는 억지로 열려고 했던 흔적조차 전혀 없어.

　더군다나 갑작스러운 망치 소리에 놀란 세 사람이 오전 2시에 방 앞으로 몰려간 때부터 다음 날 아침 시체가 발견되었을 때까지, 못은 단 하나도 뽑혀 있지 않았다고 했어. 그뿐만이 아니라 그 이후로는 못이 단 하나도 더 박히지 않았어. 다시 말해서 우리가 본 것과 같은 상황이 오전 2시에 이미 완성되어 있었다는 거지. 그리고 베인즈는 그때 킹즐리의 방에 그 누구도 숨어 있지 않았다고 단언하고 있어.

　난 복도에서 복도 쪽 창으로 몇 번이나 방을 들여다봤어. 만약 정말로 커튼이 걷혀 있었고, 베인즈가 정직한 남자라면 그의 증언은 충분히 존중돼야겠지. 복도에서는 침대 밑까지 훤히 보였어.

요컨대 킹즐리의 코앞에 별안간 그런 인물이 등장하는 사태는 있을 수 없는 일이라는 거야. 그런 인물이 있었다고 하더라도 킹즐리의 방에는 들어갈 수 없었을 거라고. 따라서 그가 그 종잇조각을 은폐하기 위해서 다급하게 삼켜야 할 상황은 생각하기 어렵다는 결론이 나오지.

또 하나, 이런 경우도 우선은 생각해둬야 해. 킹즐리는 필기도구를 전혀 갖고 있지 않았으니까 누군가 그 방에 침입한 자가, 만에 하나 그런 인간이 있었다는 가정하에서 말이지만, 그 자가 그 종이를 들고 가서 킹즐리의 입안에 쑤셔 넣었을 가능성이야. 이 가능성도 전혀 무시할 수만은 없어. 그런데 안에서 못으로 완전히 틀어막아 버린 방에 어떻게 유리 한 장 깨지 않고 침입할 수 있었을까."

"즉, 그 가능성은 있을 수 없다는 거지."

"옳은 말이야, 왓슨. 고백하자면 아주 곤혹스러워. 설령 누군가가 그런 방에 들어갈 수 있었다 치더라도 사람 하나를 하룻밤 만에 미라로 만들 방법이 있을 리 없지.

그런데 킹즐리는 대체 왜 안에서 못을 박았을까? 누나가 방 열쇠를 가지고 있었던 것 같으니까 집안사람 중 그 누구도 방에 들이기 싫었던 것일까? 그렇다면 그는 혼자서 뭘 할 생각이었을까.

흠, 만약 자네가 나중에 이 기괴한 사건의 전말도 기록으로 남기고 싶다면 이 가엾은 전문가가 쩔쩔매고 있는 모습을 열심히 관찰해두라고."

사건 후 이삼일. 늘 그렇듯 나 같은 사람은 상상도 못할 몇 가지 자료가 홈즈의 내부에서 조금씩 해결을 향해 조립되어 가고 있었겠지만, 곁에서 볼 때 이 무렵의 홈즈는 암중모색 상태로밖에 보이지 않았다.

하지만 확실히 장담하는데, 그러는 동안에도 그의 머릿속에서 메리 링키가 한순간도 떠나지 않았던 것만은 분명하다. 우리를 찾아왔을 때 그녀는 최후의 수단에 호소한다는 심정으로 찾아왔다고 말했다. 하지만 홈즈는 불행히도 그녀를 구해주지 못했다. 그 사실이 그의 자존심에 깊은 상처를 낸 것이다.

어느 날 홈즈가 산책을 다녀 오겠다고 말했다. 나도 같이 가자고 했더니 그는 이렇게 대답했다.

"왓슨, 나한테는 이유 없이 다른 사람들과 심각하게 다른 면이 있는 모양이야. 가끔은 아무래도 꼭 혼자 있고 싶을 때가 있거든."

그래서 나는 별수 없이 읽고 있던 전문 잡지를 읽으며 몇 시간을 보냈는데 얼마 뒤 홈즈가 파라핀과 알코올, 그리고 누더기 천 같은 것을 어디선가 잔뜩 사 들고 돌아왔다.

뭘 하려고 그러나 지켜보는 내 앞에서 그는 실험용 책상 앞으로 가더니 그 천을 한쪽 끝에서부터 태우기 시작했다. 조촐

하지만 쾌적했던 우리의 집은 순식간에 견딜 수 없을 지경의 악취로 가득해지면서 훈제공장 같은 꼴이 되었다. 중요한 실험일 테니 뭐라고 불평할 수도 없어서 나는 혼자서 방을 탈출했다.

그런데 다음날에도 홈즈는 그 바보 같은 실험을 계속했다. 이제 아래층까지 피해가 미쳤는지 아래층 허드슨 부인에다, 마침내는 맞은편 집 주민까지 무슨 일이냐며 찾아오는 형편이었다.

가끔은 이런 시련도 어쩔 수 없는 것이라고, 온 영국에서 가장 인내심이 강한 사람임을 자처하는 나는 생각했다. 하지만 그런 사람의 참을성에도 한계가 있다. 이런 만행을 신이 용서할 수 있는 것도 최대한 이틀이 아니겠는가.

홈즈는 단시간에 끝낼 생각 따위는 전혀 없어 보였다. 잠깐 태우다가는 흔들의자에 앉아 파이프를 빨고, 또 생각나면 다른 것들을 태워대 불쾌한 파라핀 냄새가 방안 구석구석 아주 고루 배고 말았다.

이제 나는 시간을 죽이기 위해 런던의 클럽이란 클럽, 공원이란 공원은 다 돌아다닌 것 같았다. 고문이 나흘째에 들어서자 나는 굳게 결심하고 그의 실험용 책상에 다가갔다. 내가 항의를 하려고 입을 여는 순간, 타다 남은 것에 돋보기를 대고 자세히 관찰하고 있던 홈즈가 기분 좋은 표정으로 얼굴을 들더니,

"아주 만족스러운 결과가 나왔어, 왓슨."

하고 말했다.

"뭘 좀 알아냈나?"

내가 곧바로 말려들어서 묻자,

"그래. 겨우 반 보 전진이라고 해야겠지. 내기해도 좋은데, 킹즐리 방의 화재는 알코올을 사용한 방화야. 확실해. 이것으로 중국인의 저주 어쩌고 하는 이야기도 좀 수상쩍어진 거지."

"대단한걸, 홈즈."

내가 말하자,

"그렇다고 기뻐하고만 있을 수는 없어. 이 한 걸음은 미궁으로 들어가는 한 걸음이야. 못 박힌 방에서 왜 방화가 일어나야만 했는가? 그렇다면 범인은 킹즐리 말고는 없게 되지. 왜 제 손으로 제 방에 불을 질렀을까? 한 가지 해답이 이번에는 열 개의 난제를 가지고 왔어. 진리로 가는 길은 늘 가깝지 않은 법이지. 어, 누가 온 모양인데…….

흠, 스코틀랜드 야드에서 납시셨군."

문 뒤에서 레스트레이드의 흰족제비 같은 날쌘 모습이 나타났다.

"이거 홈즈 씨, 으, 이 냄새는 대체 뭡니까?"

"프라이어리 로드 미라 사건과 관련해서 실험을 좀 하고 있던 참입니다."

"오호, 그것참. 저는 또 베이컨 가게라도 열 참인가 싶었는데요.

그나저나 그 미라 말입니다만, 언제까지고 경찰서 안치소에 자리를 차지하게 둘 수는 없습니다. 이제 그만 매장하고 싶은데, 한마디 양해는 구해둬야 할 것 같아서요."

"정말 친절하십니다, 레스트레이드 경감. 그래, 시체에서 뭔가 재미있는 발견은 좀 하셨습니까?"

"딱히 특별한 건 없더군요."

"그 미라도 저주를 막아준다는 목상처럼 여기저기 절단된 흔적이 있다든가 그렇지는 않았습니까?"

"그런 흔적은 없었습니다. 이렇게 말해도 될지 모르겠지만 당신이나 나처럼 흠이 전혀 없이 사지가 멀쩡했어요. 다만……."

"다만?"

"검시에 입회한 의사가 좀 흥미로운 이야기를 하더군요."

"무슨 이야기죠?"

"뭐 딱히 문제 삼을 정도의 일은 아닌데요, 홈즈 씨. 가엾은 킹즐리는 아사한 게 아닐까, 하더군요."

"아사."

그렇게 말하더니 홈즈는 잠시 조용히 생각에 잠겼다.

"그야, 킹즐리 그 청년이 누나나 베인즈가 아무리 말을 해도 빵 한 조각 안 먹었다고 하니 굶어 죽을 법도 하죠."

레스트레이드는 거듭 말했다. 하지만 홈즈는 깊은 생각에 잠긴 채 아무 말이 없었다.

"그래서 홈즈 씨, 이번에는 당신 차례입니다. 이 엄청난 냄새의 원인을 좀 이야기해주셨으면 합니다만."

홈즈와 오래 알고 지낸 친구 중 한 사람치고는 이 경찰의 성급한 태도에는 다소 생각이 부족한 면이 있었다. 친구는 얼굴 앞에서 성가시다는 듯 손을 내젓고는,

"지금은 그런 사소한 일에 신경 쓸 새가 없습니다."

하고 대답했다.

레스트레이드 역시 발끈한 표정이었다. 그에게는 인내심이 내 반만큼도 없다. 거기다 하필이면 범죄수사관으로서의 자존심은 홈즈에게도 뒤지지 않았다.

"오호, 그런가요, 홈즈 씨."

레스트레이드는 말했다.

"저는 오늘까지 제가 당신의 친구라고 생각했습니다. 그런데 아무래도 요 10년 동안 단단히 착각하고 있었던 모양이네요. 저와 당신의 마음은 이곳과 달 만큼이나 떨어져 있는 것 같군요. 확실히 알았습니다. 가능하다면 저희도 경시청 로비나 어디서 누더기 쪼가리를 태우며 놀고 있고 싶군요! 뭐, 스코틀랜드 야드를 정년퇴직하게 되면 그때 생각해보기로 하죠. 그럼 두 분 모두 잘 지내십시오. 다음에 또 미라가 시체 안치소에 오면 그때는 조용히 매장하기로 하겠습니다. 저 혼자만 솔직히 다 털어놓으면 억울하니까요!

아아, 그래, 이 사건이 해결될 때는 다시 뵙고 싶습니다만 그

게 언제가 될지. 피차 얼굴을 잊어버리기 전이었으면 좋겠군요!"

레스트레이드는 생각나는 모든 말로 빈정거림과 동시에 문을 닫았지만 홈즈는 말이 없었다. 나는 레스트레이드처럼 밖으로 뛰쳐나가 갈 곳도 없었기 때문에 어쩔 수 없이 내 의자로 돌아가 의학계보를 다시 읽기 시작했다. 홈즈가 겨우 입을 연 것은 그리 얇지도 않은 전문 잡지가 겨우 몇 장 남았을 무렵이었다.

"이게 무슨 일이야."

홈즈는 쓸쓸한 듯 말했다.

"터무니없는 속임수야. 우리는 감쪽같이 속아 넘어갔어. 젖먹이인 우리는, 우유인 줄 깜박 속아서 흰색 피마자유를 마신 거라고!

이러고 있을 수는 없지. 왓슨, 아직 확실하지 않은 게 많아. 하나하나 발판을 다져나가야지. 좀처럼 보기 어려운 이 교활한 녀석을 궁지에 몰아넣기 위해서 말이야."

그러더니 홈즈는 부산스럽게 의자에서 엉덩이를 들었다.

"경시청에 있는 우리의 옛 친구 일은 신경 쓰이지 않나?"

나는 물었다.

"경시청? 어, 레스트레이드는 돌아갔나 보군."

"자네가 쫓아내서 말이지."

나는 말했다. 그러자 홈즈의 표정이 어두워졌다.

"내가 뭔가 그 친구의 심기를 건드리는 소리를 했다고 말하려는 건 아니겠지, 왓슨."

"그런 소리를 들으면 온 영국의 누구라도 돌아가고 싶어질걸. 딱 한 사람만 빼고 말이야."

"그게 누구지?"

"나."

"하하하! 일반적인 인물이라면 그렇다는 말을 하고 싶은 거로군, 왓슨? 그 사람이야 '레스트레이드, 홈즈의 협조로 프라이어리 로드 미라 사건 해결'이라고 박힌 타임스 기사 제목만 보면 바로 싱글벙글하니까."

홈즈는 외투를 걸치며 말을 이었다.

"그게 바로 일반적인 인물의 모습이라는 거야."

그렇게 말을 남기고 그는 냉큼 바깥으로 나가버렸다.

그리고 한동안 나의 친구는 아주 활동적이었다. 그가 애용하는 흔들의자는 이삼일 동안 잠시도 데워진 적이 없었다.

홈즈가 내뱉는 말 여기저기에서 그의 작은 여행의 목적지가 에든버러거나 맨체스터였다는 것을 알 수 있었다. 아마도 킹즐리의 행적을 쫓거나, 그와 메리 남매가 어린 시절을 보낸 도시를 찾아다니는 게 분명했다. 하지만 그의 낯빛에서는 성공이 다가오고 있을 때 으레 보여주는 신나서 들뜬 기색이 조금도 보이지 않았다.

"영 잘 안 풀려, 왓슨."

한번은 홈즈가 그렇게 말한 적이 있다.

"정말 두 손 두 발 들었어. 이렇게 난감하기도 오랜만이군. 정말이지 영악한 놈이야. 우리한테는 눈곱만한 증거도 없으니까 말이지.

이 사건은 우리의 조그만 역사 속에서 전혀 유례를 찾을 수 없을 정도로 기괴한 사건이지만, 범인의 지능도 지금껏 우리가 상대해온 놈 중에서는 상당히 좋은 부류에 들어갈 거야. 그럴수록 얼른 뒷덜미를 잡아주고 싶어지지.

사실은 방법이 하나 있어. 굉장히 불안하고 성공 가능성이 희박하기는 한데, 그래도 사건의 얼개 정도는 확실히 밝힐 수 있겠지.

하지만 그때쯤이면 이 교활한 신사는 세상 끝까지 도망친 뒤겠지. 내가 말한 방법이라는 게 왓슨, 앞으로 몇 개월이나 꼼짝 않고 기다려야 할 정도로 시간이 걸리는 것이거든. 그렇게 한가하게 세월만 보낼 수야 없지. 이 녀석을 꼭 잡아야 해. 사건의 수수께끼만 풀어봤자 죽도 밥도 안 돼. 런던에서는 그래도 조금은 알려진 내 이름이 걸려 있어서라도 말이야."

그러나 다음 날 돌아온 홈즈는 완전히 녹초가 되어 입을 놀리기조차 귀찮아 보였다. 그가 허우적대는 동작으로 외투를 벗을 때 작은 종이가 바닥에 떨어졌는데, 콘월 반도의 끝인 랜즈엔드에 있는 정신병원 원장의 명함인 걸 보면 그는 메리 링키를 만나러 갔다 온 게 분명했다. 원장은 리처드 니브힐이라는 사람으로 의학 잡지 같은 곳에서 가끔 이름을 볼 수 있었다.

"봤나? 왓슨."

홈즈는 힘없이 말했다.

"그야 그 명함의 주인이 사는 곳은 잊을 수가 없는 곳이니까. 콘월은 겨우 4년 전에 둘이서 요양 갔던 곳 아닌가. 하긴 그때도 레온 스턴데일 박사의 기묘한 사건에 휘말려서 요양이고 뭐고 없었지만."

나는 말했다.

"눈썰미가 좋아졌군. 요즘 자네의 발전된 모습은 가끔 얄미울 정도야. 그래 맞아, 그 불행한 부인을 만나고 왔어.

그녀의 내면에는 온갖 극적인 요소들이 소용돌이치고 있어. 그녀 앞에 서면 제아무리 극적으로 지어낸 이야기라도 순식간에 빛이 바래버릴걸.

우리가 직면한 이 사건도 진행이 이렇게 독특한 만큼 자네도 기록자로서 구미가 당기겠지. 그런데 왓슨, 부탁이 있네. 이 사건은 나의 보기 드문 대실패의 기록이 되리라고 생각해."

거기까지 말한 그는 오랜만에 자신이 애용하는 흔들의자에 몸을 깊이 묻고, 꽤 오랫동안 아무 말 없이 파이프 연기만 뿜어댔다. 어떤 식으로 이야기를 이을지 고민하는 눈치였는데, 홈즈가 워낙 오래 입을 다물고 있다 보니 나는 저도 모르게 콘월 반도 끝에 있는 마운츠 만 부근의 경관을 머릿속에 떠올리고 있었다.

그곳은 랜즈엔드Land's End, 땅끝이라는 이름에 걸맞게 독특한 곳으로, 음침한 바위 절벽과 예로부터 범선 선원들에게 죽음의 덫이라는 악명으로 불리던 암초에 거친 파도가 스산하게 밀려들고 있었다.

우리가 빌린 집은 깎아지른 듯 높은 낭떠러지 꼭대기, 그것도 바다 쪽으로 쑥 나간 부분에 세상에서 잊혀진 듯 오도카니 서 있는 벽이 흰 외딴집이어서 창을 통해 이런 마운츠 만의 황량한 전경이 훤히 내다보였다.

우리는 수없이 많은, 바다의 거친 남자들이 비명의 최후를 마친 흰 파도가 부서지는 묘지 위에서 몇 주인가를 지냈다. 혼자서 이 뱃사람들의 무덤을 가만히 내려다보고 있는 홈즈를 보고 있으면 이 지방이 그의 씁쓰레한 기질과 잘 맞는다는 것을 짐작할 수 있었다.

바다에 질리면, 그는 몇 세기 전에 멸망한 민족의 유적이나 유사 이전의 사투를 전해주고 있는 보루를 찾아 랜즈엔드의 황야를 쏘다니며 혼자서 몇 시간씩 명상에 잠겨 지냈다.

바로 그곳에 지금, 실성한 메리 링키가 있는 것이다. 나는 헝클어진 머리를 바닷바람에 휘날리며 울퉁불퉁한 바위 곶에 서 있는 메리를 상상했다.

"성공한 이야기만 세상에 발표하는 건 그다지 칭찬할 만한 일이 아니야."

별안간 홈즈가 말을 잇는 바람에 나는 명상에서 깨어나 현실로 돌아왔다.

"난 여기서 자네와 함께 꽤 많은 일을 해왔어. 그중 몇 가지
는 조금이나마 이 세상을 청결하게 하는 데 보탬이 됐다고 생
각해. 그리고 맹세하는데, 그 어떤 순간에도 난 명예심이라든
가 금전욕 같은 저급한 것에 마음이 흔들린 적이 없어."

"잘 알아."

나는 말했다.

"그러니까 지금까지 이뤄온 내 조그만 공적을 봐서 이 최악
의 실패로 생긴 상처가 내 안에서 치유될 때까지 이 사건 기록
은 발표를 미뤄 달라고 부탁한다면 너무 이기적인 걸까?"

그제야 나는 그가 무슨 말을 하려는 것인지 이해했다. 그나
저나, 실패라고? 나는 하마터면 소리를 지를 뻔했다. 그의 말이
아주 불만스러웠지만 굳이 입 밖에 꺼내지는 않기로 했다.

"이기적이긴."

하고 나는 대답했다.

"자네가 그러길 바라는데 어떻게 내가 반대하겠나, 홈즈. 좋
아. 난 이 사건 기록을 절대 세상에 발표하지 않겠어. 약속하
지."

그러자 홈즈는,

"친구란 무엇과도 바꿀 수 없는 재산이군."

하고 절절한 어조로 말했다.

나의 이 기록은 홈즈와 내가 살아 있는 동안에는 결코 발표

되지 않을 것이다.

2월 12일 화요일, 홈즈는 늘 그렇듯 또 어디로 외출하고 없었기 때문에 점심을 먹기 위해 혼자 베이커 스트리트로 나갔다. 프라이어리 로드 사건이 일어난 지도 벌써 일주일 가까이 지나버렸다.

발 밑이 꽁꽁 얼어붙어 까딱하면 미끄러질 것 같아 신경 쓰며 걷고 있는데 뒤에서 누가 나를 부르는 목소리가 들렸다. 그 목소리에서 이상하게 외국 억양이 느껴지기에 미심쩍어하며 돌아보니, 목소리의 주인공은 나쓰미라고 하는 그 일본인이었다. 나쓰미는 키가 작고 걸음걸이가 좀 특이하다. 그는 종종걸음으로 나를 따라잡더니,

"안녕하십니까, 닥터. 친구분도 잘 계신지요?"

하고 물었다.

"저는 아주 좋습니다만, 홈즈는 글쎄요."

나는 대답했다.

나쓰미는 공부하고 돌아가는 길이라며 요 앞의 크레이그 박사 집에 매주 화요일마다 다니고 있다고 말했다. 나는 그에게 홈즈와도 자주 가는 마티니 가게에 가서 점심을 함께 하자고 했다.

창가 테이블에 자리잡고 앉자 그는 주머니에서 지난번의 그 61이라고 적힌 종이를 꺼내어 돌려줬다.

"소중한 증거물을 너무 오래 가지고 있었습니다."

나쓰미는 정중하게 말했다.

"그 뒤 많이 고민해봤지만 안타깝게도 큰 도움은 못 드리겠네요."

"신경 쓰지 마세요. 유학생을 귀찮게 하는 건 홈즈도 싫어할 겁니다. 그나저나 셰익스피어를 공부하고 계신다고요, 나쓰미 씨."

그러자 나쓰미는 살짝 수줍은 웃음을 짓더니 고개를 아주 약간 좌우로 흔들었다.

"별것 아니에요. 당신네 나라의 그 위대한 사람이 남긴 업적은 마치 제가 건너온 바다 같습니다. 제가 지금 하고 있는 건 그 바닷가에서 조개껍데기를 하나씩 줍고 있는 수준이죠."

"정말 겸손하시군요."

나는 말했다.

"공부를 그렇게 열심히 하신다면서요."

"젊을 때는 누구든 공부를 해야지요."

"그건 나이를 먹어도 마찬가지죠. 홈즈만 봐도 정말 그렇습니다. 그가 지금 하고 있는 공부는 61의 연구예요."

그 뒤 우리는 주문한 요리를 먹는데 전념했고, 다 먹고 난 뒤에는 그의 베이커 스트리트 스승, 크레이그 씨 이야기 따위를 했다. 그는 오늘 영작문의 첨삭지도를 받으러 왔는데 다달이 내는 수업료 외에 사례금까지 요구해서 놀랐다는 이야기를 해줬다.

그 뒤 우리의 대화는 사건으로 돌아가 미라 이야기로 옮겨갔다. 상식적으로 영국에서 시체를 미라로 만든다는 것은 불가능하다. 이것은 의학자로서 내 판단이기도 하다. 그런데 범인은 그것을 하룻밤 만에 해치웠다. 나쓰미는 한 인간의 시체를 하룻밤 만에 미라로 만들 수 있을 법한 방법을 이것저것 예로 들어줬다.

"흡혈귀는 어떤가요."

나쓰미는 말했다.

"뭐라고요?"

"흡혈귀요. 인간의 피를 빨아먹는 그 유명한 괴물 말입니다. 분명히 선생이 쓰신 글 중에도 그런 게 있었는데요."

"그걸 읽으셨습니까?"

"그것뿐만이 아닙니다. 선생과 고명하신 친구분의 통쾌한 모험기록은 닥치는 대로 읽었어요."

"하지만 저나 홈즈나 그런 것의 존재는 믿지 않습니다."

나는 말했다.

"그건 저도 마찬가지입니다. 그러니까 제가 말씀드리는 것은 인간의 피를 빨아먹는 습성을 가진 어떤 동물 말이에요. 아니면 좀 더 열등한 생물 같은 것을 누군가가 불행한 킹즐리의 침실에 가져다 놓았고, 그의 시체에서 피를 한 방울도 남김없이 빨아먹은 것은 아닐까요."

나는 그럴 수도 있겠구나 싶었다. 그러고 보면 그의 방에 도마뱀 두어 마리가 있었다고 메리가 말했었다. 하지만 내가 아는 한 그 어떤 도마뱀도 피를 빨지 않는 데다 의사로서 이런 의견에 쉽사리 동의하기는 어려웠다.

"아니면 뭔가 의학적 기구로 시체에서 피를 뽑은 다음, 옆에서 불을 지펴서 고온으로 만들어 건조하면 그런 식으로 하룻밤만에 미라가 되지 않을까요."

"그건 절대로 무리입니다. 인체에 수분이 혈액만 있는 건 아니에요. 시체에서 모든 혈액을 다 뽑아낸다고 해서 바로 미라 상태가 되지는 않습니다."

"아, 그런가요."

"더구나 설령 그런 방법이 있다고 하더라도 범인은 어딜 통해서도 그 방에는 들어갈 수가 없었습니다."

"그래요, 그래서 저는 이런 작업을 하는데 중간에 방해를 받지 않기 위해 문에 못을 박은 건 아닐까 하는 생각도 했습니다만……."

"못을 박은 건 킹즐리 본인입니다."

"그렇죠."

"방은 안쪽에서 단단히 못이 박혀 있었고, 또 오전 2시에 킹즐리의 방 앞 복도까지 올라간 베인즈가 분명히 침대 밑까지 봤다고 했으니까요. 그 시점에 방에는 킹즐리 혼자뿐이었다는 것이 확인돼 있습니다.

게다가 혹시라도 들어갔다면 나와야겠죠. 그 방뿐 아니라 저택의 모든 창에는 먼지가 엷게 앉아 있는 상태 그대로였고, 그 누구도 출입한 흔적이 없었다고 합니다.

또한 킹즐리의 방 바로 아래는 메리 부인의 침실이니까, 벽을 타고 기어 올라가서 킹즐리의 방 창문으로 침입하는 방법 같은 건 몹시 어렵습니다."

"그렇군요. 영 풀기 어려운 문제네요. 게다가 무엇보다 그런 식으로 범인이 존재한다고 하더라도 대체 무엇을 위해 이런 사건을 꾸몄는지 통 이해가 되지 않잖아요, 와트손 씨. 만약 킹즐리가 의도적으로 살해됐다면 그럼으로써 이익을 얻는 사람은 누구일까요? 아무도 없어요."

"그렇죠."

나는 대답했다. 나쓰미는 머리가 상당히 좋았는데 만약 이 자리에 홈즈가 있었다면 분명히 이 친구는 우리 동료야 왓슨, 하고 말했을 것이다.

"그러니까 역시 킹즐리는 생전에 자신의 입으로 말했듯이 누군가에게 복수를 당한 것이 맞다고 생각합니다. 그것 말고는 생각할 수가 없어요."

나는 말했다.

"홈즈 씨도 그렇게 생각하시나요?"

나쓰미는 물었다.

"그는 한창 수사 중일 때에 자신의 생각을 전혀 흘리지 않는 편이라. 어쨌든 오늘 당신의 이야기는 아주 흥미진진하게 들었습니다. 제 입을 통해 들어도 홈즈 역시 똑같이 생각할 겁니다."

식사를 마치자 나쓰미는 말했다.

"만약 그렇다면 정말 기쁘겠습니다. 저는 영국 역사에서 가장 뛰어난 부분에 참가할 수 있었던 셈이 되니까요.

그럼 안녕히 가십시오, 와트손 씨. 덕분에 이 나라에 온 뒤로 가장 맛있는 점심을 먹을 수 있었습니다. 앞으로도 동양인으로서 제 지식이 필요할 때는 어려워 말고 언제든 말씀해주세요. 기꺼이 돕고 싶습니다."

나쓰미는 그렇게 말하고 내 손을 잡았다.

07

플로든 로드의 내 하숙집은 이른바 다리 건너편 변두리이다 보니 시내 같은 곳에 한번 나가려면 아주 번거롭다. 따라서 이곳은 하루 종일 방 안에 틀어박혀 있기에 알맞은 집이다. 중심지구로 나가는 것은 많아도 일주일에 한두 번이 좋다. 그래서 나는 채링크로스에 고서를 찾으러 가거나 대영박물관을 찾아가는 것은 매주 화요일, 베이커 스트리트에 나가는 길에 겸사겸사하기로 정해놓고 있었다.

2월 12일 화요일, 나는 크레이그 선생 댁에 가기 위해 와트손 씨에게서 받아뒀던 '쓰네 61'이라고 적힌 종잇조각을 보며 하숙집을 나섰다. 요사이 글을 쓰거나 책을 읽는 틈틈이 이 종이를 들여다보고 있는데 그럴듯한 생각이라고는 전혀 떠오르지 않았다. 변두리에서 중심 지구까지 거리가 꽤 멀어서 생각할 여유는 충분했다.

먼저 케닝턴이라는 곳까지 걸어가야 한다. 이곳에 지하전기(지하철) 역이 있다. 하숙집에서 가장 가까운 역이다. 이곳까지 한 15분 정도 걸어가야 한다.

케닝턴 역에 도착하면 10전을 내고 리프트(엘리베이터)를 탄다. 이 문명 도시의 리프트라는 물건이 또 참 재미있다. 처음 탔을 때는 간이 떨어지는 줄 알았다. 마치 가부키 무대의 지하장치가 쑥 튀어 오르는 것 같았다.

이 물건 안에 탄다. 대부분 함께 타는 사람이 서너 명 정도 있다. 역무원이 입구를 닫고 리프트의 줄을 끙차, 하고 잡아당기면 리프트가 쑥하고 밑으로 내려간다. 이런 식으로 땅 아래로 빠져나가는 구조다. 튀어 오를 때는 그야말로 양복 입은 닛키 단조(가부키 배역 이름)가 된 것 같다.

굴속은 전깃불 덕분에 밝다. 나는 이곳 플랫폼에서 그 '쓰네 61'이라고 적힌 종이를 얼결에 떨어뜨렸다. 그러자 옆의 남자가 바로 주워서 건네줬다. 대부분의 영국인들은 친절하다. 나는 Thank you라고 인사하고 종이를 받았다.

기차는 보통 5분마다 온다. 굴속에서 오래 기다리는 것도 그리 유쾌한 일은 아닌데 안배가 썩 잘되어 있다.

이곳에서 지하전기로 템스 강 아래를 건너간다. 함께 타고 있는 런던 시민들은 보통 신문이나 잡지를 꺼내어 읽고 있다. 일종의 습관인 셈이다.

습관이란 무서운 것인지 나는 굴속에서는 절대 책을 못 읽는다. 조금 복잡한 생각을 하는 것도 싫다. 무엇보다 공기가 역겹다. 기차가 흔들린다. 가만히 있어도 구역질이 난다. 물론 내 위가 좋지 않은 탓도 있지만 정말로 불쾌하기 짝이 없다.

이렇게 정거장을 네 개 정도 지나면 뱅크(영국 은행 앞)다. 이 부근이 시티오브런던 | 국제금융, 상업의 중심가 | 지구다. 여기에서 또 다른 지하전기로 갈아타고 한참 서쪽에 있는 베이커 스트리트까지 가는데, 지상으로 나갈 필요는 없다. 하나의 굴에서 다른 굴로 이동하는 것이다. 지하의 환승역이다. 흡사 두더지의 산책이다.

굴속을 1정(약 109미터) 정도 가면 일명 투 펜스 튜브two pence Tube(튜브는 런던 지하철의 속칭. 현재의 지하철 중앙선)와 마주친다. 이것은 뱅크에서 출발해 런던을 쭉 서쪽으로 횡단하는 새로 생긴 지하전기다. 어디에서 타든, 어디에서 내리든 2푼(2펜스), 다시 말해서 일본의 10전이라서 이런 이름이 붙었다.

익숙해지기만 하면 참으로 소중한 문명의 이기다. 굴속에 앉아 있기만 하면 어느새 도착해 있다. 우웅하는 시끄러운 소리만 죽은 셈 치고 참으면 된다.

차장이 문을 열고 닫을 때마다,

"Next station, Post-office."

이런 식으로 말을 한다. 정차할 때마다 다음 정거장 이름을 보고하는 것이 이 철도의 특색이다.

공부를 마치고 베이커 스트리트를 걷는데 눈앞에 낯익은 사람이 걷고 있다. 자세히 보니 와트손 선생이다. 내가 쫓아가서 말을 걸자 선생은 나를 점심식사에 초대했다.

베이커 스트리트의 한 음식점에 자리를 잡고 앉자 나는 맡아두고 있던 그 '쓰네 61' 종잇조각을 주머니에서 꺼내 그에게 돌려주고 아무래도 도움이 되지 못할 것 같다고 사죄했다. 그 뒤 우리는 이런저런 잡담을 나누었다.

며칠 전에 길에서 여장한 홈즈 씨가 내게 말을 걸었다는 이야기를 꺼내자, 와트손 선생의 표정이 순간 어두워지더니 심각한 얼굴로 실은 요즘 홈즈의 상태가 좋지 않다고 말했다. 한때 사람들 몰래 입원을 시킨 적도 있지만 이제 다 나았다 싶어서 안심하고 있었는데 요즘 다시 병세가 돌아오고 있다고 했다.

홈즈 씨가 나를 모리어티라는 사람으로 착각한 것 같다고 말하자, 선생은 울상을 지으며 사실 그런 인물은 세상에 존재하지 않는다고 했다. 내가 무슨 소리냐고 되묻자 그는 한참 망설이다가 이윽고 결심한 듯 다음과 같이 놀라운 고백을 했다.

"당신이 외국인이니까 하는 말입니다만, 홈즈는 1880년경부터 뇌 상태가 안 좋아져 일에서도 실수 연발이었습니다. 엉뚱한 사람을 범인으로 지목하기도 하고, 한 번은 레스트레이드까지 체포할 뻔했다니까요. 스코틀랜드 야드 자료과에 가보면 아시겠지만, 이 무렵 미궁에 빠진 사건들이 아주 많았어요.

이제는 정말 안 되겠다 싶어서 저는 제 친구를 정신병원에 입원시키는 게 좋겠다는 판단을 했죠. 이게 1891년이었고, 3년 동안 입원해 있었습니다.

이때는 홈즈가 퇴원할 수 있을 거라는 기대는 할 수 없었기 때문에 세상에는 홈즈가 유럽 대륙의 스위스에서 죽은 것으로 했습니다.

그런데 워낙에 유명한 친구라 말이죠, 저기 어디 길거리 양아치와 칼부림을 했다고 할 수도 없는 노릇이라 모리어티라는 세기의 악당을 급히 날조해낸 거예요. 갑작스럽게 만들어 내다 보니 그전까지의 이야기와 말을 맞추느라 애먹었습니다. 그런데 홈즈는 아무래도 제가 만들어낸 이야기와 현실을 구분하는 게 힘든 모양이에요. 골치 아프게도, 옛날 그에게 모리어티라는 가정교사가 있었다는 사실을 최근에 알아서 말입니다. 뒷감당이 안 되고 있어요. 좀 특이한 사람만 보면 다짜고짜 당신 모리어티 아니냐고 묻습니다.

설상가상으로 수많은 독자가 그 '최후의 사건'이 이상하다고 지적하는 겁니다. 스위스인들은 조난자 수색에 이골이 나 있는데 어째서 홈즈와 모리어티의 시체를 찾지 않았는가, 라든가 계곡 중턱에 몸을 숨기고 있던 홈즈에게 모런 대령이 돌을 떨어뜨린 것으로 되어 있는데, 모런은 영국에서도 둘째가라면 서러울 총의 명수인데 왜 총으로 홈즈를 쏘지 않았는가, 라든가. 또 홈즈가 티베트의 라사를 방랑한 것으로 했는데 1890년대에 라사는 유럽인들의 출입이 엄격하게 금지된 지대였다는 겁니다. 하나하나가 지극히 옳은 지적들이라 자칫하면 사실이 탄로날 판입니다. 거기다 홈즈는 다시 이상해지지를 않나……. 이걸 좀 봐주세요."

와트손 씨는 앞머리를 들어 올려 나에게 보여줬다. 이마에 커다란 혹이 나 있었다.

"어젯밤에 자고 있는데, 홈즈가 별안간 프라이팬으로 쳤습니다. 정말이지 진절머리가 나요."

그렇게 말하더니 와트손 씨는 냅킨 위에 푹 엎드렸다. 그러면서 혹을 부딪쳤는지 아야야, 하고 소리를 냈다. 나는 무슨 말로 위로를 해야 할지 말이 나오지 않았다. 그러다 퍼뜩 생각이 나서 내 스승인 크레이그 선생 이야기를 꺼냈다. 크레이그 선생도 상당한 기인이라 나도 허구한 날 피해를 보고 있다. 이런 이야기를 하면 조금은 와트손 선생에게 위로가 될지도 모르겠다고 생각했던 것이다.

크레이그 박사의 이름을 꺼냈더니 어떻게 알게 되었냐고 묻기에, 런던대학의 윌리엄 카 교수가 소개해줬다고 대답하자 마침 안성맞춤으로 어떤 사람이냐고 물어왔다. 나는 별난 성격의 크레이그 선생 이야기를 한번쯤 타인에게 실컷 풀어놓고 싶다고 생각하던 차였기에 아주 자세하게 선생 이야기를 했다. 내용은 대충 다음과 같다.

크레이그 선생이라는 사람은 좀 특이한 성격의 아일랜드인인데, 홈즈 씨도 별난 사람임을 생각하면 베이커 스트리트라는 곳은 별난 인종들이 모여 사는 동네처럼 보인다.

크레이그 선생은 가벼운 농담 종류를 절대 하지 않는다. 아마도 자신을 상당히 고지식한 사람이라고 믿고 있는 것 같다. 아니다, 자신에 관해서는 그 어떤 견해도 갖고 있지 않을지도 모른다. 선생의 관심 대상은 셰익스피어, 오직 그것뿐이다. 그리고 그 연구를 하기 위한 대영박물관뿐이다.

선생은 외출이란 것을 전혀 하지 않는다. 집 밖에 나가는 것은 대영박물관에 갈 때뿐이다. 집안일은 모두 제인이라고 하는 언제 봐도 깜짝 놀란 듯한 얼굴을 하고 있는 가정부 할머니가 한다. 선생은 아침에 일어나 셰익스피어를 읽고, 조사하고, 셰익스피어 관련 원고를 쓰고, 가끔 자료가 부족하면 대영박물관에 조사하러 간다. 돌아오면 또 셰익스피어를 읽고 잠자리에 든다. 이것뿐이다. 참으로 담박하다. 이 짓을 죽을 때까지 계속할 것으로 보인다. 그래서 사는 집이나 입는 옷은 아무래도 좋고, 관심도 없다. 그러니 가벼운 농담 같은 데도 관심이 없는 것이리라. 선생은 어느 대학 교수라는 명예 있는 자리를 걷어차고 대영박물관으로 가는 시간을 마련했다고 한다.

그러다 보니 돈에 쪼들린다. 하지만 학자이니 책을 살 돈은 필요하다. 그래서 희생되는 것이 나다. 나는 연구에 열심인 선생의 태도에는 매번 탄복하지만, 돈 문제로 들어가면 대부분 당황스럽다.

선생은 꼭 필요한 책이 생기면 불현듯 자네, 돈이 좀 필요하니 수업료를 오늘 좀 내게, 하는 식으로 말한다. 내가 바지 주머니에서 금화를 꺼내어 엥, 하며 내밀면 이거 미안하네 하며 손바닥에 놓고 보다가 잽싸게 바지 주머니에 넣어버린다. 당황스러운 것은 절대로 거스름돈을 내주지 않는다는 점이다. 분명히 남는 게 있다 싶어서 다음 달로 넘겨야겠다, 하고 있는데 그 다음 주가 되면 또 책을 좀 사고 싶다면서 재촉을 한다. 선생은 뭐든 깜박깜박하는 사람이지만 그중에서도 돈 문제는 유난히 잘 잊어버린다.

깜박깜박한다는 말이 나와서 말인데, 선생은 내 개인교습을 맡고 있다는 사실까지 깜박할 때가 종종 있다.

한번은 셰익스피어 말고도 고서점에서 산 스윈번(영국 시인)의 로저먼드(그의 1899년 작품)라는 책을 들고 갔더니 선생이 잠깐 보여 달라고 했다. 그렇게 팔랑팔랑 넘겨보다가 별안간 낭독을 시작했다.

이렇게 시를 낭독하는 선생은 또 아주 볼만하다. 완전히 도취된 상태로 어깨가 아지랑이처럼 진동한다. 이 표현은 완벽한 사실이다. 그런데 두어 줄 낭독하는가 싶더니 별안간 책을 무릎 위로 거칠게 얹었다. 무슨 일인가 싶어서 지켜보고 있자니 도저히 감정을 억제하지 못하겠다는 듯 코안경을 휙 벗고는 안경을 내흔들며 말한다.

"아아, 한심해, 한심해! 스윈번도 이런 걸 쓸 정도로 늙어버렸단 말인가……."

그렇게 말하며 크게 한숨을 쉬더니 한동안 죽은 사람처럼 꼼짝도 하지 않은 채 내가 아무리 주의를 끌려 해도 도무지 수업이 시작되지 않았다.

그런가 하면 선생은 워낙 감격을 잘하는 사람이라 불쑥불쑥 굉장히 활동적으로 변해서는 타인의 존재를 잊어버리는 경우도 있다. 한번은 내가 되는 대로 늘어놓은 와트슨(동명이인)이라는 시인의 작품 소감이 어지간히 마음에 들었는지, 늘 그렇듯 무릎을 세차게 치고는 일어서서 총총걸음으로 방 안을 오락가락하는가 싶더니 갑자기 창문을 열고 목을 쑥 내밀어 저 아래 세계에서 바삐 지나는 행인들을 내려다보며 말했다. 자네, 저렇게 많은 사람이 지나다니는데 저 중에 시를 아는 자는 백에 하나도 없네. 가엾은 노릇이지. 애당초 영국인들은 시를 모르는 국민이라 말이야. 그 점에서 보자면 아일랜드인들은 훌륭하지. 훨씬 고상해. 그러니 시를 아는 자네나 나는 행복한 줄 알아야 해. 이런 소리를 근 한 시간 동안이나 지겹도록 들어야 했다. 이때도 수업은 도통 시작될 기미를 보이지 않았다.

선생이 밤낮으로 잊지 않고 하는 작업은 사옹 자전(셰익스피

어 사전) 편찬이다. 현관 바로 옆, 응접실이라고도 서재라고도 할 수 없는 방 안의 직각으로 구부러진 모퉁이에 선생의 소중한 보물이 있다. 길이 1자 5치 | 약 45센티미터 | , 너비 1자 | 약 30센티미터 | 쯤 되는 푸른색 표지의 수첩이 그곳에 열 권 정도 놓여 있다. 선생은 떠오르는 게 있으면 종이에 글귀를 적어두었다가 나중에 이 푸른색 표지 수첩에 한꺼번에 적어 넣고는 구두쇠가 단지 속에 동전을 모으듯 야금야금 늘려가는 것을 인생의 낙으로 여기고 있다. 이 푸른색 표지가 사옹 자전의 원고라는 사실을 이곳에 다니기 시작한 지 얼마 뒤에 알았다.

선생님, 슈미트의 사옹 자휘(독일의 영어학자 슈미트의 셰익스피어 사전)가 이미 있는데 또 그런 걸 만드시게요, 하고 한 번 물어본 적이 있다.

그러자 선생은 경멸을 금치 못하겠다는 얼굴로 이걸 좀 보라며 자신이 가지고 있는 슈미트 자전을 꺼내어 보여줬다. 들여다보니 그 대단한 슈미트 전후 2권에 한 쪽도 빠짐없이 새까맣게 글이 적혀 있었다. 나는 입을 헤벌린 채 놀라서 슈미트를 보고 있었다. 선생은 아주 의기양양했다. 자네, 만약 슈미트와 비슷한 수준으로 만들 거였으면 내가 이 고생을 안 하지, 하고 말하더니 손가락 두 개를 나란히 붙이고 새까만 슈미트를 탁탁 치기 시작했다.

"대체 언제부터 이 작업을 시작하신 겁니까?"

내가 묻자 선생은 일어서서 맞은편 책장 쪽으로 가더니 뭔가를 열심히 찾기 시작했다. 하지만 꼭 이럴 때면 눈에 보이지 않는다. 선생은 셰익스피어 연구와 직접적인 관계가 있어 늘 보는 서적이 아니면 절대 찾아내질 못한다. 따라서 불씨라도 발견한 사람처럼 항상 애타는 목소리로 큰소리를 낸다.

"제인, 제인, 내 다우든(영국의 셰익스피어 학자) 어디에 숨긴 거야!"

할멈은 늘 그렇듯 놀란 얼굴로 나타난다. 물론 전혀 놀란 게 아니다. 그녀는 곧장 찾는 책 앞으로 가더니 히어, 서(here, sir) 하며 선생의 손에 책을 탁 얹어주고 휑하니 가버린다. 선생은 애가 타는 듯 책장을 넘겨대다 겨우 찾아내고는 "응, 여기다, 여기야" 하고 말한다.

"다우든이 여기에 이렇게 내 이름을 확실하게 올려줬잖아. 특별히 셰익스피어를 연구하는 크레이그 씨라고 적어놓고 있어. 이 책이 187……년에 출판됐고 내 연구는 훨씬 전부터 시작됐으니까……."

선생의 끈기에 정말이지 기가 딱 질렸다. 그럼 30년 혹은 40년 동안 해왔다는 이야기가 된다.

내친김에 나는 그럼 언제 완성되느냐고 선생에게 물어봤다. 선생은 다우든을 원래 자리에 돌려놓으며 "그걸 어찌 아나, 죽을 때까지 하는 거지" 하고 대답했다.

내가 이런 이야기들을 하는 동안 와트손 씨는 유쾌한 얼굴로 몰입해서 듣고 있었다. 베이커 스트리트는 유별난 사람들이 모이는 동네라고 이야기하자 크게 동의하면서 그래요, 제 친구나 저나 그다지 평균적인 부류에 들지는 않죠, 하고 대꾸했다.

와트손 씨의 기분이 좀 좋아진 것 같기에 나는 그 61과 관련해서 잠시 생각했던 것을 이야기하기로 했다. 처음부터 이야기하지 않은 것은 너무도 아마추어 같다 싶어서 뭔가 다른 이야기의 덤 같은 형태가 아니면 꺼낼 수 없다고 생각했기 때문이다.

결심을 하고 나는 그 61은 돈의 금액이 아닐까 하고 이야기를 꺼냈다. 왜냐하면 내가 이 이국땅에서 한 달 생활하는 데 필요한 최저 경비가 마침 61엔 정도라는 우연이 내 흥미를 끌었기 때문이다.

영국에서 지내다 보면 주눅이 들 정도로 생활비가 많이 든다. 60엔이라는 금액은 일본에서는 결코 적은 돈이 아니다. 적기는커녕 그 반 토막의 월급으로 한 달을 사는 사람들도 쌔고 쌨을 것이다. 나중에 안 사실인데, 마사오카 시키 | 일본의 시인, 국어학 연구가 | 는 아예 묘비명에 '월급 40엔 정'이라고 일부러 유언을 새기게 했을 정도다. 이는 마사오카가 예전부터 한 달에 50엔의 수입을 얻고 싶다고 평소 늘 생각하고 있었기 때문이다. 나한테도 몇 번인가 그렇게 말한 적이 있다. 죽기 전에 마사오카는 정규 수입으로 월 40엔, 《호토토기스》(잡지)에서 받는 원고료가 10엔, 총 50엔의 수입을 얻었다. 시키는 분명 많이 기뻤을 것이다.

사정이 이런데 내가 유학비용으로 본국에서 다달이 150엔이나 되는 돈을 받고 있다는 사실을 알면 다들 뭐라고 말할지. 그래서 나는 한번 시험 삼아 최대한 절약하는 생활을 해봤다. 국비를 받아먹는 주제에 혼자 편한 생활을 하다니 염치없는 짓이다. 생활비는 최저한으로 하고 나머지는 책이나 학문을 위한 갖가지 비용으로 돌려야 한다고 결심했다. 그 결과가 다달이 61엔이었다.

자세한 내용까지 말해보자면 플로든 로드에 있는 현재의 하숙비는 주에 15엔으로 한 달이면 60엔이다. 여기에는 식대도 포함되어 있기 때문에 한 달에 최소한 이 돈만 있으면 런던에서 살아남을 수 있다. 그러나 물론 마차나 지하전기를 전혀 안 탈 수는 없기 때문에 이 돈에 1엔 정도는 아무래도 더 얹어야 한다.

런던의 방값은 비싸다. 전에 살던 프라이어리 로드의 그 음침한 하숙집은 주에 24엔이나 했다. 처음 살았던 고워 스트리트의 방값은 주에 40엔이 넘었을 지경이다. 아무튼 이런 사정이고 보니 한 달에 61엔이라는 금액은 외국인에게는 필요한 최소한의 금액일 것이라고 생각한다. 만약 이 도시에서 나와 비슷한 경우에 처한 일본인이 있다면 '언제나 61엔'으로 생활하자고 자신을 질타할 가능성도 크다고 생각한다.

내가 이렇게 말을 하자 와트손 씨는 흥미가 생겼는지,

"61엔을 우리 화폐단위로 환산하면 얼마인가요?"

하고 물었다. 내가 5파운드가 조금 넘는다고 대답하자 눈을 동그랗게 떴다. 자신은 한 달에 5파운드 조금 넘는 돈으로는 도저히 살 수 없다고 말했다. 그럼 150엔은 얼마인가요, 하고 또 묻기에 12파운드 10실링이라고 대답하자 그 정도라면 어떻게 살 수는 있겠다고 말했다. 와트손 씨는 홈즈 씨와 알게 되었을 무렵 — 그게 벌써 20년 전이지만 — 인도 전선에 종군해 있다가 부상을 당하는 바람에 귀국해서 회복에 힘쓰는 시기였다고 하는데, 이때 영국정부에서 나온 생활보조금이 한 달에 17파운드 5실링 정도였다고 한다. 몸에 총알이 박힌 값이라고 생각하면 내가 5파운드 정도 많아도 상관없겠죠, 라며 웃었다. 그런 다음 참고가 되는 이야기를 해줘서 고맙다며 홈즈가 분명 기뻐할 것이라고 말했다.

그 뒤 우리의 화제는 한동안 미라 이야기로 빠졌다가 다시 베이커 스트리트의 내 스승, 크레이그 선생 이야기로 옮겨갔다.

크레이그 선생이라는 사람이 그렇게 돈에 궁한가요, 하고 묻기에 그렇다고 생각한다, 실은 오늘도 나는 좀 어이가 없는 일을 당했다고 말했다. 오늘 내가 쓴 영작문의 첨삭을 부탁했더니 선생이 월 수업료와는 별개로 사례금을 요구한 것이다. 나는 당연히 수업료 안에 포함된 것으로 생각하고 있었다. 아무리 봐도 선생은 남의 돈을 자신의 돈으로 생각하는 경향이 있다.

내가 이런 이야기를 와트손 씨에게 해주자 같은 베이커 스트리트의 주민으로서 책임을 느낀다. 홈즈는 알다시피 머리는 좀 이상하지만 돈에는 전혀 관심이 없다는 부분이 위안이라면 위안이다, 하면서 점심값을 계산해줬다. 그러고는,

"요다음 수업 때도 혹시 그렇게 나오면 저한테 오세요. 제가 점심을 살 테니까요. 그럼 나쓰메 씨는 우리 영국과는 셈이 끝난 거죠?"

하고 말하며 웃었다.

08

"대체 내가 어떻게 된 걸까, 왓슨."

홈즈는 말했다. 그는 결국 외출도 하지 않게 되고, 그의 자랑인 방방곡곡에 깔려 있는 수사망도 날이 갈수록 못 믿을 게 되어가는 모양이었다.

"사건은 거의 가닥이 잡혔는데, 이 악당을 어떻게 해볼 도리가 없어."

"레스트레이드한테 부탁해서 범인을 수색하게 하면 되잖아."

"이 녀석은 스코틀랜드 야드의 형식적인 수사망에 쉽사리 걸릴 만큼 멍청하지가 않아. 내가 내기하겠는데, 레스트레이드는 아주 시원하게 헛발질을 하게 될 거야.

게다가 말이야, 만에 하나 이 녀석을 체포했다 치더라도 증거가 하나도 없어. 유례가 드문 우리의 상상력이 조롱당할 게 뻔하다고. 겨우 며칠 구류했다가 그럼 안녕히 계시라는 인사나 듣고 분통 터질 게 눈에 훤해.

왓슨, 아무래도 내가 이 화려한 범죄수사 무대에서 은퇴할 때가 다 된 모양이야. 어디 조용한 시골에나 틀어박혀서 옛날 이야기를 들어줄 친구나 찾아볼까. 다행히도 나한테는 재미난 추억담이 잔뜩 있으니까. 아무리 입맛 까다로운 사람이라도 심심해하지 않을 거란 건 장담하지."

홈즈처럼 자신감으로 가득 찬 사람 입에서 이런 약한 소리가 나오는 걸 듣기는 이때가 처음이었다.

"글쎄, 어떨지. 조금 힘들 것 같은데."

나는 약간 매정한 말투로 반박했다.

"런던 시민들이 자네한테 원하는 건 아직까지는 실제 활동이야. 추억담이 아니라고."

하지만 홈즈는 내 말에 아무런 의견도 내지 않은 채 먼 곳을 바라보는 듯한 눈빛을 하고 있었다. 그 눈은, 콘월에 있는 그 부인도 그렇게 말해줄까, 라고 이야기하고 있었다.

"프라이어리 로드에 있는 그 링키 저택은 이제 어떻게 되는 거야? 주인이 없잖아."

내가 물었다.

"작년에 사망한 남편인 제퍼슨 링키에게 남동생이 있는 모양이야. 이 사람도 행방불명이라고는 하던데. 지금 그 사람한테이 행운 같은 권리를 넘겨주기 위해서 행방을 찾는 중이야. 그때까지는 충실한 베인즈 부부가 저택을 잘 지켜주겠지. 유산이상당하니까 동생을 금세 찾게 될 거야. 조만간 베인즈는 새 주인을 맞이하게 될 테지.

왓슨, 누가 계단을 올라오는데, 누굴까. 흠, 그다지 환영하고싶지는 않군. 스코틀랜드 야드에서 복수전이나 하려고 온 게아니면 좋겠는데. 거기다 지금은 새 사건을 떠안고 싶지도 않고…….

이야, 아주 이상적인 손님인걸! 자, 어서 안으로. 불 곁에 앉아서 왓슨이 내온 브랜디를 한잔하시면 당신도 일본에는 영원히 돌아가고 싶지 않을 겁니다."

방문객은 그 일본인 유학생이었다.

"안녕하세요, 홈즈 씨, 왓슨 씨도. 지난주에는 점심 정말 잘먹었습니다."

그는 늘 그렇듯 정중하게 말했다.

"이런 나쓰미 씨, 그래, 오늘이 화요일이었죠. 또 크레이그 박사가 사례금을 더 요구하던가요?"

나는 말했다. 나쓰미는 조금 웃더니,

"아니요, 저도 이제 좀 영악해져서 처세술을 익혔습니다."

하고 대답했다.

"두 사람이 꽤 친해진 모양이군요. 자, 여기 소파에 앉으셔서 저도 알아들을 이야기를 해주십시오. 당신도 그 사건에는 관심이 상당한 모양이더군요. 왓슨에게서 들었습니다."

"홈즈 씨 흉내를 좀 내볼까 해서요. 물론 별 볼 일 없는 심심풀이일 뿐이지만요. 홈즈 씨 역량에는 전혀 못 미칩니다. 저한테 그 사건은 아직도 막연하기만 한 수수께끼예요.

왓슨 씨에게 듣기로 홈즈 씨는 이미 그 사건을 완벽하게 풀어내셨다면서요. 그 이야기를 들은 지도 오늘로 일주일째가 됩니다. 그런데 아직도 신문에는 사건이 해결됐다는 기사가 실리지 않고 있어요. 대체 이게 어떻게 된 일인지, 혹시라도 제가 할 수 있는 일이 있을까 해서 방해인 줄 알면서도 이렇게 찾아왔습니다."

"호의 고맙습니다, 나쓰미 씨. 그런데 아무래도 제가 봤을 때 이 사건에서 동양의 신비 같은 건 말짱 거짓말입니다. 단순한 눈가림이에요. 이건 우리와 같은 민족이 짜낸 간사한 꾀예요."

"동양인으로서 그 말을 들으니 안도가 됩니다. 그럼 그 61이라고 적힌 종이의 글도 일본 문자가 아닌 거네요?"

"해결되면 다 말씀드리겠습니다. 아직 밝혀내지 못한 것도 많아요. 그것도 그중 하나입니다. 사건 자체의 불분명한 요소는 제 안에서 하나둘씩 지워져 가고 있어요. 하지만 해결까지는 여전히 험난한 과정이 많습니다."

"그 때문에 고민하고 계신 겁니까?"

홈즈는 잠깐 시간을 뒀다가 대답했다.

"뭐, 그렇습니다."

우리 세 사람은 그렇게 한동안 무던한 잡담을 나누었다. 동양의 신비는 눈속임일 뿐이라는 홈즈의 말에 나쓰미가 내심 조금 실망한 것처럼 보였다.

화제가 일본으로 옮겨갔을 때, 홈즈는 전에 한 일본인에게서 바리츠라는 일본의 전통 격투술을 배운 적이 있다며 젊을 때부터 일본에는 한번 가 보고 싶었다고 이야기했다.

"바리츠?"

나쓰미는 이상하다는 듯 되물었다.

"아아! 혹시 무술이 아닌가요?"

"무술? 아, 그건가요. 지금껏 완전히 잘못된 이름으로 기억하고 있었네요. 일본어라는 게 참 어려워요."

홈즈는 말했다.

"그나저나 유명한 영국인인 홈즈 씨가 우리나라의 격투기를 배웠다니 생각지도 못한 일이네요. 놀랐습니다."

"그 덕분에 지금도 이렇게 살아 있습니다. 만약 바리츠……, 죄송합니다……. 무술 기술이 없었다면 저는 1981년에 모리어티와 함께 스위스에서 죽었을 거예요."

"오, 일본의 전통 기술도 대영제국에 보탬이 됐다는 거네요. 이번 사건에서도 또 한 번 그런 일이 있으면 좋겠습니다만."

나쓰미는 그렇게 말하더니 품에서 시계를 꺼내어 확인했다.

"그럼 이제 슬슬 가봐야겠습니다. 국가 예산으로 유학을 와 있는 사람한테는 자유시간이 그리 많지 않거든요.

아, 그렇지! 그나저나 그 메리 링키라는 부인은 지금 어쩌고 있습니까?"

엉덩이를 들려던 나쓰미가 다시 앉아서 그렇게 말을 꺼내기에 나는 조금 당황했다.

홈즈에게는 그다지 유쾌한 질문이 아닐 것이기 때문이었다. 지난주에 함께 밥을 먹을 때 입단속을 해뒀어야 한다고 후회했다.

나는 옆에서 황급히 끼어들어, 은근슬쩍 그리고 재빨리, 그녀가 미라가 된 남동생을 본 순간부터 정신에 이상이 생겨 현재 콘월 정신병원에서 요양 중이라는 이야기를 해줬다.

나쓰미는 진심으로 동정하는 표정이었다. 그거 정말 안 됐네요, 하고 중얼대듯 말하더니 일본에서도 아주 비슷한 경우를 하나 알고 있다고 말했다.

"그 일본 부인의 경우는 정도가 깊어서 아마추어가 보기에도 회복에 시간이 걸릴 것 같았지만 이번 경우는 충격 때문에 온 일시적인 증세일 가능성이 크지 않나요. 뭔가 좋은 치료법이 없을까요?"

나쓰미는 나를 보며 물었다.

"뭐 좋은 생각이라도 있습니까?"

나는 되물었다.

나쓰미는 잠시 소파에 앉은 채 골똘히 생각에 잠겼다. 이윽고 불쑥 일어서더니 창 쪽으로 가 조금 쑥스럽게 웃으며 이야기를 시작했다.

"아마추어의 생각이니 웃지 마세요."

내가 끄덕이자,

"예를 들면 이런 방법은 어떨까요. 그 부인에게 남동생이 아직 살아 있는 것으로 생각하게 만드는 거죠. 부인이 그렇게 믿게만 된다면 그녀가 받은 충격의 원인은 일시적이더라도 사라지게 됩니다. 안 그런가요? 그렇게 되면 그 뒤 치료하는 과정에서 나쁜 결과가 나올 가능성도 없어지지 않을까요."

나는 그의 이 경솔한 생각에 무심코 웃음을 지으며 대꾸했다.

"하지만 어떻게 말입니까, 나쓰미 씨. 킹즐리는 죽고 없어요."

"그러니까 이를테면 그와 꼭 닮은 남자를 찾아내는 거예요. 제가 일본인이라서 이런 생각을 하는지 모르겠지만 영국 분들은 대부분 수염을 기르죠. 뭐, 저도 기르고는 있지만. 이런 분들은 얼굴 윤곽이 비슷하면 제 눈에는 아주 꼭 닮아 보여요. 런던을 다 찾아보면 그와 닮은 분도 분명 있을 거라고 생각합니다.

그런 다음 그 집사 부부에게 최종점검을 받으면 되죠. 그들은 한때 킹즐리 씨와 같은 저택에서 살았으니 그의 모습을 자세히 기억하고 있을 겁니다."

"아니 이 많은 런던 시민들 중에 그런 사람을 어떻게 찾아내죠?"

"신문에 광고를 내면 돼!"

그렇게 외친 것은 뜻밖에 홈즈였다.

그의 눈은 번쩍번쩍 빛을 내고 있었고, 흥분 탓에 도저히 가만히 있을 수가 없는 것 같았다. 이성을 잃고 흔들의자에서 일어서더니 방안을 어지럽게 돌아다녔다. 그리고 두어 번 주먹을 꽉 움켜쥐었다.

이윽고 걸음을 멈추더니 놀라서 구석에 물러나 있는 나쓰미를 향해 잰걸음으로 다가가 그의 오른손을 두 손으로 꼭 붙잡고는 이렇게 말했다.

"정말 기가 막힌 생각이오! 어째서 좀 더 일찍 그 생각을 못했을까. 훌륭해! 참으로 훌륭해. 고맙소! 나쓰미 씨, 고맙소!

왓슨, 이제야 나도 고통에서 벗어날 때가 왔네. 자네의 작가적 영감이 이끄는 바가 있어서 이 사건의 전개 과정을 손에 땀을 쥐게 하는 대중서로 만들 생각이라면, 진정 힘을 발휘한 것은 내가 아니라 이 멀리서 온 손님이었다는 사실을 분명하게 써넣어야 하네. 내 역은, 이번에는 참으로 미약했어.

자, 이렇게 되면 이제 일각을 다투게 되었군. 광고 문구는 이제부터 내가 만들어서 당장 준비하기로 하고, 나쓰미 씨. 아까 자신이 할 수 있는 일이 있다면 얼마든지 협조하겠다고 하신 것 같은데 제가 잘못 들었습니까?"

"그럴 리가 있겠습니까. 이 사건에 혹시라도 제가 끼어들 자리가 있다면 무엇이든 기꺼이 하겠습니다."

"그거 안심이 되는군요. 내일 킹즐리와 꼭닮은 남자를 런던 각지에서 모집하게 될 텐데 제 이름을 걸고 여기로 모으는 것은 아주 좋지 않은 방법이에요. 제 이름이나 베이커 스트리트 221B는 세상에 너무 알려져서 말이지요. 킹즐리와 닮은 남자는 뒤가 구린 과거를 가진 작자들 중에서 나올지도 모릅니다."

"예?"

"나쓰미 씨의 거처를 이용했으면 좋겠는데요. 플로든 로드면 장소로는 더할 나위 없이 좋습니다. 나쓰미 씨 이름은 존 헨리 정도로 해두죠.

어떠세요? 나쓰미 씨, 내일 하루는 어수선해서 전혀 공부를 못하게 될 수도 있습니다."

"그건 상관없습니다. 홈즈 씨께 협조한다는데 일본정부가 무슨 군말을 하겠습니까. 저는 괜찮습니다만 하숙집 주인이 뭐라고 할지……."

"여기 5파운드가 있습니다. 이걸 건네주면서 베이커 스트리트의 홈즈 씨가 자신과 스코틀랜드 야드에게 내일 하루 방을 빌려줄 수 있는지 묻는다고 전해주시지 않겠습니까. 아마 승낙할 것 같긴 한데, 될지 안될지 지금부터 한 시간 안에 전보로 답을 보내주십시오. 전보를 받고 나면 신문광고 준비를 하겠습니다. 어떠세요?"

"알겠습니다. 곧장 돌아가서 말씀하신 대로 하겠습니다."

"그럼 안녕히 가십시오, 나쓰미 씨. 저는 바로 광고문 제작에 들어가야겠습니다."

09

2월 19일 화요일. 나는 크레이그 선생 댁에서 개인교습을 받고 돌아가는 길에 와트손 씨와 홈즈 씨 집에 들렀다.

홈즈 씨를 보는 것은 조금 꺼림칙했지만 지난주 와트손 씨에게 점심을 얻어먹었으니 인사도 하고 싶었고, 프라이어리 로드의 미라 사건이 워낙 길어지고 있는데 나도 뭔가 보탬이 될 수 있지 않을까 하는 생각도 있었기 때문이다.

1층 출입구에 들어서자 초인종으로 짐작되는 끈이 드리워져 있다. 전에는 없던 것이다. 이 초인종 끈이 좀 으스스하다. 나는 영국에 머무는 동안 와트손 씨 댁을 몇 번 드나들었는데 그때마다 이 끈이 나타났다가 사라졌다가 했다.

이런 비슷한 예로 또 하나 신기한 게 전화기다. 이날 홈즈 씨의 책상 위에는 당시 런던에서도 아직 보기 어려웠던 탁상전화기가 있었다. 이 전화기도 전에 왔을 때는 보이지 않았다. 그 후로 몇 번 드나들 때마다 이것 역시 나타났다가 사라졌다가 했다. 아마도 머리가 정상이 아닌 홈즈 씨가 여기저기 장난전화를 해서 그런 게 아닐지. 그때마다 와트손 씨가 감춰둔 것이리라.

두 사람 다 집에 있었다. 와트손 씨는 이마에 반창고를 붙이고 있었고, 홈즈 씨는 등을 보인 채 무료한 듯 흔들의자에 앉아 흔들거리고 있었다.

한동안 이런저런 잡담을 나누다 슬슬 돌아가야겠다 싶어서 엉덩이를 들던 내가 메리 링키의 소식을 물었을 때다. 물론 이 질문은 별다른 뜻 없이 그냥 해본 것이지 딱히 의도는 없었는데 내가 그 말을 꺼내는 순간 분위기가 묘해졌다. 홈즈 씨는 풀썩하고 테이블에 엎드리고, 와트손 씨는 질겁한 얼굴로 내 쪽으로 달려와 소맷자락을 잡아당기더니 나를 방의 구석으로 데리고 갔다.

와트손 씨의 설명에 따르면 그녀는 그 사건 때문에 실성했다고 한다. 현재는 콘월에 있는 정신병원에서 요양 중이라는 것이다. 콘월이라는 곳은 영국 최서단에 있는 반도로 런던의 지식인들이 요양지로 즐겨 찾는 장소다. 그리고 홈즈 씨는 이 일로 몹시 속이 상한 상태라고 와트손 씨는 말했다.

그 정신병원은 한때 홈즈 씨도 입원한 적이 있는 병원인데, 이 때문에 홈즈 씨는 본인이 병원으로 돌아간 듯한 기분에 사로잡혀 있는 모양이다. 최근 들어 홈즈 씨의 상태가 한층 더 이상해진 것은 아무래도 메리 링키가 실성한 데 큰 원인이 있는 것 같다.

나는 까치발을 하고 와트손 씨의 어깨너머로 홈즈 씨를 봤다. 홈즈 씨는 엎드린 채 꼼짝도 하지 않고 있다가 불쑥 자신의 머리를 오른손 주먹으로 쿵쿵 치더니,

"오, 메리, 다 나 때문이야!"

하고 커다란 목소리로 외쳤다.

그 순간, 나는 머리가 좀 이상한 이 탐정이 진심으로 좋아졌다. 나도 한때 일본에서 이와 아주 꼭 닮은 경험을 했기 때문이다. 나 역시 마찬가지로 책상에 엎드려 미쳐버린 부인을 머릿속에 그리며 '아, 다 내 탓이야!' 하고 외쳤었다.

벌써 한참 된 이야기지만 나도 이와 아주 비슷한 예를 가까이서 보아 알고 있다. 자세히는 말할 수 없지만 아버지가 우리 집에 먼 친척이라나, 뭐라나 하는 여인을 잠시 머물게 한 적이 있다. 그녀를 잠시 집에 머물게 한 이유는, 아버지가 그 여인을 어느 집에 시집보낼 때 중매인 역할을 했기 때문이다.

하지만 그 결혼은 순조롭지 않았다. 불행히도 그 여인은 어

떤 얽히고설킨 사정 때문에 결혼한 지 1년이 채 될까 말까 했을 때 이혼을 당하고 말았다. 보통 같았으면 당연히 친정으로 돌아갔어야 했는데 여기서도 또 다른 복잡한 사정이 겹쳐 차마 친정에 돌아가지 못했고, 결국 중매인으로 나섰던 책임상 한동안 아버지가 그 여인을 돌보게 됐다.

이렇게 나는 그 여인과 의도치 않게 한 지붕 아래에서 사는 꼴이 되었는데, 여인은 자신에게 연달아 일어난 불행으로 마음고생을 하다 보니 정신에 이상이 온 상태였다.

집에 오고 나서인지 아니면 오기 전부터인지, 지금도 그 부분은 확실히 말할 수 없지만 어쨌든 나를 포함한 집안사람들이 그 여인이 이상하다는 것을 알아챈 시기는 여인이 집에 오고나서 얼마 지났을 때였다.

그도 그럴 것이 겉보기에는 정상인과 다른 데가 전혀 없고, 그저 말없이 침울해 하고 있을 뿐이었다. 좀 남사스러운 이야기 같기는 하지만 그 여인은 내가 외출을 하려고 하면 꼭 현관까지 나와서 배웅을 해줬다. 아무리 몰래 나가려고 해도 반드시 배웅을 나온다. 그러고는 또 반드시, 일찍 와요, 하고 내게 말하는 것이다.

정말이지 이상야릇한 체험이었다. 나와 그 여인은 아무런 관련도 없는 생판 남이었다. 나이도 분명 내가 좀 더 어렸다. 그런데 그녀는 마치 남편 대하듯 나를 대했다.

그럴 때 내가 현관 앞에서 예, 일찍 들어올 테니 얌전히 기다리고 계세요, 하고 대답을 해주면 *끄덕끄덕*한다. 하지만 혹시라도 내가 아무 대꾸를 안 하고 있으면 일찍 와요, 알았죠, 하고 끝없이 되풀이한다.

나는 집안 식구들 보기가 민망해서 어쩔 줄을 몰랐다. 부모님은 소태 씹은 얼굴을 하지, 부엌 사람들은 쑥덕대며 쿡쿡 웃지. 집안 식구들이 그 여인의 정신이상을 인식하기 시작하고부터는 그나마 괜찮았지만 그전까지는 여인의 노골적인 행동 때문에 아주 난처했다.

한번은 배웅 나온 여인을 현관 앞에서 심하게 호통쳐볼까, 하고 생각했던 적이 있다. 그렇게 하면 뜨악해서 다시는 이러지 않을지도 모른다고 생각했다.

하지만 막상 현관 앞에서 빙그르르 뒤를 돌아보니 도저히 그럴 수가 없었다. 화를 내기는커녕 매몰찬 말 한마디조차도 가엾어서 도저히 입 밖에 나오지가 않았다.

돌아보면 그 여인은 현관에 무릎을 꿇고 앉은 채, 마치 자신의 표현할 길 없는 고독을 호소하기라도 하듯 까만 눈으로 나를 보고 있었다. 나는 그때 그 여인이, 이렇게 살아봐야 혼자 외로워서 못 견디니 제발 도와주세요, 하며 내 소맷자락에 매달리고 있는 듯한 기분이 들었다.

나는 그 여인이 측은해서 견딜 수가 없었다. 그 뒤로는 외출을 해도 늦게 들어갈 수가 없었다. 그렇게 집으로 돌아가면 사람들 눈을 피해 그 사람 곁으로 가서 선 채로 다녀왔습니다, 하고 꼭 한마디씩 인사를 해줬다.

그 여인의 전 남편이라는 사람이 난봉꾼인지 사교적인 사람인지는 잘 모르겠지만, 듣자 하니 신혼 초기부터 집에 들어오지 않거나 밤늦게 돌아와서 여인의 속을 썩인 모양이다. 하지만 여러 사정 때문에 여인은 남편에게 단 한마디도 불평하지 않은 채 꾹 참았다고 한다. 그때 일이 머리에 남아 있다 보니 이혼 후 우리 집에 와서는 자신의 남편에게 하고 싶었던 말을 나에게 했던 것 같다. 나와 남편이 내면에서 겹치며 구별이 되지 않았던 것으로 보인다.

그 여인은 그 뒤 입원을 했고 병원에서 죽었다. 사인은 뇌와는 무관한 병이었다.

젊을 때의 이 경험은 내 안에서 오래도록 상처로 남았다. 나는 그 뒤로도 간혹 왜 그런지 이유를 생각해보곤 했다. 내가 이 일에 이토록 빚진 느낌을 받는 것은 당시 내가 너무도 젊고 무력했기 때문이라는 것을 깨달았다.

나는 그 여인이 내게 보인 행동이 병 때문이라는 것을 어느 순간부터 믿지 않게 되었던 것인지도 모른다. 하지만 그게 사실이든 아니든, 그녀가 죽고 시간이 지나면서 내게 그것은 아무려나 상관없는 것이 되었다. 그저 나 자신만이 중요한 문제가 되었다.

그때 그녀를 구할 수 있는 것은 나뿐이었다. 나이를 먹고, 세상을 조금 알게 되고 나서도 그 생각은 틀리지 않았다고 느꼈다. 하지만 나는 어렸고, 힘이 없었기 때문에 그녀를 죽게 내버려뒀다.

나는 와트손 씨한테서 메리 링키 이야기를 처음 듣고 곧바로 이 일을 떠올렸다. 일본의 그 여인에게 참회한다는 기분 비슷한 것도 있고 해서 영국 부인을 구원할 길은 없는가 고민하게 됐다. 어느 순간부터는 이것이 하늘이 내게 오명을 씻으라며 내려준 처음이자 마지막 기회가 아닌가 하는 기분까지 들었다. 그렇게 해서 바로 떠오른 생각이 있다. 바로 앞선 내 경험을 이 영국 부인의 경우에 응용해보면 어떨까, 하는 생각이었다.

우리 집에 머물게 된 여인의 경우, 분명 정상이 아니었는데도 겉으로는 일상에 적응한 모습으로 생활했기 때문에 남들 보기에는 정상인과 딱히 다른 점이 없었다.

그 이유가 무엇인지 생각해보면 명백히 '나'라는 존재가 있었기 때문이다. 다시 말해서 영원히 잃어버린 남편이라는 대상의 대체품으로서, 마침 그 여인의 눈앞에 내가 있었기 때문이 아닐까…….

나 같은 존재가 없었더라면 어쩌면 그 부인의 생활태도에는 주위 사람들이 혀를 내두를 정도로 광적인 이상이 나타났을지도 모른다.

그렇다면 이 메리 링키라는 영국 부인에게도 킹즐리라는 잃어버린 남동생의 대체품을 찾아주는 것이 뜻밖에 좋은 방법이 되지 않을까.

내가 겪은 일의 경우, 바람결에 들은 바로 판단했을 때 그 부인의 이혼한 남편과 나는 나이도 그렇고 외양도 그렇고 결코 닮았다고는 생각할 수 없다. 그런데도 그런 일이 일어났다. 그렇다면 많이 닮은 인물을 골라서 등장시킨다면 더 잘 풀리지 않을까, 나는 이렇게 생각했던 것이다.

물론 어디까지나 가짜이기 때문에 부인을 근본적으로 회복시킬 수 있는 방법은 아니다. 부인의 긴 인생에서 볼 때, 한순간 알사탕을 주는 셈인 이런 방법이 과연 좋은 일인지, 아니면 반드시 피해야 할 일인지는 전문가가 아닌 나로서는 도저히 가늠하기 힘들지만, 현재 링키 부인이 절망적인 상황이라면 한 번쯤은 시도해 봐도 괜찮은 방법이 아닐까 하는 생각에 한번 운을 떼 봤다.

아니나 다를까 의학 지식이 있는 와트손 씨는,

"그런데 그렇게 닮은 인물을 찾아내려면 애먹겠는데요."

하는 대꾸만 하고 상대해주지 않는 눈치였는데 옆에서 홈즈 씨가,

"신문에 광고를 내면 되지!"

하고 외쳤다.

와트손 씨와 내가 놀란 얼굴로 홈즈 씨를 보니 그는 책상에서 벌떡 일어나 킬킬대며 웃고 있었다. 웃음은 점점 커지다 도저히 참을 수 없다는 듯 배까지 잡고 웃었다. 그러다 의자에 앉아서 몸을 쭉 뻗으며 있는 힘껏 바닥을 찼는데, 그 의자는 흔들

의자가 아니었던 탓에 눈 깜짝할 새 뒤로 홀랑 뒤집히고 말았다.

천장을 향해 다리를 뻗은 상태로 홈즈 씨가 찍소리 하나 내지 않고 옴짝달싹도 하지 않기에, 머리라도 박았나 싶어 우리가 부랴부랴 다가가 보니 홈즈 씨는 이번에는 또 골을 잔뜩 내고 있었다. 그러면서,

"와트손, 설마 자네, 이 영광스런 내 집에, 얼굴에 칼 맞은 부랑자들을 우르르 불러 모을 생각은 아니겠지."

하고 천장을 향해 말했다.

와트손 씨가 그럼 그만두자고 하자 홈즈 씨는 또 그에는 웬일인지 발끝에서부터 반대한다. 와트손 씨가 당황해서 어찌할 바를 모르기에 내가,

"이러면 어떨까요? 제 하숙방을 이용하는 게. 다만 주인이 찬성할지는 장담할 수 없습니다만."

하고 말해봤다.

그러자 홈즈 씨는 허공에서 다리를 바르작거리며 날카롭게 나를 향해 손가락을 뻗고는,

"그거야 와트손. 그렇게 해!"

하고 지시했다.

와트손 씨는 도리 없다는 얼굴로 상의 주머니에서 5파운드를 꺼내더니 나에게 보여주며 이 돈으로 집을 심사장으로 써도 좋은지 하숙집 주인에게 물어봐 달라고 했다. 그리고 되든 안 되

든 간에 서둘러 전보를 쳐달라고 했다. 나는 받아들였다.

나는 주인 자매가 반대할 일은 절대 없을 것이라고 생각했다. 현재 우리 하숙집은 하숙생이 많지 않아(나를 포함해 두 명뿐이다) 경영에 어려움을 겪고 있기 때문이다. 5파운드면 적지 않은 돈이니 주인 자매에게는 고마운 임시수입이 될 것이다.

주인은 아니나 다를까, 기꺼이 협조하겠다고 대답했다. 그뿐 아니라 내가 홈즈 씨의 이름을 꺼내자 뛸 듯이 놀랐고, 나는 이 고명한 인물과 친구인 것처럼 돼버려 엄청난 존경까지 받았다.

런던 토박이가 홈즈 씨에게 품는 호감은 나 같은 외국인으로서는 도저히 상상도 못할 정도다. 나는 서둘러 베이커 스트리트에 가능하다는 전보를 쳤다.

곧바로 와트손 씨의 답전이 왔다. 모집은 내일 오후 1시부터 4시까지이고 자신들은 한 시간쯤 전에 이쪽으로 올 예정이라고 했다.

일이 묘하게 돌아간다고 생각하며 어쨌든 나는 내일을 기다리기로 했다.

10

다음 날 아침, 신문을 본 나는 깜짝 놀랐다. 데일리 텔레그래프에도 그렇고 스탠더드에도 그렇고, 홈즈가 낸 것으로 짐작되는 광고는 분명 실려 있었다. 그런데 내용이 어째 좀 이상했다.

왼쪽 눈썹 흉터 상조 위원회

미국에서 사업에 성공하여 부호가 된 휴 오브라이언 씨는 왼쪽 눈썹의 큰 흉터 때문에 젊을 때부터 남들보다 두 배의 고초를 겪어왔다. 하지만 오늘날의 성공 역시 이 흉터 덕분이라고 하여, 같은 처지에 있는 젊은이들에게 성공의 기회를 주고자 개인 재산의 일부를 투자해 이 위원회를 발족케 했다.

이번에 로버트 브라우닝이라는 인물을 런던에 파견해 대서양을 사이에 둔 우리 동포들에게도 구제의 손길을 뻗어왔다. 그의 심사를 통과하는 흉터를 가진 이에게는 모험적이면서도 간단한 일감이 주어지는데, 보수는 엄청날 것이다. 바로 자신이라고 생각하는, 왼쪽 눈썹에 흉터가 있는 자는 오늘 오후 1시부터 4시까지, 아래의 주소로 오기 바란다. 단, 남성만 해당한다. 주소는…….

뒤에는 나쓰미의 주소가 적혀 있었다.

나는 이런 말도 안 되는 광고를 낸 이유가 뭐냐고 묻고 싶었지만 홈즈는 아침부터 외출한 상태였고, 나쓰미의 집에서 만나자고 적힌 편지만이 아침 식사 테이블 위에서 나를 기다리고 있었다.

플로든 로드의 하숙집에 가니 홈즈는 먼저 도착해서 하숙집 주인들과 한창 이야기 중이었다. 홈즈는 나를 보더니 먼저 나쓰미의 방에 가서 침대를 복도로 꺼내놓으라고 지시했다.

나쓰미는 어딘가 들썽거리는 모습으로 나를 맞았다. 홈즈한테서 가능한 한 방을 넓게 만들어두라는 부탁을 받았는데 도와주겠냐고 했더니 기꺼이 하겠다고 대답했다.

나와 나쓰미가 침대를 밖으로 옮겨놓고 나자 홈즈와 레스트레이드가 의자를 하나씩 들고 계단을 올라왔다. 하숙집 주인 자매와 하녀가 그 뒤를 따랐는데 그들도 각각 의자를 하나씩 들고 있었다.

"오, 넓어졌네요. 이 정도면 훌륭합니다."

홈즈가 말했다. 나는 레스트레이드를 보고 조금 놀랐다.

"무슨 생각인지는 몰라도 옛 친구가 초대했는데 거절할 수야 없지."

경감은 늘 그렇듯 비아냥조로 말했다. 홈즈는 그가 들고 있는 의자를 잡아채더니, 자신이 들고 온 것까지 포함해서 다섯 개의 의자 중 네 개를 구석에 세워놓고 문에서 가까운 방의 중앙에 하나를 세웠다.

"홈즈, 의자가 하나 많은 것 같네만."

나는 말했다. 나쓰미의 방에는 원래부터 책상에 딸린 의자가 하나 있다. 나쓰미가 그 의자에 앉는다고 치면 나머지는 세 명이다. 지원자가 의자 하나에 앉는다고 해도 의자가 하나 남는다는 계산이 나온다.

"게스트가 한 명 더 올 예정이야."

내 친구는 그렇게 답하고 나쓰미 쪽으로 빙 돌아서더니,

"나쓰미 씨, 스코틀랜드 야드의 레스트레이드 경감을 소개해 드리겠습니다."

하고 말했다. 두 사람은 악수를 나눴다.

"만나 뵙게 되어 영광입니다."

나쓰미는 말했다.

"영국에 잘 오셨습니다. 이 오래된 도시의 인상은 어떤가요?"

레스트레이드가 말했다.

"아주 마음에 듭니다. 경찰들이 친절해서요."

나쓰미는 대답했다. 그런 다음 홈즈 쪽을 보며,

"이 책상은 어떻게 할까요, 이것도 복도에 내놓을까요?"

하고 물었다.

"아유, 더 넓은 방이 얼마든지 있는데."

하고 여주인이 말했다.

"아니요, 이 방이 좋습니다. 그리고 책상은 그대로 두시면 됩니다. 나쓰미 씨는 그 책상 앞에 앉아주세요. 그리고 이 노트에 지원자의 이름과 주소를 적어 주시면 고맙겠습니다. 부탁 드려도 될까요?"

나쓰미는 물론이라고 대답했다.

"그럼 오늘 제가 할 일은 이것뿐인가요? 노트에 얼굴을 파묻고 말은 한마디도 안 해도 되는 거죠?"

"우선은 그렇습니다. 하지만 상황에 따라 적절히 대처해주세요.

자, 그럼 준비는 모두 완료된 건가. 레스트레이드 경감, 경감은 조금 더 창가 쪽에 가까이 앉는 게 좋겠습니다.

이제 부인들이 거드실 일은 없습니다. 아래층의 편한 곳에서 평소대로 지내 주세요. 저희가 더 신세를 질 일은 없을 것 같습니다."

홈즈의 이 활기찬 태도에서는 개막을 앞둔 무대연출가의 기운이 느껴졌다. 여성들이 아래층으로 물러가고 문이 닫히자 홈즈는 말했다.

"자, 왓슨, 의논한 대로 자네가 지원자들을 상대해주게. 나는 가끔 생각나면 질문을 던지는 걸로 하고. 오늘의 주인공은 자네야. 이 이야기는 이미 어젯밤에 충분히 해서 입을 맞춰뒀으니 실수 없이 해야 해.

그럼 실례지만 모험 전에 담배 한 대만 좀 태우겠소."

얼마 뒤 시계는 1시 30분을 넘어섰다. 그러나 홈즈는 창가에서 길가를 내려다보며 선 채 꼼짝할 생각을 하지 않기에 우리는 살짝 조바심이 나기 시작했다. 발돋움을 하고 창 아래를 내려다보던 레스트레이드가 입을 열었다.

"대성황이네요, 홈즈 씨. 줄이 상당한데요. 우리 경찰 모집 때도 이러면 얼마나 좋아. 이 상태로 가면 앞으로 2~30분이면 행렬의 제일 끝이 저쪽 모퉁이까지 닿을 것 같은데."

"보수가 엄청날 거라는 글 때문에 모험심에 자극을 받은 청년들입니다, 레스트레이드 경감. 런던의 일반 시민들은 생활에 곤란을 겪고 있죠. 우리 일도 결승선까지 가려면 한참 걸리겠는데요."

"홈즈 씨, 서둘러야지, 이대로 있다가는 경시청에서 교통경찰까지 불러와야 하겠습니다. 플로든 로드가 왼쪽 눈썹에 흉터 있는 남자들로 온통 뒤덮이겠어."

"그럼 왓슨, 이제 슬슬 희극의 막을 올려볼까. 미안하지만 아래층에 내려가서 맨 앞사람부터 차례로 들어오라고 말해주지 않겠나. 그리고 일일이 호명하지 않을 테니 앞사람이 끝나고 나오면 다음 사람이 들어오라고 말해줘."

처음 들어온 이는 비교적 덩치가 좋은 다부진 남자였다. 분명 왼쪽 눈썹 약간 위에 커다란 흉터가 있고, 그 때문에 이마의 피부가 죄어들어 있었다. 얼굴 때문에 사람들이 알아서 쩔쩔맬 것 같은, 언뜻 보기에도 육체노동자로 보이는 남자였다. 정신병을 앓고 있는 부인을 달래주는 역보다는 술집 경호원 역에 어울리는 얼굴이었다.

"성함과 주소 부탁 드립니다. 그리고 연락처가 따로 있을 경우 그것도 말씀해주세요."

내가 그렇게 말하자,

"마이클 스토너. 주소는 하노버 광장 모퉁이의 브룩 스트리트 403인데."

남자는 해적 같은 입술을 일그러뜨리며 말했다.

"직업이 무엇인지요?"

"직업? 그야 이것저것 하지요. 으음, 저기 성함이?"

"이거 죄송합니다. 로버트 브라우닝이라고 합니다. 로버트라고 불러주세요."

"로버트 씨, 직업이란 게 참 다양한 겁니다. 그렇죠? 인생이란 긴 여행 같은 거지. 할 일을 하나로 정해버리다니, 아까워서 도저히 그런 짓은 못합니다.

오랜 세월 배를 타왔고, 탄광에서 일한 적도 있어요. 마부 노릇도 오래 했지만 가장 길었던 건 역시 배였을 겁니다, 아마. 이

항구에서 저 항구로 떠돌지요. 상륙할 때마다 술과 여자와 난투극이 기다리고 있고. 현기증이 날 듯한 모험의 날들 뭐 이런 건데, 모험, 이거야말로 내 삶의 목표랍니다."

"왜 배에서 내렸나요?"

"왜라니, 그걸 설명하란 건가요? 어렵네. 그러니까 나는, 그, 바닥이 얌전하게 가만히 있는 곳에서 일해 보고 싶어져서."

"오호, 그 말씀은?"

"그냥 그겁니다, 로버트 씨. 그러니까……, 이런 말은 하고 싶지 않았는데, 내가 뱃멀미가 좀 있어서."

돌아보니 레스트레이드는 웃음을 참느라 연방 배를 문질러대고 있고 나쓰미는 옆을 보며 실소를 하고 있었다.

참 황당한 뱃사람도 다 있다 싶은데, 어쩌면 겉보기와는 달리 메리 링키의 상대로 적합할지도 모르겠다는 생각에 나는 남자를 다시 봤다.

"당신의 과거는 충분히 알았습니다. 인생관도 말이죠, 마이클 씨. 그런데 지금은 무슨 일을 하고 계신가요?"

"거기에 대답할 수 있을 정도면 여기까지 안 왔지."

그는 약간 심기가 상한 모양이었다.

"그렇군요. 그나저나 그 왼쪽 눈썹 위의 흉터 말인데, 어쩌다 다치셨습니까?"

"그런 질문에도 대답해야 합니까?"

"부탁합니다, 마이클 씨. 이해해주셨으면 좋겠는데 저희한테는 그 흉터야말로 최대의 관심사입니다. 그 흉터를 확인하기 위해 이 요란스런 일을 벌인 거예요……."

"그럼 대답하지요. 십 대 때 고향에서 사이좋게 지낸 여자애가 있었는데, 아, 내가 그 아가씨한테 홀딱 빠져버린 겁니다. 머리는 금발에 눈은 초록빛이 도는 파란색이었는데 런던에서 파는 어떤 인형보다도 예뻤지. 그 시절의 그 아가씨를 당신한테 보여주고 싶네요. 그럼 당신도 당장 그 나무에 올라갔을 텐데."

"어디에 올라간다고요?"

"나무요. 너도밤나무. 아니, 차례대로 이야기해야지. 그 아가씨가 얼굴은 예쁜데 조금 별나서 말입니다. 소꿉놀이나 인형놀이 같은 데는 눈곱만큼도 관심이 없는 겁니다. 어떤 걸 좋아하냐 하면, 들판이며 산속을 뛰어다니면서 모자를 하늘에 날리고 노는 걸 그렇게 좋아하더라고. 그래서 모자도 참 가지가지였지. 장식이 주렁주렁 달린 프랑스풍 귀부인용 모자부터 밀짚모자까지. 그 아가씨 방은 모자 가게 진열장을 그대로 옮겨놓은 것 같았어요.

여자들은 수수께끼예요, 안 그렇습니까. 그러니까 난 그 무렵부터 여자란 종족을 이해했던 거지요. 모자를 모으는 거라면 또 몰라도 그걸 던지고 노는 게 취미라니. 그래서 대부분 챙이 넓어서 잘 날게 생긴 모자였지. 그런데 어느 날 그 아가씨가 가장 아끼는 그, 장식이 주렁주렁 달린 그거, 그놈이 너도밤나무 꼭대기 근처에 탁 걸려버린 겁니다. 그걸 가져와 달라고 나한테 울상을 하고 매달리는 거예요.

다른 녀석들은 다 꽁무니를 빼서 올라가려는 놈들이 없었어요. 하기는 낚싯대같이 가느다란 가지 끝이었으니까 그럴밖에. 그런데 내가 한 거지, 멋있는 모습을 보여주고 싶다는 마음 하나로. 기다란 작대기로 쳐서 떨어뜨리면 되겠지, 까짓것 별거냐며 우습게 본 게 잘못이었어요. 올라탄 가지가 똑 부러져서 그냥 거꾸로 뚝 떨어졌지. 그렇게 밑에 있던 돌멩이에 찍혀서 쫙 찢어진 거예요.

그게 지금까지도 이렇게 남아 있는 겁니다. 이것도 작아진 건데, 이걸 볼 때마다 나는 절대 여자의 꾐에는 넘어가면 안 된다고 아주 다짐을 하고 있습니다."

"그래서 모자는 어떻게 됐죠?"

잠자코 있던 홈즈가 끼어들었다.

"그대로였죠. 떨어진 건 모자가 아니라 나였던데다 부러진 게 모자가 걸린 가지가 아니었으니까. 혹시 아직도 그대로 걸려 있는 건 아닌지 몰라. 그럴 밖에요. 내 상처가 온 동네에 소문이 났으니까, 그 뒤에 모자를 찾아오겠다고 나서는 용자는 아마 없었을 거라고 생각합니다."

"아주 힘든 경험이었군요."

홈즈는 말했다.

"힘들었다고요? 선생, 나는 죽을 뻔했다고요. 그뿐이 아니지. 그날을 기점으로 내 인생이 바뀌어 버렸어요. 어딜 가든 건

전한 직장에서는 문전박대를 당하고 말입니다. 사람들이 나를 깡패로 압니다. 강아지 한 마리 죽여본 적도 없는 나를 말이에요.

그래서 나는 평생 다시는 여자한테 홀리지 않겠다고 결심했어요. 여자와는 즐기기만 하자, 홀딱 빠졌다가는 무슨 꼴을 당할지 모른다. 그때의 고통을 떠올리면 무슨 일이든 참을 수 있습니다. 그 뒤로는 마음을 고쳐먹고, 안고 뒹구는 건 술병으로 하자고 마음먹었어요."

"대단한 마음가짐이군요."

하고 홈즈는 조금 동감한 듯 말하더니 나를 향해 눈짓했다.

"자, 그럼 수고하셨습니다, 마이클 씨. 알게 돼서 반가웠어요. 합격인지 아닌지는 내일 통지하겠습니다. 미안하지만 내일 중으로 전보가 오지 않으면 탈락이라고 생각해주세요."

나는 말했다.

다음 지원자도, 그다음 지원자도 다들 엇비슷했다. 들락날락 눈앞에 다양한 형태의 흉터가 등장하고, 그 이유들도 좀체 지루할 새가 없었지만 이런 식으로 가다가는 도저히 시간 안에 끝날 것 같지가 않았다.

"왓슨, 이제 그만 재미있는 시간을 끝내야겠어. 이제부터는 내가 가망이 있다고 눈짓을 보내는 자 외에는 간단하게 주소와 이름만 물어보고 바로 돌려보내도록 하지 않겠나."

다섯 번째 지원자가 문 너머로 사라지자 홈즈가 말했다. 우리는 동의했고 덕분에 그 뒤 한 시간쯤 지났을 무렵에는 큰길에 있던 사람들 행렬이 깨끗이 사라졌다.

일단락이 되었을 때, 나는 휴 오브라이언이라는 괴짜 미국 부호의 대리인 노릇을 한바탕 열심히 하느라 약간 피로를 느끼고 있었다. 하지만 그런 내 노력도, 주위의 헌신도, 솔직히 말하자면 큰 의미는 없어 보였다. 생전의 킹즐리를 본 적은 없지만, 미라로 변한 그의 시체를 본 적이 있는 나로서는 지금까지 들어온 지원자들 가운데 그의 대역을 할 만하게 보이는 자가 단한 명도 없었기 때문이었다.

지원자들은 모두 하나같이 체격에서 우선 낙제감이었다. 오늘 밤 당장 미라가 될 수 있을 정도로 마른 인물은 지원자 중한 명도 없었다. 나는 홈즈의 의도를 알 수가 없었다. 왜 이런 수상쩍은 단체 이름을 대서 쓸데없는 소란을 만드는 것일까. 정신병을 앓고 있는 메리를 달래기 위해 죽은 킹즐리 역을 완벽하게 해줄 만한 가짜를 찾으려면 왼쪽 눈썹의 흉터와 더불어 '굉장히 여윈 체형'이라는 점도 조건에 넣었어야 했다. 그랬다면 거리의 행렬은 분명 지금의 5분의 1은 되었을 것이다.

하지만 나는 친구에게 그렇게 물어볼 수가 없었다. 그의 느긋한 태도, 그리고 무엇보다도 그의 눈부신 공적을 잘 알다 보니 그의 뜻에 반대할 때면 그만 조심스러워진다.

홈즈는 일어서서 창을 통해 인적이 사라진 길을 가만히 내려다보고 있었다. 워낙 오래 서 있기에 레스트레이드와 방주인인 나쓰미도 덩달아 창 쪽으로 다가갔다. 이윽고 홈즈는 회중시계를 꺼내더니 시간을 보며 말했다.

"벌써 두 시간 반이 지났군. 왓슨, 지금까지는 성과가 그리 좋지 못해. 하지만 이제 겨우 제1막이 종료된 참이니까. 곧바로 2막의 커튼이 열릴 거야. 그리고 다음 무대는 조금 더 볼만할 것 같군."

그리고 그의 말대로 2막이, 그것도 참으로 느닷없는 형태로 시작되었다. 세 명 옆에 나란히 서서 나도 길을 내려다봤는데 건너편 건물 모퉁이를 돌아 굉장히 마른 한 남자가 모습을 나타냈다. 천천히, 하지만 똑바로 길을 가로질러 눈 아래 입구까지 걸어온다.

사냥 모자를 깊숙이 눌러 쓰고 있어서 인상은 잘 모르겠지만 수염을 기른 것 같았다. 길 중앙에서 걸음을 멈추고 주위를 확인하듯 두리번거렸다. 신문광고에 난 주소가 이곳이 맞는지 확인하는 것이리라. 그러더니 힐끗 우리 쪽을 올려다봤다.

얼결에 감탄의 목소리를 낼 뻔했다. 그야말로 찍어놓은 듯했다. 프라이어리 로드에서 본 킹즐리의 미라와 판박이인 남자가 아래에 있었다. 이 사람이면 흠잡을 데가 없다고 나는 생각했다.

런던 안에 이리 닮은 남자가 있을 줄이야. 더구나 그 남자가 이렇게 나타나 주기까지. 이 소동도 드디어 끝을 향해 가고 있음을 나는 느꼈다. 얼마 뒤 그가 이 방에 들어와 준다면 우리의 오늘 할 일도 끝이 난다.

홈즈도 물끄러미 남자를 관찰하고 있었는데, 나와 같은 생각을 하고 있는 게 분명했다. 바짝 긴장된 눈, 힘이 들어간 두 팔의 근육이 그것을 말해주고 있었다.

하지만 다음 순간, 내 친구가 한 뜻밖의 행동은 나를 깜짝 놀라게 했다. 창유리 너머로 길을 응시한 채 별안간,

"저 남자야! 레스트레이드 경감!"

하고 외친 것이다.

우리의 오랜 경시청 친구는 다음 순간 번개처럼 잽싸게 움직였다. 두뇌 면에서는 내 친구한테 늘 놀림을 받고 있지만 이런 때 보여주는 용기를 보면 결코 망설임이라는 게 없다. 그는 창문을 확 들어 올리더니 길거리를 향해 힘차게 호루라기를 불었다.

그러자 1층 하숙집 주인의 방과 맞은편 건물 뒤쪽에서 서너 명의 힘세 보이는 남자들이 튀어나와 길 한복판에 있는 그 마른 남자를 향해 우르르 달려갔다. 모두 사복차림이지만 보아하니 경찰인 것 같았다. 홈즈가 나 모르게 레스트레이드에게 지시해서 대기시켜둔 모양이었다.

빼빼 마른 젊은 남자는 길 한복판에서 어리둥절한 모습으로 얼어붙어 있어 경관들은 어려움 없이 남자를 포위했지만, 마침 이때 이 남자 앞을 가로지르는 형태로 웬 술 취한 노인이 품에 술병을 낀 채 왼쪽에서부터 비틀비틀 걸어와, 피가 끓어 앞뒤

분별을 못하게 된 경찰들은 순식간에 그 행인까지 제압하고 말았다.

노인은 무슨 일인가 싶어 당황해서 부랴부랴 옆으로 몸을 피하려 했는데, 힘센 남자가 자신까지 두 겨드랑이 사이로 팔을 넣고 제압하자 매우 놀랐다. 순간 믿을 수 없다는 표정을 짓는가 싶더니 거칠게 반항했다.

"이것 봐, 그런 영감은."

옆에서 레스트레이드가 입을 열자 홈즈가 재빨리 오른손을 들어 그를 제지했다. 홈즈를 보니 놀랍게도 아주 우스워 죽겠다는 듯 허리를 구부린 채 킥킥대며 웃고 있었다. 예상했던 것보다 일이 더 잘 풀리고 있다는 얼굴이었다. 그러다 얼굴을 들더니,

"아니, 아니. 레스트레이드 경감, 이것도 다 인연입니다. 내친 김에 저 사람도 증인으로 여기 와달라고 하죠."

하고 말했다.

나는 놀랍기보다는 질려버렸다. 홈즈는 머리는 좋은지 몰라도 가끔 너무 제멋대로다. 어쩌다 하필 이곳을 지나가는 바람에 이런 행패를 당한 노인을 나는 진심으로 동정했다.

게다가 저 젊은이를 잡게 한 영문을 모르겠다. 그냥 가만히 둬도 그는 이곳으로 왔을 것이다.

잠시 뒤 계단을 올라오는 사람들의 어지러운 발소리가 들려왔다. 개중에 유난히 날뛰고 있는 것이 그 재수 옴 붙은 노인의

소리일 것이다. 문이 열리고, 우리 앞으로 여섯 명의 남자들이 우르르 들이닥쳤다.

"대체 이게 무슨 짓이야!"

분개한 노인이 소리를 꽥 질렀다. 살집은 좋지만 작은 체형의 인물이었는데 우락부락한 경시청의 덩치들 사이에 있으니 한결 조그맣고 연약해 보였다.

"자네 곁으로는 무심코 지나가지도 못하겠군."

나는 노인을 동정하며 홈즈를 향해 말했다. 홈즈는 내 항의를 전혀 들은 체도 않고 두 명의 포로를 향해 천천히 다가갔다. 오른손에 뭔가를 들고 조몰락거린다 싶어서 보니 동전들이었다.

"이 젊은 친구가 킹즐리를 죽인 범인이죠, 홈즈 씨? 그나저나 제가 볼 때는 그렇게 급하게 잡을 필요는 없었던 것으로 보이는데요."

레스트레이드가 큰소리로 말했다. 그 말에는 나도 전적으로 동감이었다. 그러자 홈즈는 힐끗 옛 친구를 돌아보며 장난기 가득한 목소리로 말했다.

"어라, 그렇게 보였습니까, 레스트레이드 경감. 그렇다면 자네, 작지만 이건 사과의 뜻이네."

그렇게 말하며 그는 갖고 있던 동전을 여읜 젊은이의 손에 쥐어줬다. 그런 다음,

"수고했어."

하고 말했다.

그러자 여읜 남자는 모자를 살짝 들어 홈즈에게, 그다음 우리에게 말없이 인사한 다음 뒤도 돌아보지 않고 방을 나가버리는 게 아닌가. 사태 파악이 되지 않아 우리는 어리둥절한 채 그저 멍하니 서 있었다.

문이 닫히자 홈즈는 우리 쪽으로 뱅그르르 돌아 억울해 죽겠다는 얼굴을 한 노인의 어깨에 손을 얹더니,

"자 여러분, 지금 장안의 화제인 프라이어리 로드 미라 사건의 진범, 조니 브릭스턴 씨를 소개하겠습니다!"

하고 연극적인 어조로 말했다.

우리는 무슨 일이 일어난 것인지 통 이해가 되지 않아 어안이 벙벙한 채 서 있기만 했다. 홈즈에게는 옛날부터 이런 버릇이 있다. 극적인 장면에 굉장한 매력을 느끼고 있어서, 마지막까지 온갖 사실들을 숨겨두어 주위 사람들을 마치 무능한 관객인 것처럼 만들어 버린다.

그러나 누구보다 어안이 벙벙한 것은 당사자인 살집 좋은 노인이었다. 그는 한동안 멍하니 있더니 잠시 뒤 다시금 맹렬하게 발버둥치며 큰소리로 고함을 질러댔다.

"당신, 지금 제정신이야? 아하, 경찰 나리님인가? 정말 어이가 없군. 사건이 해결될 기미라고는 안 보이니까 길에서 마구잡이로 행인을 잡아와서는 범인으로 만들겠다, 이거군! 누구 맘

대로. 명색이 범죄수사라면 좀 제대로 된 조사를 해줬으면 좋겠소!"

"홈즈 씨."

레스트레이드가 입을 열었다.

"홈즈 씨의 일 처리에는 늘 감탄하고 있습니다만, 이번 일은 또 어떻게 된 겁니까? 이번만큼은 저도 이 영감님의 의견에 손을 들어주고 싶군요."

"홈즈라고?"

악을 쓰며 날뛰던 노인이 레스트레이드의 입에서 나온 내 친구의 이름을 듣자 낮은 목소리로 그렇게 중얼대더니 순식간에 얌전해졌다. 그리고 포기한 듯 말했다.

"이제야 겨우 실물을 만나게 됐군. 역시, 당신이 생각해낼 법한 교활한 수법이야. 오늘처럼 나를 멍청하게 생각해보기도 처음이군! 아아, 그나저나 정말 감탄스러운데."

"자, 레스트레이드 경감, 손들어주는 건 이 영감님의 손목에 스코틀랜드 야드가 자랑하는 그 수갑을 채운 다음에 하십시다.

그래, 그래야죠. 아니, 여기 준비해 둔 손님용 의자에 앉힌 다음 의자 등받이를 안듯이 팔을 뒤로 돌린 형태가 낫습니다. 그래요, 그게 좋습니다. 이거면 다음 막을 위한 준비가 완벽합니다. 왜냐하면 아직 모든 막이 다 내려온 건 아니거든요. 레스트레이드 경감. 남은 3막에서는 이 사람도 역을 하나 맡아줘야

합니다. 왓슨, 잠깐 이 의자가 똑바로 문 쪽을 보게 도와주지 않겠나. ……고맙네.

자 영감, 이게 내가 생각해낼 법한 수법이라고 했나? 천만의 말씀. 이 일을 생각해낸 사람은 저쪽에 있는 저 일본인이야, 당신도 잘 아는 사람이지."

그러자 나쓰미도 나와 같은 기분이었는지 깜짝 놀란 얼굴로 홈즈를 봤다.

"홈즈 씨, 이 사람이 저를 잘 안다고요?"

"이런, 나쓰미 씨, 나쓰미 씨까지 그렇게 말씀하시면 곤란하죠. 왓슨이나 레스트레이드는 이 장면을 이해하지 못하더라도 나쓰미 씨만은 제 방식에 찬성하고, 옳았음을 증명해주실 거라고 생각했는데요."

홈즈는 말했다.

"나쓰미 씨도 아주 잘 아는 사람입니다."

나쓰미는 전혀 짐작이 안 가는지 말없이 고개만 갸우뚱했다.

"이 영감의 얼굴은 잊어버렸다 해도, 목소리는 귀에 익을 텐데요. 뭐, 됐습니다. 설명은 종막에서 한꺼번에 정리해서 하는 게 좋겠군요."

"그나저나 참 감쪽같이도 걸려들었군. 내게 딱 맞춰놓은 족쇄에 내 발로 발을 집어넣으러 왔다니!"

노인이 의자 위에서 또 고함을 질러댔다.

"당신은 재치가 있다는 면에서는 유럽에서 1, 2등을 다투는 사람이지. 본인도 그게 은근히 자랑스러웠을걸? 그렇지 않소, 브릭스턴 씨? 지금 당장이라도 약삭빠르게 푼돈을 벌어온 당신의 과거 사건들을 반 다스는 열거할 수 있소. 하지만 이번엔 당신도 많이 무뎌졌군. 아니면 재치에서 당신보다 한 수 위인 사람을 만난 게 되려나."

그렇게 말하며 홈즈는 두 손을 비비고, 회심의 덫에 사로잡힌 사냥감 주위를 걸으며 터지는 웃음을 참고 있었다.

"저희는 이제 필요 없습니까? 홈즈 씨."

따분했던 모양인지 사복 차림을 한 경찰들이 물었다.

"아, 이제 됐습니다. 수고하셨어요. 다시 담당구역으로 돌아가서 기다려주세요. 이제 조금만 더 기다리면 될 겁니다."

홈즈가 대답하자 네 명의 남자들은 줄줄이 방을 나갔다.

그러나 여우에 홀린 것 같은 우리의 기분은 여전했다. 홈즈가 우리에게 장난을 치려고 동료들을 동원해서 한바탕 연극을 꾸민 것은 아닐까 하는 생각까지 들었다. 스코틀랜드 야드의 전문가 역시 그리 생각했는지 이렇게 말했다.

"어떻게 된 겁니까. 홈즈 씨, 어서 설명을 해주세요. 정말 이 영감이 프라이어리 로드 사건의 범인이고, 당신의 친구가 아니라면 말입니다!"

"친구는 누가 친구야!"

노인이 고함을 질렀다.

"연극이라면 이 양반도 대단한 명배우군. 자, 이 영감이 정말로 도통 이해라고는 가지 않던 그 괴상망측한 사건의 범인이란 말입니까, 홈즈 씨? 이 영감이? 혼자서? 대체 어떻게 했다는 거요!

다 떠나서 이렇게 우리가 수갑을 들고 옹기종기 모여 있는 이곳에 날 잡아 잡숴, 하면서 뻔뻔스레 찾아왔다고요? 이건 뭐, 제 발로 스코틀랜드 야드 유치장 안에 걸어 들어온 것이나 다름없지 않습니까."

그러자 홈즈는 빙긋이 웃고는 말했다.

"레스트레이드 경감, 그럼 안 됩니까?"

레스트레이드는 순간 벌레 씹은 표정을 지었다.

"아니, 잠깐만. 조금만 더 기다리면 된다고? 다 끝난 게 아닙니까, 홈즈 씨? 이 인간이 범인이잖아요? 바깥의 경찰들이나 저나, 아직은 경시청으로 돌아가서 이 인간을 집어넣을 곳에 집어넣고 한숨 돌리면 안 된다는 겁니까?"

"조서를 쓸 수 있을 것 같으면 그러시죠."

홈즈가 말하자 레스트레이드는 입을 다물었다.

"제가 아까 3막이 있을지도 모르겠다고 말하지 않았던가요. 레스트레이드 경감, 그걸 놓칠 건가요."

"아까 그 친구는 누구죠, 홈즈 씨? 지금까지 찾아온 지원자 중에서는 단연 으뜸이라고 생각했는데요."

나쓰미가 조심스럽게 끼어들었다.

"미라를 본 적이 있는 나도 그렇게 생각했네, 홈즈."

나도 거들었다.

"그 사람이야말로 여기 레스트레이드 경감이 추리한 대로 제 오랜 친구입니다, 나쓰미 씨. 훌륭한 연극배우라 어떤 변장에도 능해요. 이런 때 참 요긴한 친구죠. 저도 평소에 그 친구한테는…… 어, 또 누가 나타났군. 보아하니 다음 지원자 같은데. 3막이 개막되어주면 고맙겠는데."

다음 지원자는 호루라기나 경찰 세례를 받지 않고 척척 계단을 올라 방으로 들어왔다.

나는 가만히 홈즈를 관찰하고 있었는데 순간 그가 방문자와 의자에 묶인 조니 브릭스턴을 향해 번갈아서 재빨리 눈길을 준 것 같았다.

그래서 나도 흉내를 내봤지만 내가 보기에는 두 사람의 표정에 아무런 변화도 보이지 않았다. 그것을 본 홈즈의 얼굴은 희미하게 안도한 것처럼도, 실망한 것처럼도 보였다.

눈치를 보니 홈즈는 브릭스턴을 방 한가운데에 놓고 방문자에게 보여줌으로써 반응을 살펴보려고 하는 것 같았다. 방문자나 브릭스턴이나 표정에 아무런 변화가 없자 아나나 다를까 이 지원자는 아닌 것으로 판단하고 나에게 얼른 돌려보내라는 눈짓을 했다. 나는 그의 주소와 이름을 물어보고 흉터와 관련해 건성으로 질문한 뒤 일찌감치 돌려보냈다.

나도 슬슬, 홈즈의 의도가 짐작되기 시작했다. 그러나 나쓰미의 방문 앞에 나타난 다음 지원자도, 그다음 지원자도, 아무런 변화를 가져오지 못했다. 홈즈가 서서히 조바심치기 시작하는 게 눈에 보였다. 그는 이럴 때 잘하는 버릇대로 고개를 숙인 채 말없이 방 안을 오락가락했다.

이윽고 또 한 명의 지원자가 계단을 올라오는 발소리가 들렸지만 그 역시 지금껏 찾아온 수많은 방문객과 다를 게 없었다.

"언제까지 이러고 있어야 합니까, 셜록 홈즈 씨? 누가 찾아올 거라고 기대하는 거요? 이러고 내일까지 기다려봐야 아무 일도 일어나지 않아. 이제 그만 유치장이든 어디든 들어가서 푹 쉬고 싶다고."

의자 등받이 뒤로 수갑을 차고 있는 조니 브릭스턴이 넌더리가 난다는 듯 큰소리로 말했다. 쭉 둘러보니 말은 하고 있지 않지만 레스트레이드나 나쓰미도 비슷한 기분인 모양이었다.

지원자들 발걸음도 뚝 끊긴 것이, 아닌 게 아니라 더 기다려봐야 지원자가 올 것 같지 않았다. 홈즈 역시 그런 생각을 하기 시작했는지 의자에서 일어나 창 쪽으로 다가가더니 미련이 남은 듯 다시 한 번 거리를 내려다본 다음 말했다.

"아무래도 제가 잘못 생각한 것 같군요. 신께서 3막은 준비해 두지 않으신 모양입니다. 이거 참 안타까운 노릇이군. 다양한 방향으로 생각해봤지만 분명 다음 막이 있을 가능성은 충분히 있었어요. 객관적으로 봤을 때 일어날 확률이 일어나지 않을 확률보다 높았지요. 지금 우리는 아쉽게도 당초의 목표를 반밖에 달성시키지 못한 채 물러서게 됐습니다."

"기대가 많아서 그래. 욕심이 많다는 얘기라고, 선생. 인생이란 게 그렇게 내 생각대로만 돌아가 주는 게 아니야."

노인이 훈계조로 외쳤다.

"아, 그런가? 그럼 당신은 뭐가 걱정돼서 어슬렁어슬렁 찾아왔지?"

홈즈가 우리는 이해할 수 없는 말을 했다.

"어쨌거나 이렇게 주범은 손에 넣었어. 이걸로 만족해야겠군. 그나저나, 곧 네 시 반이네. 외국에서 오신 손님께 이 이상 폐를 끼치면 안 되지. 복도의 침대를 안으로 옮기고 이 희극의 막을……."

바로 그때, 천천히 계단을 올라오는 구둣발소리가 들려왔다.

"누가 계단을 올라오고 있군. 막을 내리기 전에 이 최후의 한 사람에게 희망을 걸어보는 것도 나쁘진 않을 거야, 왓슨."

문이 조심조심 열리고 엄청나게 여윈 팔이 보였다. 곧바로,

"아직 모집 안 끝났나요?"

하고 묻는 소리가 들렸다.

목소리의 주인이 문 뒤에서 얼굴을 내미는가 싶은 그때, 그 야윈 얼굴은 마치 지옥이라도 훔쳐본 듯 공포에 질린 표정으로 얼어붙었고 다음 순간 무서운 기세로 문이 닫혔다. 뒤이어 계단을 정신없이 뛰어 내려가는 소리가 들려왔다.

"자, 레스트레이드 경감, 다시 한 번 호루라기!"

홈즈가 외치자 레스트레이드는 또다시 호루라기를 드높게 불었다.

"이런 우라질 멍청한 놈!"

의자에 묶여 있던 노인이 분통 터진다는 듯 고함을 질렀다.

"거 참 신사답지 못한 대사로군, 브릭스턴."

홈즈가 우쭐대며 말했다.

"당신이 보수를 주는 데 그렇게 쩨쩨하게만 굴지 않았어도 이렇게는 안 됐을 텐데 말이지."

11

홈즈 씨가 거액의 보수를 준다는 신문광고를 낸 덕분에 다음 날 내 하숙방 아래는 왼쪽 눈썹 근처에 흉터가 있는 영국인들로 득시글거리게 되고 말았다. 나는 면접심사의 명부 작성을 맡게 됐다.

그런데 막상 심사를 시작하니 영 이렇다 할 인물이 없다. 홈즈 씨는 조바심을 내며 늘 그렇듯 의미 없는 내용으로 소리를 질러대고, 와트손 씨는 마뜩잖은 표정을 지었다.

2시간쯤 들여 한차례 심사를 끝내고 창밖에 사람들 행렬이 사라졌을 때까지도 적당한 인물은 찾아내지 못했다. 우리는 할 일도 없고 심심해서 일어나 창 쪽으로 갔다.

"없네요."

내가 그렇게 말하자,

"없군요."

하고 홈즈 씨도 말을 받아줬다.

도대체가 지원자들의 체격이 하나같이 지나치게 좋았다. 좀 전까지 앨버트독|영국 리버풀의 무역항. 현재는 관광지|에서 하역 인부로 일했을 것 같은 억센 남자들만 줄줄이 몰려들었다. 앞으로 10년간 단식을 한다 해도 미라가 될 성싶은 사람은 없다.

"홈즈 씨, 마른 체형의 사람을 모았어야 했던 건데 말이에요."

나는 말했다. 그러자 홈즈 씨가,

"아차, 그걸 깜박했네!"

하고 이마를 탁 치며 말했다.

나는 오늘 아침 신문에 실려 있던 광고 문구를 떠올렸다. 그곳에는 왼쪽 눈썹에 흉터가 있는 남자, 거액의 보수를 줄 테니 와라, 그렇게만 적혀 있었다. 나였다면 이렇게 냈을 것이다.

'왼쪽 눈썹에 흉터가 있고, 몹시 여윈 남자를 찾습니다.'

미라가 되어 죽은 사람이니 마르면 마를수록 좋다.

'마르면 마를수록 좋음.'

더하자면 수염도 필요하다. 킹즐리라는 사람은 분명 수염도 길렀을 것이다.

'수염을 기른 신사분이라면 더욱 좋음.'

거기까지 생각했을 때 내 머릿속에 어떤 생각이 번개처럼 날아들었다. 그래! 나는 무심코 무릎을 쳤다. 이 순간, 나에게는 모든 것이 보였다.

그런 광고 문구를 전에 분명히 본 적이 있다. 그 음침한 프라이어리 로드의 하숙집에서였다. 하숙집 주인의 남편이 내게 보여준 석 줄짜리 광고에 분명히 그렇게 적혀 있었다.

나는 열심히 머리를 굴렸다. 혹시 그건 오늘과 마찬가지로 메리 링키를 만나게 해주기 위한 인물을 모집하고 있었던 게 아닐까? 그렇게 계산하면 그 미라 사건은 속임수를 쓴 마술이었던 게 아닐까. 오늘 우리처럼 신문에 광고를 내서 미라와 닮은 사람을 모집한 건 아닐까.

내가 그렇게 생각했을 때였다. 창 아래 거리, 건물 모퉁이를 돌아 한눈에 보기에도 비쩍 마른 인물이 나타났다. 지금까지 면접한 사람들과는 달리 비쩍 말라 있었다. 너무 말라서 지나가던 행인들이 돌아볼 정도였다.

흠칫흠칫, 꽤 겁먹은 태도로 이쪽을 향해 오고 있다. 살짝 얼굴을 들었을 때 그 남자의 왼쪽 눈썹 근처에 커다란 흉터가 있는 것이 멀리서도 보였다.

걸음을 멈췄다. 들어올지 말지 고민하고 있다. 어딜 어떻게 봐도 뭔가 켕기는 게 있는 행동이라고 나는 직감했다. 나도 모르게 "알았다!" 하고 외치고 있었다.

"와트손 씨, 저 남자예요! 잡아주세요."

창을 열며 나는 소리쳤다.

우연이다. 이 남자는 그 사건에서 메리 링키를 함정에 빠뜨리기 위해 스스로 왼쪽 눈썹 위에 칼로 상처를 냈다. 그래서 오늘 이 모집에 응모할 자격이 생긴 것이다. 거액의 돈에 눈이 먼 이 남자는 전에 했던 대로 두 마리째 토끼를 노리고 응모를 한 것이 분명하다.

순식간에 이 모든 것을 파악한 나는 와트손 씨, 홈즈 씨, 저 남자가 수상하니 잡아주세요, 하고 외친 것이다.

홈즈 씨는 내가 연 창 바깥으로 몸을 내밀고는 품에서 호루라기를 꺼내어 있는 힘껏 불었다. 길 중간에 서 있던 마른 남자는 이 모습을 보자마자 곧바로 걸음을 돌려 냅다 달아나기 시작했다.

"앗, 거, 거기 서!"

홈즈 씨가 외쳤다. 하지만 서란다고 설 사람이 어디 있겠는가. 남자는 순식간에 멀어져 갔다. 홈즈 씨는 발을 동동 구르며 몸의 거의 반 이상을 난간 위로 내밀더니,

"어이, 이봐, 저 남자 좀 잡아!"

하고 행인을 향해 외쳤다.

"저 남자는 도둑이야, 잡아라!"

나도 입에서 나오는 대로 말했다. 행인은 멍하니 입만 벌리고

있었다. 나는 될 대로 되라 싶어서,

"잡아오는 자에게 10파운드를 주겠다. 그 유명하신 셜록 홈 즈 씨가 내실 거다!"

하고 외쳤다.

참 계산적이게도, 내가 그렇게 말하자 아래를 지나가던 행인들은 순간 눈빛이 바뀌어서는 멧돼지 같은 속도로 남자를 쫓아 우르르 달려갔다.

막상 내 옆에 있던 홈즈 씨의 눈빛도 변해 있었다. 놀란 눈으로 나를 보더니,

"난 못 내!"

하고 진지한 표정으로 말했다.

"당신이 꺼낸 말이니까 당신이 책임져, 난 몰라."

그러고는 고개를 세차게 좌우로 저으며 부르르르르 소리를 냈다. 그때였다. 지은 지 한참 된 건물이다 보니 홈즈 씨가 기대고 있던 난간이 뚝 부서졌고, 홈즈 씨는 허공에서 허우적허우적 손을 내두르다 그대로 곤두박질쳐 밑에 있던 방화용 수통속에 물보라를 일으키며 떨어졌다.

밑에 방화용 수통이 있길 천만다행이었다. 그렇지 않았다면 3층이니 목숨을 잃었을지도 모른다.

"이런!"

우리는 외친 뒤 부리나케 계단을 뛰어 내려갔다.

"와트손 씨, 홈즈 씨를 부탁드립니다. 저는 그 남자를 쫓겠습

니다!"

재빨리 그렇게 지시한 뒤 나는 전속력으로 내달렸다. 이곳 사람들은 대부분 다리가 빠르지 않다. 실크해트를 쓰고 점잖은 신사 놀음을 하고 있기 때문에 달리기로 나를 이길 수가 없다. 백 미터쯤 달리니 달아나는 마른 남자와 10파운드에 눈이 멀어 그를 쫓고 있는 신사 집단을 어렵지 않게 따라잡을 수 있었다.

추격자들을 싱겁게 추월한 뒤 나는 마른 남자 뒤로 바싹 따라붙어 목덜미를 힘껏 거머쥐었다. 그리고,

"도망쳐봐야 소용없어. 얌전히 굴어!"

하고 외치며 제압했다. 그런 다음 다시 온 길을 돌아가 방화용 수통 속에 빠져 있는 홈즈 씨에게 데리고 갔다. 10파운드를 놓친 신사들은 다들 혀를 차며 억울해했다.

홈즈 씨는 무사했다. 꼭 고에몬부로 | 바로 밑에서 불을 때는 무쇠 목욕통 | 에 들어가 있는 것처럼 통 바깥으로 얼굴만 내민 채,

"여기가 어디야? 내가 어떻게 된 거지, 왓슨?"

하고 중얼대고 있었다. 그러더니,

"파이프를 좀 태우고 싶은데 쫄딱 젖었네. 자네 것 좀 빌려주게."

하고 와트손 씨에게 부탁했다.

12

"하, 맛있다. 파이프 담배가 이렇게 맛있었던가! 요사이 까맣게 잊고 있었네."

서둘러 방을 원래대로 고쳐놓고, 홈즈의 말을 빌리자면 종막 무대를 플로든 로드에서 베이커 스트리트에 있는 우리의 조촐한 본거지로 옮기고 나자 홈즈가 말했다.

나쓰미의 방보다 조금 넓기는 하지만 런던의 모든 이목이 집중된 괴사건의 종연 무대로서는 역시 충분하다고 하기 어려웠다. 우리의 비좁은 방은 얌전한 표정과 무서운 표정을 한 두 명의 범인, 그리고 다소 초조해 보이는 레스트레이드, 거기다 호기심 가득한 표정의 나쓰미로 꽉 찼다.

"홈즈 씨."

나쓰미가 입을 열었다.

"다른 분들은 홈즈 씨와 오래 알고 지내서 이런 경험을 많이 하셨겠지만 처음 겪는 저는 솔직히 여우에 홀린 기분입니다. 마술쇼를 본 것 같아요. 이 두 사람이 그 기묘한 수수께끼의 모든 것인가요?"

"그렇습니다, 나쓰미 씨."

"와, 놀랐습니다. 저는 범인을 잡을 땐 한바탕 난리법석을 떨며 추격전을 벌인 끝에 잡는 거라고 생각해 왔는데요. 당신의 유명한 이름과 함께 몇 가지 소문은 전부터 들어서 알고 있긴 했지만 그것도 상당히 축소된 이야기였던 것 같네요. 홈즈 씨가 가만히 있어도 범인이 저절로 빨려 들어오는 것 같습니다."

"그렇게 되도록 준비를 했으니까요. 당연한 결과죠. 다만 좀 서둘러야 했습니다. 어쨌거나 이 두 사람이 런던은 물론이요 아예 영국을 떠버릴까 봐 걱정이었거든요. 하지만 저한테는 두 사람이 아직 런던에 있을 것이라는 적지 않은 확신이 있었습니다. 제퍼슨 링키의 동생이라는 인물이 아직 프라이어리 로드에 모습을 드러내지 않았기 때문입니다만.

브릭스턴, 약속한 보수는 아직 반 정도, 선금을 받은 정도지?"

"알면서 물을 필요 없잖소!"

"흠, 대충 그럴 줄 알았지. 그 친구도 돈이 없거든. 돈이 있었으면 당신이 짜낸 이런 계획에 덥석 달려들지 않았겠지. 제퍼슨의 동생도 저택의 주인 자리를 차지하고 순조롭게 유산을 물려받지 않고서는 악당에게 줄 푼돈조차 없다 이거지.

그렇다고 그 친구가 일찍 모습을 드러낼 수도 없지. 너무 꾸민 티가 나니까. 따라서 조니 브릭스턴도 그때까지는 이 근방을 어슬렁거리며 기다릴 수밖에 없어.

그러니 이 점에서는 크게 서두를 필요가 없었지만 나한테는 또 하나 아주 큰 이유가 있었네, 왓슨."

"그게 뭔가."

나는 물었다.

"그건 우리 친애하는 레스트레이드 경감이 사건 해결까지 우리와 절교를 선언했기 때문이야."

"도대체 홈즈 씨."

잡담을 즐기고 있는 홈즈의 행동에 결국 레스트레이드의 짜증이 폭발했다.

"저는 언제까지 이렇게 기다려야 합니까? 종막인지 뭔지의 막은 언제 올라가느냐 말입니다!"

"이거 죄송합니다, 레스트레이드 경감. 당신 정도로 능력 있는 전문가에게 장황한 설명은 사족이라고 생각했거든요. 이쪽 젊은 친구, 자네 이름이 뭐라고 했더라?"

"짐 브라우너입니다."

"그래, 이 브라우너 군의 생김새를 보면 바로 느껴지는 게 있죠?"

그러나 경감은 말이 없었다. 잠시 뒤,

"우리는 직업상 수많은 사람과 만나기 때문에 말이죠."

하고 말했다.

"어허, 이거 놀라운데. 당신이 아는 사람 중에는 이렇게 마른 젊은이가 아주 많다는 뜻이죠? 지금 이 친구는 보다시피 수염을 밀었지만 기르면 왓슨 같은 친구들과는 달리 아주 붉은 수염이 될 겁니다. 그 색깔은 바로, 그러니까……, 음. 그 킹즐리의 미라처럼 말이죠."

그러자 레스트레이드는 분한 듯 낮게 신음을 냈다. 솔직히 말하자면 나도 이 젊은이가 가짜 킹즐리였나, 하는 생각을 확실히 한 것은 그때가 처음이었다. 중간부터 홈즈의 진의는 대강 감을 잡고 있었지만 그전까지는 홈즈가 메리 링키를 위로하기 위한 인물을 모집하고 있는 줄로만 알고 있었기 때문이다.

"그럼 자네는……."

나는 무심코 입을 열었다.

"요양 중인 메리 링키 부인을 위로하기 위한 인물을 찾고 있었던 게 아니라, 킹즐리 행세를 하면서 부인을 속인 범인을 찾고 있었던 거군?"

그러자 홈즈가 대꾸했다.

"흠, 왓슨, 꼭 그렇지만도 않아. 메리 링키를 위로하는 데 이보다 더 적합한 인물이 있나? 본인이니까 말이야. 메리 링키가 알고 있는 동생은 실제로 이렇게 살아 있었어."

"그런 복잡한 이야기는 사양하고 싶습니다!"

스코틀랜드 야드 대표는 화가 치미는지 씩씩대며 말했다.

"간단히 말해서 뭔가요, 홈즈 씨. 그 링키 저택의 못을 박아 밀폐된 방에서 여기 이 짐 브라우너가 사전에 준비해둔 미라와 자신을 슬쩍 바꿔치기했다 이겁니까?"

"물론 그렇습니다, 레스트레이드 경감."

"미라는 그 밀실 화재사건보다 훨씬 전부터 존재했었다 이거네. 흠, 곰팡내 나는 낡아빠진 속임수에 우리가 뭉텅이로 걸려들었다는 계산이로군. 그렇다면 역시 이 영감이 바깥에서 그 못 박힌 방에 미라를 가져다 놨다는 이야기죠? 그런데 대체 무슨 수로요?"

"그건 무리죠, 레스트레이드 경감. 그 방은 당신도 조사했다시피 관처럼 빈틈없이 못이 박혀 있어 바깥에서 사람이 들어갈 수가 없었습니다. 게다가 충실한 베인즈는 못이 다 박혔을 때 방 안에 짐 브라우너 한 명밖에 없었다고 증언했습니다."

"그래, 그러니까 이해가 안 가죠."

"물론 그 시점에 미라는 이미 실내에 있었습니다. 그때뿐만 아니라 훨씬 전부터 방에 있었어요. 그렇지, 짐?"

마른 청년이 끄덕였다.

"어디에 말입니까?"

레스트레이드가 목청을 높였다.

"게다가 바꿔치기 했다 치더라도 그 뒤에는 어떻게 했단 말입니까? 짐은 어디로 도망친 거죠? 상당히 말라 보이기는 하지만, 그럴 만한 틈새가 어딘가에 있었습니까?

뭐, 좋습니다. 홈즈 씨 눈에는 저 같은 사람이야 무능한 얼간이로 보일 테니까 말이죠. 아무렴요, 또 못 보고 지나친 걸 테지. 처음부터 물어봅시다. 미라는 어디에 있었습니까? 어디에 숨겨놓았고 언제 어떻게 가지고 들어갔습니까?"

"그야 말할 것도 없이 저주를 막아준다는 그 고리짝 안 아니겠습니까, 레스트레이드 경감. 그러니까 그가 저택에 들어온 바로 그 첫 순간부터 집 안에 들어가 있었던 겁니다."

"지금 저를 놀리시는 겁니까, 홈즈 씨? 그 안에는 저주를 막아주는 목조상이 들어 있지 않았습니까! 둘이나 들어갈 크기는 아니란 말입니다!"

내 친구의 명백한 결점 중 하나는 자신보다 머리 회전이 훨씬 느린 사람에게는 노골적으로 짜증스런 모습을 보인다는 점이다.

"쯧쯧! 그럼 갑옷은 뭘로 지탱했겠습니까? 그 엉터리 목상은 고리짝 안에 미라가 담겨 있는 동안 일본제 갑옷 안에 있었습니다. 그래서 목상의 여기저기가 절단되어 있었던 겁니다. 그 갑옷은 앉아 있었으니까요.

그러니 목상의 다리도 하나씩 따로 만들어졌던 거고요. 그렇지 않으면 갑옷을 입혀 의자에 앉힐 수가 없으니까요."

"그렇구나!"

나는 얼결에 목청을 높였다.

"아, 그랬던 거군. 그럼 언젠가 메리 링키가 슬쩍 들여다본 고리짝 안의 내용물은……."

"그 시점에서는 아직 미라였지."

"그래. 그래서 킹즐리가, 아니 여기 짐 브라우너가 당황한 거로군?"

"맞아, 왓슨. 하지만 머리가 좋은 그는 그것까지도 연기의 빌미로 요령껏 이용했지. 마치 그 작은 사건이 자신의 기행의 계기라도 되는 것처럼 연출한 거야."

"잠깐만요, 홈즈 씨. 미라를 어디에 감춰두고 있었는지는 알겠습니다만, 그럼 자기 대신 미라를 침대에 뉘어 놓은 다음 본인은 어떻게 했습니까? 집사 부부와 누나가 방으로 뛰어왔어요. 불타는 침대 밑에 숨어 있을 수는 없지 않습니까?"

"갑옷 안이 비어 있었습니다, 레스트레이드 경감.

베인즈 부부와 메리 링키가 못이 박힌 채 불이 난 방의 문을 부수고 들어가서 킹즐리의 미라를 발견했을 때, 갑옷은 평소대로 제자리에 앉아 있었던 모양입니다. 그렇다면 당연히 안에는 짐이 들어가 있어야겠죠. 왜냐하면 그 일본제 갑옷에는 중심에 넣는 축이 어디에도 없었으니까요. 뭔가가 안에 들어가 있지 않으면 무너져 버립니다.

다시 말해서 이건 일본제 갑옷, 중국제 고리짝, 그리고 침대 위, 이렇게 세 가지 물건의 내용물을 하나씩 옮겨가며 바꿔치기 한 속임수라는 겁니다. 즉, 갑옷의 내용물을 중국제 고리짝 안으로, 고리짝의 내용물을 침대 위로, 침대 위의 내용물, 다시 말해서 본인은 갑옷 안으로, 이렇게 각각 이동시킨 겁니다.

이동을 끝낸 뒤 짐은 갑옷을 입은 채 돌아다니며 방 안에 알코올을 뿌리고 불을 붙였어요. 그런 다음 갑옷이 늘 있던 자리인 방 구석자리로 가서 스툴 위에 가만히 앉아 있었던 거죠.

이 방화는 아침에 집안사람들이 일어날 때쯤을 노려서 했기 때문에 화재는 금세 발견됐고, 세 사람이 문을 부수고 방에 들어오면서 의도했던 대로 큰 소동이 벌어졌습니다. 방에 불을 지른 것은 다 이 소동이 일어나기를 원했기 때문일 겁니다. 미라만 가지고는 좀 약하니까요. 소동이 커지지 않으면 탈출은 힘들어집니다.

그렇게 갑옷을 입고 앉아서 세 사람을 관찰하고 있자니 예상했던 대로 베인즈 부부는 상태가 안 좋아진 여주인을 부축해 아래층 침실로 데리고 갔습니다. 베인즈는 나이가 꽤 들었기 때문에 혼자 여주인을 옮기기는 벅차다는 것쯤 쉽게 상상할 수 있습니다.

그렇게 세 사람이 복도로 사라져가는 것을 본 그는, 천천히 일어나서 갑옷을 벗고 갑옷 위에도 알코올을 뿌린 다음 부서진

문을 통해 방 바깥으로 당당히 탈출해 사람들 눈을 피하면서 현관으로 나갔습니다. 그런 다음 처마 밑을 따라 메리의 침실과는 반대 방향으로 돌아가서 뒤쪽의 산울타리 사이를 비집고 도주한 거죠. 처마 밑을 따라간 것은 발자국이 남을 걸 염려해서였을 텐데, 베인즈의 말로는 이때 눈도 내렸었다고 하니까요.

어쨌거나 그 넓은 저택에 사는 사람이라고는 고작 세 명이니 사람 눈을 피해 빠져나가기도 쉬웠겠죠. 게다가 링키 저택 앞쪽은 널따란 정원이 있어 눈에 띄기 쉽지만 뒤쪽은 정원수를 사이에 두고 바로 옆집입니다. 뒤쪽으로 돌아가면 탈출이 쉬워지죠."

"오, 그런 속임수를 썼구나. 보기 좋게 한 방 먹었네!

하지만, 하지만 또 궁금한 게 있습니다, 홈즈 씨. 아주 어려운 문제가 아직 남아 있어요! 우리가 이렇게 감쪽같이 속아 넘어갔던 건 다 그 미라 때문입니다. 그렇죠? 영국에서 그런 시체를 만들 수 있을 리가 없다고 생각했기 때문에 속았던 거예요. 이 녀석들은 대체 무슨 수로 그런 시체를 만들었답니까? 진짜 킹즐리를 죽인 것도 역시 이들인가요?"

"아니, 그렇지는 않습니다. 그건 이미 당신이 가르쳐줬습니다, 레스트레이드 경감. 가엾은 킹즐리는 아사餓死했습니다. 당신이 그렇게 말씀하셨죠? 아마 그는 자연사한 것으로 짐작됩니다. 그리고 말입니다, 그의 시체를 그렇게 훌륭한 미라로 만든 범인은 올해의 이 비정상적인 추위입니다."

우리는 순간 무슨 뜻인지 이해하지 못해 침묵했다.

"알아듣게 이야기해주세요, 홈즈 씨. 추위가 뭘 어쨌다는 겁니까?"

"자연현상이라는 말입니다, 레스트레이드 경감. 우리나라에서는 드문 일이지만 대륙에서는 간혹 있는 일이에요. 얼마 전 일이었던 러시아의 이바노프 공작 변사사건이 좋은 예가 되겠네요. 추위 때문에 드물게, 사망한 인체가 부패하지 않고 미라화되는 경우가 있습니다. 더구나 이번 경우에는 아사이다 보니 다른 시체보다 미라가 되기 훨씬 쉽죠. 내장에 아무것도 들어있지 않으니까요.

게다가 더 좋은 조건까지 겹쳤습니다. 뭐, 하긴 수많은 좋은 조건이 겹치지 않으면 미라가 되지 않지만요. 킹즐리가 살던 집은 황야의 외딴집이라고 했습니다. 찾아오는 사람도 없죠. 또한 다 쓰러져가는 폐가였던지라 실내 온도도 바깥과 큰 차이가 없었습니다. 이 브릭스턴 영감이 찾아갈 때까지 킹즐리가 혼자서 아사해 미라가 되어 있었다는 건 아무도 눈치챈 사람이 없었어요."

"그럼 킹즐리는 자연적으로 미라가 됐고 이 영감은 그걸 발견하고 이용했을 뿐이다, 이런 겁니까?"

"그렇습니다."

"믿을 수가 없어. 사람이 자연적으로 미라가 되다니."

"당신도 에든버러에 가봤으면 좋았을 텐데 말입니다, 레스트레이드 경감. 설원에 외따로 서 있는 그 집을 보면 당신도 이해가 갈 겁니다. 어쨌든 처음부터 차근차근 이야기하기로 합시다."

"진작 그래 줬으면 좀 좋습니까!"

"자, 지금부터 내가 하는 이야기에 만약 사실과 다른 부분이 있다면 짐, 그리고 브릭스턴 영감, 언제든지 이의를 제기해 주게. 알겠지?

메리 링키는 남편이 죽은 뒤에 저택을 상속받고, 뭐, 꽤 운 좋은 미망인이 됐습니다. 그러자 옛날에 생이별 한 채 소식이 끊긴 불행한 남동생, 킹즐리를 찾아내어 프라이어리 로드에서 함께 살고 싶다는 생각을 하게 됩니다. 그래서 신문에 광고를 냈죠. 다들 아시다시피 우리나라 신문의 석 줄 광고만큼 이런 때 요긴한 것도 없으니까요. 그런데 그 광고가 여기 있는 조니 브릭스턴의 매 같은 눈에 들어갔습니다. 이렇게 그 부인의 불행이 시작되었지요.

브릭스턴의 직종은 말하자면 심부름 대행 같은 건데, 돈 냄새가 나는 것이면 무엇이든 물불 안 가리고 달려듭니다. 하지만 뭐, 본업은 사람 찾기라는 본인의 주장을 믿어도 좋겠습니다. 링키 저택을 찾아온 것도 처음에는 진지하게 킹즐리를 찾아줄 생각이었던 건지도 모릅니다. 재산이 있어 보이는 미망인에게서 통상의 세 배나 되는 보수를 가로채는 것만으로 만족할 생각이었을지도 모르죠."

"안 믿겠지만 난 누가 사정사정해도 그런 짓은 하지 않아. 이 장사도 당신과 마찬가지로 신용이 제일이거든."

심부름 대행이 항의했다.

"신용이 제일이라. 그런데 찾는 사람이 미라가 되어 있는 모습을 보자 간판을 홱 바꿔 단 모양이군?

사방팔방을 돌아다니며 간신히 킹즐리를 찾아냈더니 그는 생활고로 굶어 죽어 있었고, 더군다나 시체는 미라가 되어 있었지. 영감은 실망했어. 간신히 찾아낸 사람이 시체래서야, 보수의 액수에도 영향을 미칠 테고 말이지. 그래서 당신은 어떻게 극복할 방법이 없을까 궁리했어.

곧바로 떠올린 게, 이런 경우 대부분의 간교한 인간들이 생각해내는 그런 잔꾀였지. 다시 말해서 아주 오래전, 어릴 적에 생이별했으니 지금은 얼굴이 많이 달라졌다 하더라도 이상할 게 없고, 친누나라지만 못 알아볼 가능성이 충분하다. 그러니 다른 사람을 내세워서 본인 행세를 시키겠다는 생각을 하게 됐지.

킹즐리의 집에는 당연히 생전에 킹즐리가 남긴 물건들이 잔뜩 있지. 이것들은 모두 가짜가 진짜 동생임을 증명해주는 증거품이 되어 줄 수 있어.

하지만 약아빠진 당신은 한편으로는 또 다른 생각을 했지. 이 방법은 당신에게 최선이 아니었어. 왜냐하면 보수 금액이 조금 더 늘어날 뿐, 호사를 누리는 건 그 가짜니까 말이야.

그래서 당신은 묘안을 짜냈어. 여기서 한 번만 더 비틀면 그 가짜 혼자 모든 단물을 빨아 먹는 것을 막고, 거기다 자신의 몫도 사람을 찾아준 보수의 최소한 백배는 되게 하는 영리한 방법이 있다는 것을 깨달은 거야."

　"당신 정말 바로 옆에서 보고 있었던 것 같군."

　"그 방법이란 이런 거였어. 우연히 손에 넣은 귀한 킹즐리의 미라, 그리고 용케 찾아낼 수 있다면 가능한 이야기지만 미라와 꼭 닮은 살아 있는 가짜, 이 두 개의 패를 교묘하게 움직여서 메리 링키를 폐인으로 만든 다음 프라이어리 로드의 저택에서 쫓아내면 게임 오버. 평생 보기 어려운 이 19세기의 미라를 전혀 활용하지 않아서야 아까우니 말이지.

　링키 부인이 저택을 나가게 되면 누가 득을 볼까. 그건 말할 것도 없이 죽은 남편의 핏줄이야. 그 사람한테 혹시라도 형제가 있고, 그 형제가 현재 궁핍한 신세라면 더 바랄 게 없지. 두말도 않고 이 계획에 덥석 달려들 테니 말야. 그에게는 넝쿨째 굴러 온 호박이지. 집이며 재산이 품 안에 굴러 들어오니까. 미리 이 혈육을 포섭해두면 링키 집안의 전 재산을 고스란히 반으로 나누는 것도 불가능한 이야기만은 아니지.

　죽은 제퍼슨 링키는 자수성가한 인물로, 이런 사람에게는 보통 타락해서 신세를 망친 형제가 있는 법. 역시 제퍼슨에게도 행방을 알 수 없는 남동생이 있었어. 당신은 프로니까 이런 인물을 찾아내는 일쯤 어려울 것도 없었지.

거기다 잘 된 게, 이 메리 링키라는 여성은 전부터 신경이 굉장히 예민했다는 거야. 효과적인 연출로 미라가 된 동생을 눈앞에 내놓으면 그녀가 정신에 이상을 일으키리라는 건 처음부터 약속된 것이나 다름없었지.

당신은 아마 갑자기 메리를 에든버러로 불러들여 킹즐리의 미라를 보여줄까도 생각했을 거야. 하지만 그렇게 했을 때 그녀가 실성하게 될지 어떨지 확신이 없었어. 그래서 그런 정성스런 계획을 만들어낸 거야.

그런데 이건 과감한 계획인 만큼 곤란한 점도 많이 있어. 예를 들면……. 그래, 파자마. 킹즐리가 입고 죽은 파자마는 이제 벗길 수가 없어. 아니, 벗기려면 벗길 수도 있겠지만 다른 새 옷을 입힐 수가 없지. 따라서 짐이 미라와 바꿔치기할 때, 짐은 시체가 입고 있는 것과 완전히 똑같은 파자마를 똑같은 수준으로 더럽혀진 상태로 입고 있어야 해. 이게 바로 킹즐리가 누나의 말을 무시한 채 가져온 파자마만 고집하고, 더구나 바닥을 굴러다니며 더럽힌 이유지.

뭐 어쨌거나, 링키의 재산을 횡령하려는 이 계획은 당신의 머릿속에 가짜 킹즐리라는 안이 있었기 때문에 자연스레 술술 떠오른 계획이었어. 아닌가?"

"어어, 당신은 역시 소문에 듣던 대로군. 이런 경우 신통찮은 동생은 대부분 성공한 형을 배 아파하기 마련이란 말이지. 하물며 마누라가 됐다는 어디서 굴러 온 여자가 제 손으로는 돈

한 푼 번 적 없으면서 그 재산을 몽땅 상속받는다는 소문을 들었을 때는 더하지 않겠나."

"그래서 찾아낸 그 동생은 당신이 짐작했던 것과 같던가?"

"짐작했던 것 이상이었지. 찾아갔더니 빚쟁이들이 줄을 서 있는 지경이라 나도 줄을 서야 했어. 내가 계획을 말해주자 아니나 다를까 두 말 없이 달라붙더군. 남미에서 빈털터리가 됐다고 트레버가 그랬지."

"이름이 트레버인가. 그는 어떻게 그 형편에 자네한테 선금을 지불했을까?"

"형한테 받아서 소중하게 간직하고 있던 사파이어 반지를 팔았거든."

"허, 그거 안타깝군. 그걸로 트레버 링키는 말 그대로 땡전 한 푼 없는 신세가 된 거군. 그뿐만 아니라 당신과 만난 덕분에 빚쟁이는 물론이고 경찰한테까지 쫓기는 신세가 됐어."

"홈즈 씨, 옆길로 좀 새지 마세요."

단호한 어조로 레스트레이드가 이야기를 재촉했다.

"당신은 우선 킹즐리의 미라를 런던 변두리에 있는 당신의 은신처로 가지고 가서 숨겼어. 그런 다음 신문에 광고를 냈지. 대충 이런 내용이었을 거야.

'키 5피트 9인치 | 약 180센티미터 | , 수염이 붉고 굉장히 야윈 서른 살 가량의 남성을 찾음.'

말할 것도 없겠지만 5피트 9인치는 킹즐리의 미라를 재서 얻은 신장이고 서른 살 가량이라는 나이는 메리한테 들어서 알고 있었던 거야. 그리고 우리가 본 미라는 당연하게도 뼈와 가죽만 남았을 정도로 말라 있었고 수염은 붉었어.

런던에는 아직도 당장 내일 먹을 것을 걱정해야 하는 젊은 이들이 많아. 뜻밖에 많이 모여들었겠지? 줄도 제법 생겼을 텐데?"

"잘 아시는군."

"뭐, 나도 오늘 비슷한 경험을 했으니까. 가장 유력한 지원자가 여기 이 짐 브라우너였다는 점까지 똑같고. 뭐니 뭐니 해도 이 친구는 그 미라와 생김새가 꼭 닮았으니까. 그리고 당신은 미리 조사해둔 킹즐리의 성장 과정과 중국을 방랑했다는 엉터리 과거를 짐에게 외우게 했어."

"오류 제1탄이로군. 킹즐리는 실제로 중국에 간 적이 있어."

"어라, 그런가? 어쨌든 그렇게 충분한 훈련을 거친 짐 브라우너를 킹즐리가 죽기 전에 살았던 에든버러의 외딴집에 가서 대기하게 하고, 메리 링키를 데리고 가서 둘을 만나게 했어. 간신히 찾아냈다는 말로 속여서 말이지.

그다음부터는 설명할 것도 없겠지. 짐 브라우너의 연기 재능을 알아본 당신의 눈은 역시 틀림 없었고, 그는 일을 완벽하게 해냈어. 링키 저택의 여주인은 완전히 속아 넘어가서 갈팡질팡하게 됐고 가뜩이나 예민했던 신경은 완전히 망가져 버렸지. 그리고 지금은 랜즈엔드에 있어."

226

"향을 피워서 방안을 온통 연기로 자욱하게 하고 난로에 불을 때지 못하게 한 것도 모두 연기의 효과를 높이기 위해서였던 거지?"

나는 물었다.

"향은 그런 이유에서였지만 불을 못 때게 한 데는 따로 이유가 있어. 방을 따뜻하게 데우면 킹즐리의 시체가 부패하기 시작해서 망가질지도 모른다고 걱정했기 때문이었지."

"그렇군. 파자마와 마찬가지로 기행에도 나름의 이유가 있었던 거군. 고양이를 쫓아낸 건 왜지?"

"역시 방해가 됐으니까 그랬겠지. 안 그래, 짐? 개였다면 킹즐리의 시체가 어디 있는지 냄새로 알아낼 염려가 있어. 고양이는 개만큼 후각이 좋지는 않겠지만 역시 마음 놓고 있을 수야 없었겠지. 동물의 감각이란 정말이지 예리하니까. 같은 지붕 아래 시체가 있어도 눈치채지 못하는 둔감한 동물은 아마 인간밖에 없을 거야."

"이야기가 조금 거슬러 올라가긴 하는데 짐은 왜 방에 못을 박은 거지?"

"아마도 작업의 성격이 아주 섬세한 것이라 그런 게 아닐까. 고리짝 안에서 비단 포장을 풀고 미라를 꺼내 조심스럽게 침대에 눕히는 작업은 시간이 꽤 오래 걸리는 신중한 작업이었을 거야. 미라는 자칫하면 망가져. 메리가 손가락으로 만졌을 뿐인데 뺨이 움푹 팼다는 사실 하나만 봐도 알 수 있지. 트릭을 장치하는 동안에는 어떤 마술사든 방해받고 싶지 않은 법이야. 더구나 누나인 메리는 방 열쇠를 갖고 있어. 못을 박지 않고서는 안심이 안 됐겠지.

또 다른 이유는 말 안 해도 알겠지만, 바꿔치기한 게 아니라는 것을 사람들이 확실하게 믿게끔 하기 위해서지. 미라가 침대에 남아 있는 것만으로는 우리가 아무리 멍청하다 해도 언젠가 미라와 바꿔치기했을 가능성을 생각하게 돼 있어. 여기 영국에서, 그것도 하룻밤 사이에 미라가 될 재주는 어떤 시체라 해도 없으니까. 미라를 외부에서 들여와 짐과 바꿔치기했을 가능성이 없다는 것을 우리에게 증명하기 위해서지."

"짐이 제 손으로 자신의 얼굴에 칼로 상처를 낸 건?"

"그야 꼭 물어봐야 아나. 미라의 왼쪽 눈썹 위에 이미 그런 흉터가 있었기 때문이지. 바꿔치기하기 전에 반드시 그런 상처를 입어둬야만 했던 거야.

그것도 아물 시간을 생각해서 한 달 전에는 상처를 내야 했어. 그러니까 일 돌아가는 순서상 링키 저택에 들어가고 얼마 뒤 일찌감치 해치워야 했지. 메리에게 너무 늦게 미라를 보여줄 수는 없었어. 아까도 말했다시피 봄이 오고 날이 따뜻해지면 시체가 손상될지 모른다는 불안감이 있으니까.

그런데 도착하자마자 얼굴에 상처를 내는 건 아무리 그래도 좀 부자연스러운 느낌이 있지. 그 와중에 메리가 고리짝 안을 잠깐 슬쩍 들여다봐 준 건 마침 잘 된 일 아니었을까? 이 일로 계기가 생긴 셈이니까."

"맞습니다, 홈즈 씨."

짐 브라우너가 대답했다.

"그렇구나! 이제야 확실히 알겠네. 요컨대 이 기이한 사건은 링키의 재산을 노린 사건이었다는 거군. 당신 말마따나 세상에 새로운 사건이란 없군요. 이리 확실하게 해주니 참 쉽군. 어처구니없는 껍질을 뒤집어쓰고는 있지만 알맹이는 뜻밖에 낡아빠진 거였어.

그나저나 짐, 얼굴에 그렇게 상처까지 내다니 대단한 봉사 아닌가. 대체 얼마나 받았나?"

레스트레이드가 짐 브라우너의 왼쪽 눈썹 위에 생긴 선명한 흉터를 보며 물었다.

"2백 파운드를 받을 예정이었습니다. 하지만 아직 반밖에 못 받았어요."

"여기도 선금은 반인가."

"받은 것만도 다행이지. 난 빈털터리만 돼도 고마울 지경이야. 목상도 만들고, 지갑 탈탈 털어 맨체스터에 가서 킹즐리 남매의 어릴 적 이야기까지 조사하느라 예산초과야. 적자도 이만저만이 아니라고."

브릭스턴이 투덜거리자 레스트레이드는 자업자득이라며 호통을 쳤다.

"바로 그것 때문에 내 구식 함정에 걸려든 거지. 난 이 뻔한

낚싯줄에 브릭스턴은 둘째 치고 짐 브라우너까지 걸릴 확률은 기껏해야 반반이라고 보고 있었어. 백 파운드나 되는 돈이 주머니에 들어 있다면 말이야."

"짐은 빚이 있었어. 그걸 못 갚아서 전전긍긍하는 처지였기 때문에 내 힘든 계획에 참가할 생각을 한 거야."

"그랬군, 대충 그럴 거라고 생각했지. 그래서 오늘 우리가 이렇게 풍어를 이룬 거였어. 그렇다면 딱하게도 당신은 더욱 안절부절못했겠군, 브릭스턴. 당신도 마음 같아서는 왼쪽 눈썹 위에 흉터만 있으면 당장에라도 줄을 서고 싶을 정도였을 테니 말이야.

얼핏 봐도 이런 입맛 당기는 이야기가 떡하니 실렸으니, 짐이 두 마리째 토끼를 잡겠다고 응모할 가능성이 크다 싶어서 당신은 불안했겠지. 게다가 당신이 봤을 때 이 이야기는 아주 수상쩍었어. 수상하기 이를 데 없었지. 무엇보다 당신의 수법을 똑같이 흉내 내고 있으니까 말이야. 아무래도 뭔가 있는 것 같은데다 장소도 당신이 잘 아는 집이었지. 어쩌면 그 동양인이 계략을 알아채고 당신을 협박해서 복수하기 위해, 움직일 수 없는 증거인 짐을 꾀어내려는 것인지도 모르겠다고 당신은 추측했겠지.

당신은 아마 상대가 경찰이라는 생각은 하지 않았을 거야. 이것은 동종업자의 수법이니까. 어쨌거나 짐이 혹시라도 돈에 이끌려 어슬렁어슬렁 모습을 나타내기라도 한다면 어떻게 해서든 말리는 게 상책이다, 당신은 이렇게 생각했어. 아닌가?"

브릭스턴은 말이 없었다.

"애초에 당신은 경찰에게는 들키지 않을 자신이 있었어. 경찰이 잠복해 있을 가능성은 없다고 본 거야. 그래서 뻔뻔스레 술병을 끼고 나타난 거지.

만약 모집광고 문구가 당신이 냈을 때처럼, 굉장히 야윈 체형의 남자여야만 한다고 선을 긋고 있었다면 짐도 경계해서 달려들진 않을 거라고 당신은 생각했겠지. 그런데 이 문구로는 불안해서 도저히 집에 앉아 있을 수만은 없었던 거야. 그래서 조니 브릭스턴은 이 추운 날 고생스럽게도 고령의 몸을 이끌고 이 근방을 어슬렁댄 거야. 술주정뱅이 시늉을 하며 혹시나 짐이 나타나지는 않을지, 벌벌 떨고 있었던 거지.

솔직히 말하면 난 짐이 일찌감치 나타나서 줄을 서주고, 브릭스턴 당신도 허겁지겁 짐에게 달려와 주면 일망타진이라 편하겠다는 생각도 했어. 하지만 아까 당신이 충고한 대로 세상일이 그렇게 내 뜻대로 풀리는 게 아니더군. 한 시 반까지 기다렸을 때 난 이 계획에 대한 기대를 버렸어.

그리고 틀림없이 짐도 많이 망설이겠지. 찾아온다 하더라도 마감 직전인 네 시 가까이에 올 가능성이 커. 그때까지 무료해진 브릭스턴 당신이 돌아가 버리면 곤란하니까 우선 당신만이라도 체포할 방도를 구해놨어. 그게 바로 아까 당신도 본 그 청년이야. 그 친구를 짐으로 변장하게 한 다음 한 시 반에 플로든 로드로 오라고 한 거야.

비록 명배우 짐을 만난 적은 없지만 가짜를 만들기는 쉬웠어. 미라가 되어버린 시체와 똑같을 게 분명하잖아? 우리도 그 시체와 닮게 하면 틀림없는 거지.

게다가 모험적인 일이라고 광고를 낸 터라, 창 아래는 다행히도 건장한 남자들이 실린 카탈로그 잡지 같았어. 이렇게 되면 가짜 짐이 등장했을 때 마른 체형 하나로 눈에 확 띄게 되지. 노안인 브릭스턴 영감한테나 2층에서 구경하는 우리한테나 말이야. 화난 건 아니겠지, 브릭스턴. 당신도 가짜를 내세웠으니까. 우리도 같은 수법을 쓴 것뿐이야.

막상 뚜껑을 열고 보니 내가 예상했던 것보다 훨씬 일이 잘 풀려서 다행이긴 하지만, 솔직히 나도 이 함정이면 충분하다고 안심하고 있었던 건 아니야. 혹시라도 짐이 일등으로 찾아오고, 브릭스턴은 나이 탓에 늦게 와서 짐을 놓칠 수도 있지. 우리는 누가 짐 브라우너인지 자신 있게 단언할 수는 없으니까 아무래도 당신의 협조를 받아야 했어, 영감. 부디 지각하지 말아달라고 기도까지 했지.

그리고 이게 가장 큰 걱정이었는데, 당신들 두 사람이 근처에 살면서 은밀하게 연락하고 있을 가능성이었어. 그렇게 되면 당연히 이런 속 보이는 수법은 통하지 않지. 어제 난 동양에서 온 이 손님에게 이번 계획의 힌트를 얻었을 때 이 부분을 집중적으로 고민했어. 그리고 레스트레이드 경감, 브릭스턴은 절대 그럴 리가 없다는 결론을 낸 겁니다. 잔금을 건넬 일시와 장소만 정해놓고, 그때까지는 피차 전혀 간섭하지 않은 채 따로따로 숨어 있을 거라고. 아니, 이미 두 사람은 교류가 아예 끊겨 있다고 말이죠.

그렇게 하지 않으면 짐이 자세한 사정을 알게 돼서 브릭스턴에게 더 큰돈을 요구해올 염려가 있으니까. 그 밖에도 다른 이유가 있지만 그건 그냥 넘어가도 될 것 같군요.

이 계획 말인데, 나는 브릭스턴이 광고를 낸 데일리 텔레그래프를 비롯한 주요 신문에는 죄다 광고를 냈기 때문에 브릭스턴을 끌어낼 자신은 제법 있었어. 나는 당신 성격을 잘 알거든. 당신이 런던 근교에 있기만 하다면 오지 않을 리가 없다고 생각했지. 하지만 짐은 나타나지 않을 가능성도 크다고 각오하고 있었어. 그랬다면 클레오파트라가 등장하지 않는 로마 전기처럼 오늘 밤의 파티도 다소 섭섭해졌겠지.

자, 더 질문이 없으면 슬슬 끝낼 때가 된 것 같군요. 두 사람은 철창 달린 침실에서 편안하게 쉬시길 바랍니다."

"잠깐만요, 홈즈 씨."

나쓰미가 황급히 끼어들었다.

"아까, 여기 조니 브릭스턴 씨가 낯익을 거라고 말씀하셨던 것 같은데……."

"아, 그렇지, 그렇지, 그걸 깜박했네. 그런데 저는 목소리가 귀에 익을 거라고 했습니다만."

나쓰미는 생각에 잠겼다.

"모르겠습니다. 기억에 없는 것 같은데요."

"모르신다고요? 하기는 속삭이는 소리였으니 큰 특징은 없었을지도 모르겠군요."

"아아! 유령 목소리 말인가요?"

나쓰미는 목청을 높였다.

"명답입니다. 보시다시피 지금은 늙어빠졌지만 이래 봬도 이 영감이 서커스 단원 출신입니다. 나이는 들었지만 당신 방 천장 위쪽에 숨어 들어가서 손가락을 퉁기거나 유령 흉내를 내는 것 정도는 일도 아니지요."

"그런데 왜죠? 왜 하필 저 같은 사람을 일부러 겁준 건가요?"

"당신이 런던에 사는 얼마 안 되는 동양인이기 때문입니다. 더구나 당신은 전에 프라이어리 로드에 살고 있었죠. 본인도 말씀하셨듯이 하숙집에서 링키 저택까지는 걸어서 십 분도 걸리지 않는 거리였습니다.

링키 저택 뒤쪽은 산울타리를 사이에 두고 곧바로 이웃집이 있는데 기억하고 계십니까? 링키 저택에서도 훤히 보이는 그 집 2층의 커다란 창문에, 역시 커다란 글씨로 '빈방 있음'이라고 적힌 팻말이 걸려 있었어요. 당신이 사는 하숙집에서 쫓겨나면 바로 근처에 있는 그 집으로 이사하지 않을까, 하고 브릭스턴은 기대했던 겁니다. 멀리 떨어진 플로든 로드 같은 곳이 아니라 링키 저택이 있는 프라이어리 로드로 말이죠.

교양 있는 당신께 이런 말을 하게 되어 실례입니다만, 여기 영국에서 동양 사람을 환영해주는 하숙집은 아직 그리 많지 않습니다. 링키 저택 뒤쪽의 하숙집은 얼마 되지 않는 그런 하숙집 중 하나였죠."

　"아니, 왜 저를 그 하숙집에 넣고 싶어 한 거죠?"

　"그야 물론 연출효과를 완벽하게 하기 위해서죠. 동양의 저주에 벌벌 떨고 있는 링키 저택의 이웃집 창문으로 동양인의 얼굴이 보였다 말았다 하면 짐의 명연기도 더욱 빛이 났겠죠. 게다가 메리 링키의 정신에 미치는 효과도 곱절은 커졌을 겁니다."

　"그렇구나, 그렇게 된 것이었네요……. 제가 플로든 로드로 이사한 뒤로도 미련을 못 버렸던 거군요."

　나쓰미는 심경이 복잡한 모양이었다.

　"그런데 당신이 저에게 상담하러 왔기 때문에 위기감을 느끼고 그 계획을 포기한 것입니다."

　"그렇군요, 하지만 저는 일본인입니다. 중국인이 아니에요."

　"나쓰미 씨, 우리 영국인들은 아직 동양을 잘 모릅니다. 지금 런던 사람 중에 중국인과 일본인을 구별할 수 있는 사람이 몇이나 될까요. 하물며 여기 브릭스턴처럼 교양 없는 무리는 중국과 일본이 영국과 프랑스처럼 바다를 사이에 둔 각각 다른 나라라는 사실조차 모릅니다. 내기해도 좋습니다. 이 영감은 일본을 홍콩 어딘가의 일부라고 생각하고 있을 걸요. 영국인은 왠지 몰라도 옛날부터 그렇게 생각하는 경향이 있습니다. 이 봐, 브릭스턴, 일본이 섬이라는 거 알고 있었나?"

"엉? 일본이란 데가 섬이었어?"

"거보세요, 나쓰미 씨. 이렇습니다. 이번 사건에서는 처음부 터 그런 경향이 눈에 띄었지요."

"그렇네요, 일본은 아직 많이 알려지지 않았군요."

"아직 젊고, 이제부터가 시작인 나라라서 그렇습니다. 몬태 규 가에 작은 사무소를 개업하고 사건 의뢰가 들어오기만을 조용히 기다리던 젊은 시절의 홈즈처럼 말이죠. 그 무렵 제게 필요했던 것은 범죄수사 능력이 아니라 홍보였어요."

"홈즈 씨, 저도 하나, 아직 이해가 가지 않는 부분이 있습니 다만."

레스트레이드가 입을 열었다.

"그 61 말입니다. 그건 뭐였습니까? 킹즐리의 목에서 나온 종 잇조각은."

"아아, '쓰네 61' 말이죠?"

나쓰미도 말했다.

그 질문에 홈즈는 턱을 옷깃 속에 묻는 듯한 동작을 하더니 담배 연기를 크게 한 모금 토해냈다.

"지금으로서는 그게 유일하게 남은 수수께끼입니다. 그걸 물 어보기 위해서 당신들을 여태 여기 붙들어놓았던 거야. 자, 조 니 브릭스턴, 그건 뭐지?"

"무슨 소리야?"

브릭스턴은 어리둥절한 얼굴로 홈즈를 봤다.

"그 미라의 목에는 동양 문자로 짐작되는 글자와 61이라고 적힌 종잇조각이 들어 있었어. 종이는 랭엄 호텔 편지지였고. 몰랐나?"

"전혀 모르는 일인데. 지금 처음 듣는 소리야. 정말이야. 내가 한 게 아니라고!"

"짐, 자넨 어떤가?"

"전혀 모르는 일입니다."

"홈즈 양반, 이 마당까지 와서 거짓말은 안 해. 정말 진짜로, 그런 이야기는 난생처음 들어. 진짜라니까!"

"흠, 알겠어. 대충 그렇지 않을까 생각은 하고 있었으니까.

레스트레이드 경감, 제 생각에 이건 생전의 킹즐리가 본인의 의지로 한 일일 겁니다. 아마도 죽기 직전이었을 텐데요.

이 부분은 아쉽게도 완벽한 설명을 할 수 없습니다만, 뭐, 그리 중요한 문제는 아니라고 생각합니다. 킹즐리는 아사했습니다. 굶어 죽어가고 있을 때, 곁에 있는 것 중에 뭔가 공복을 달랠 만한 게 있을까 해서 입에 넣은 것이 있다면 음식 외에는 보통 종이겠죠. 그래도 종이가 가장 먹을 수 있을 것 같아 보이니까요. 그런 게 아니었나 싶습니다.

그 숫자와 글자는 킹즐리가 어쩌다 보니 쓴 낙서일 수도 있고, 아니면 메모쯤 됐겠죠. 킹즐리에게만 의미 있는 것이었어요. 우리나 이번 사건과는 아무 관계도 없습니다. 어쩌면 그 종이가 목에 걸려 질식하게 된 게 직접적인 사인이었을지도 모른다는 정도의 관계는 있겠지만, 그 이상의 의미는 없다고 생각합니다.

그럼, 밤도 꽤 깊어졌네요. 저와 왓슨에게 음악에 몸을 맡기는 기쁨을 허락해 주십시오.

왓슨, 자네도 오늘 밤엔 음악을 듣고 싶은 기분 아닌가? 좋아. 그래야 내 친구지. 지금 가면 마티니 가게에서 가볍게 저녁을 먹는다 해도 바그너의 밤 제3막에는 충분히 시간을 맞출 수 있어."

13

사건은 이렇게 해결되었다. 와트손 씨는 나에게 무척 고마워했다. 그리고 그렇게 사양을 했는데도 그 뒤 몇 번에 걸쳐 식사를 대접받았다.

와트손 씨가 나에게 고마워한 것은 사건을 해결했기 때문만은 아니다. 홈즈 씨가 창에서 떨어졌을 때, 방화용 수통 바닥에 머리를 부딪친 덕분에 정신이 완전히 정상으로 돌아왔기 때문이다. 옛날처럼 완벽한 신사가 되어 앞으로 다시 영국 시민을 위해 대활약할 수 있을 것이라 한다.

나는 반신반의했지만 그런 말을 들으니 역시 기뻤다. 그 뒤로도 홈즈 씨와 많이 만났는데 와트손 씨의 말이 옳았다. 마치 다른 사람이 된 것처럼 정중했고, 내가 지금껏 영국에서 봐온 그 어떤 신사보다 훌륭했다. 역시 나와 처음 만난 무렵의 홈즈 씨는 머리가 조금 이상한 상태였던 것이다.

그 뒤 나는 어떻게 지냈느냐, 참 자잘한 일들이 많았다. 주로 하숙집에 관한 소동인데, 나 말고 또 한 명 있던 하숙생마저 방을 빼버리는 바람에 주인 자매는 하숙집을 그만둬야 할 처지가 되고 말았다.

그래서 나는 다른 곳으로 옮길 생각이었지만, 주인 자매는 런던 교외의 투팅이라는 곳에 지금보다 조금 작은 집을 구했으니 자신들과 함께 가자며 간곡히 부탁했다. 나는 한동안 대답하지 않고 얼버무렸지만 끝내 넘어갔다. 우리는 4월 25일에 이사를 했다. 투팅이라는 곳은 도쿄로 치면 고이시카와小石川ㅣ도쿄의 분교구 서부, 도쿄돔 근방ㅣ의 가장자리쯤 된다고 보면 틀림없다.

집을 옮긴 지 한 달쯤 됐을 때, 베를린에서 이케다 기쿠나에가 찾아와서 근 한 달 정도 머물다 가기도 하고, 공사관원인 간다 나이부와 모로이가 몇 번 찾아오기도 하면서 내 주변이 갑자기 떠들썩해졌다. 그중에서도 이케다와 함께 한 날들은 내게 정말 유익한 시간이었다. 그는 화학자인데 대화를 해보니 대단한 철학자이기도 해 깜짝 놀랐다. 그는 6월 26일 켄징턴에 머물 집을 찾아 우리 하숙집에서 옮겨갔다.

홈즈 씨 일행의 소식은 서로 교류가 끊어져도 런던에 있는 한 어렵잖게 들을 수 있다. 7월 20일, 내가 클래펌 커먼에 있는 하숙집으로 거처를 옮겼을 무렵, 트레버 링키라는 이름을 가진, 그 불행한 부인의 시동생이 체포됐다는 신문기사가 나왔다. 이 남자가 미망인의 재산을 가로채기 위해 그런 계략을 꾸민 것이다. 이것으로 런던 사람들의 관심을 독차지했던 프라이어리 로드의 미라 사건은 완전히 결말을 맺었다.

아니, 이 말은 정확한 표현이 아니다. 물론 세상에서 볼 때는 그랬지만, 홈즈 씨나 그중에서도 나한테는 그렇지 않았다. 그래서 이하 나는 그 후일담을 적을 생각이다.

서력 1902년, 다시 말해서 일본의 메이지 35년이 밝아올 무렵, 나는 와트손 씨에게서 편지를 받았다. 편지에 따르면 두 사람은 미라 사건에서 가짜 킹즐리로 열연한 짐 브라우너를 특별사면으로 출소시켜 갱생에 힘쓰도록 한 후 메리 링키를 만나게 했다고 한다. 나는 그 말을 듣고 와트손 씨와 홈즈 씨가 여태내 아이디어를 기억해주고 있었구나 싶어서 놀랍기도 하고 기쁘기도 했다.

하지만 별다른 언급이 없는 것을 보면 결과는 그다지 좋지 않았을 것으로 짐작된다. 메리 링키는 그 후로도 랜즈엔드의 정신병원에서 나오지 않았으니, 이 재회가 그녀에게 극적인 회복을 가져다줬다는 운 좋은 일은 아무래도 일어나지 않은 것 같다.

나는 메리 부인에게 쓴 충격요법 결과에 약간의 책임감 비슷한 것을 느꼈기 때문에, 채링크로스에 고서를 찾으러 나가는 길에 베이커 스트리트에 두 번 정도 들렀다. 와트손 씨 말대로 홈즈 씨는 그 이후로 쭉 사람이 바뀐 것처럼 태도가 신사적이었다. 그러니 이제 '꼬끼오'도 필요 없다. 와트손 씨에 따르면 홈즈 씨는 발작만 일으키지 않으면 옛날부터 늘 이랬다고 한다.

크레이그 선생 댁은 이미 그전 해부터 다니지 않고 있었다. 나는 선생이 사용 자전에 몰두하던 모습을 본보기로 삼아 클래펌 커먼의 3층 방에 칩거한 채 문학론 초고에 매달리기로 했다. 그러다 보니 자연히 베이커 스트리트에도 발길이 뜸해졌다.

몸이 회복된 홈즈 씨에게 메이지 35년은 굉장히 바쁜 한 해였던 모양인데 나에게도 영국에 체류하는 마지막 해였기 때문에 엄청나게 바쁜 해였다.

문학론에 매달려 있는 나에게, 4월에는 나카무라 제코(소세키의 학우, 훗날의 남만주철도주식회사 총재)가 찾아오더니, 6월 말에는 파리에서 아사이 추가 들렀다 가고, 7월이 되니 독일에서 하가 야이치(훗날 국학원 대학 학장)가 찾아오고, 9월에는 쓰치이 반스이가 와서 한동안 머물다 갔다. 이제 11월 7일이 되면 나는 일본 우편선 '단바마루'를 타고 귀국해야만 한다. 현재 독일에 있는 후지시로 데이스케와 함께 이 배를 타야 해서 일찍부터 예약 준비를 해놓고 있었다.

형편이 이렇다 보니 자연히 문학론 초고 작성도 순조롭지가 않아, 나는 국가의 큰돈을 소비하며 이 나라에서 대체 무엇을 배웠는가 싶은 오싹한 기분에 끝없이 시달리고 있었다.

11월에 들어선 첫째 날 밤. 새벽에 베개 위쪽에서 딱, 딱 하는 소리가 나서 잠을 못 잔 일이 있다. 나는 이런 소리와는 인연이 참 많은 것 같다.

물론 원령의 소행은 아니다. 근처에 클래펌 정크션(환승역)이라는 큰 정차장이 있는 탓이다. 이 정크션에는 하루 동안 천 개가 넘는 기차가 모여든다. 그것을 자세히 나눠보면 1분에 열차 한 대씩은 출입한다는 계산이 나온다. 안개가 짙은 밤이면 열차가 정차장 바로 앞까지 왔을 때 뭔가 장치를 이용해 폭죽 터지는 소리를 내어 신호한다. 신호등 불이 파란색이든 빨간색이든 전혀 소용이 없을 정도로 어둡기 때문이다. 정차장에서 딱– 딱– 하는 소리가 들리면 나는 아, 오늘 밤에는 안개가 짙구나, 하고 생각한다.

가만히 눈을 감은 채 듣고 있으면 어딘가 떠들썩한 축제 소리처럼 들리기도 한다. 창 아래로는 사람들이 넘쳐나고 길에는 엔니치 | 신불과 이 세상의 인연이 강하다는 날로 신불에 제를 올리고 축제를 한다 | 의 노점상들이 옹기종기 늘어서 있을 것만 같은 착각을 일으킨다.

문득 생각이 나서 엉금엉금 침대를 내려와 북쪽 창 블라인드를 걷어 올리고 3층에서 바깥을 내다본다. 바깥은 온통 어슴푸레하다. 아무도 없다. 바닥인 잔디밭에서부터 삼면이 벽돌담으로 에워싸인 2미터 남짓한 높이까지 아래쪽으로 아무것도 보

이지 않는다. 그저 허무한 것으로 가득 차 있다. 그리고 그것이
소리 하나 없이 조용히 얼어붙어 있다.

　나는 그 풍경을 바라보며 내일은 베이커 스트리트에 작별인
사를 하러 가자고 생각했다.

차가운 바람이 높은 건물에 부딪혀 제 맘같이 똑바로 빠져나가
지 못하자, 별안간 번개처럼 꺾여 머리 위부터 포석까지 비딱하
게 불어 내린다. 나는 머리에 쓰고 있던 중산모자를 오른손으
로 누르며 걸었다.

　얼굴을 드니 앞에 손님을 기다리는 마부가 있다. 마부석에서
나를 보고 있었는지 나와 눈이 마주치자 집게손가락을 세웠다.
타지 않겠느냐는 신호다. 나는 타지 않았다. 그러자 마부는 오
른손을 불끈 움켜쥐고 가슴팍을 세차게 치기 시작했다. 두어
간 | 3.6~5.4미터 | 이나 멀어졌는데도 계속 쿵쿵 소리가 난다. 런던
의 마부들은 이런 식으로 자신의 손을 데우는 모양이다. 마부
는 담요를 이어붙인 듯한 볼품없는 갈색 외투를 걸치고 있었
다.

　나는 베이커 스트리트의 풍경을 가슴속에 새겨두자 싶어서
느릿느릿 걷는다. 길가는 사람들은 다들 나를 앞질러 간다. 여
자들조차 뒤처지지 않는다. 허리 뒤로 스커트를 살짝 거머쥐고
굽 높은 구두가 부러지지 않을까 싶을 정도로 힘차게 도로를
울리며 간다.

얼굴을 보니 다들 절박한 표정이다. 마치 거리는 걸을 곳이 못 되고 집 밖은 있을 곳이 못 된다는 양, 한시라도 빨리 지붕 아래로 몸을 숨기지 않으면 평생의 치욕이라도 된다는 것 같은 태도다.

느릿느릿 걸으며 나는, 이 도시에서 살기 힘들다고 끊임없이 생각하던 무렵을 떠올렸다. 돌로 지은 드높은 건물이 좁다란 길을 사이에 두고 빼곡히 들어차 있어 마치 골짜기의 깊은 바닥을 걷는 느낌이다. 그런 바닥을 건져 올리듯 차가운 바람이 빠져나간다.

이것은 박람회다. 소박한 우리 국민을 이곳에 데려온다면 누구나 그리 느꼈을 것이다. 쌍두마차는 하얗고 거친 숨을 토해내며 오가고, 합승마차 2층에는 사람들이 얌전히 앉아 있다. 여자들은 야단스런 깃털장식을 머리에 꽂고, 남자들은 모두 청결한 깃으로 목을 덮고 있다.

개미는 달콤한 설탕에 꾀어 들고, 사람은 새로운 문명에 모여든다. 아득히 먼 파도를 넘어, 나 역시 문명의 달콤함에 매혹된 한 사람이었다.

문명의 백성만큼 자기 활동을 자랑하는 이들도 없고, 또한 문명의 백성만큼 자기 침체에 괴로워하는 이들도 없다. 그들은 데일리 텔레그래프의 석 줄 광고에 그 고통스러운 한숨을 토해낸다.

문명은 사람의 신경을 면도날로 깎아내어 정신을 나무공이처럼 둔하게 만든다. 자극에 마비되고, 거기에 더해 자극에 목말라 하다 사람은 마침내 범죄를 저지른다. 하지만 나도 지금은 이 자극에 익숙해진 문명의 백성이 되어가고 있다. 결국은 모든 일본인도 머지않아 문명의 꿀을 빨아먹고 나처럼 변할지 모른다.

북녘 도시의 겨울은 일찍 온다. 문득 보면 거리는 어느덧 겨울이다. 홈즈 씨, 와트손 씨와 친하게 교류하던 그 그리운 날들도 생각해 보면 계절은 겨울이었다. 나는 조만간 이 땅을 떠난다. 벌써 닷새 뒤로 다가와 있다. 그렇게 생각하니 마침내 눈앞에 나타난 221B의 문도 얼마간 감개무량하게 느껴졌다.

"이런, 나쓰메 씨, 잘 오셨습니다. 어제도 왓슨과 함께 나쓰메 씨 이야기를 하던 참입니다."

셜록 홈즈 씨는 변함없이 쾌활하게 나를 맞이해줬다.

"오늘은 작별인사를 드리러 왔습니다."

나는 말했다. 좋건 싫건 이제 닷새만 있으면 이 예스러운 가스등과 안개의 도시를 아마도 영원히 떠나게 된다.

홈즈 씨는 파이프 끝을 두 손으로 덮는 듯한 동작으로 불을 붙이고 있었는데, 내 말을 듣자 동작을 딱 멈추더니 얼굴을 아래로 한 채 나를 봤다. 그런 다음 흔들의자에서 몸을 크게 뒤로 젖히고 연기를 커다랗게 한 모금 토해내더니 그거 아쉽네요, 하고 말했다.

"더 친해지고 싶었는데."

하고 늘 그렇듯 점잔 빼는 어조로 말했다.

언제 런던을 떠나십니까, 라고 옆에서 와트손 씨가 물었다.

날짜는 아직 정해진 게 없습니다, 하고 나는 일부러 그렇게 대답했다. 누가 배웅해주는 것은 좋아하지 않는다. 더구나 이 두 사람이 런던시민의 무사 평안을 지키기 위해 바쁜 몸이라는 것을 잘 알고 있었기 때문에 방해는 되고 싶지 않았다.

게다가 내 말이 순 거짓말도 아니다. 왜냐하면 나는 막상 떠날 날이 다가오자 영국에서 공부를 충분히 다 하지 못했다는 생각이 점점 강해진데다, 프랑스 같은 나라도 다시 한 번 가보고 싶다는 바람이 강해졌기 때문이다. 그래서 여기서 반년이든 아니면 두어 달이라도 좋으니 송금을 연장해줄 수 없겠느냐고 본국에 이미 편지를 보낸 상태였다. 만약 승낙이 떨어지면 출항은 조금 더 뒤로 미뤄질 것이다. 그러나 아마 무리일 거라는 것은 각오하고 있다.

그간 신세 많이 졌습니다, 하고 나는 두 사람을 향해 다시금 머리를 숙였다. 그런 다음 두 분과 이렇게 허물없이 대화를 나눌 수 있었던 일은 앞으로 내 평생의 재산이 될 것이라는 말도 덧붙였다. 그러자 홈즈 씨는 자신들이야말로 그렇다며 진지한 얼굴로 대꾸했다.

"당신의 도움이 없었다면 프라이어리 로드의 미라 사건은 내 은퇴시기를 앞당겼을 겁니다."

나는 이때 왠지 모르게 알 것 같은 기분이 들었다. 이 고명한 인물이 이토록 과거의 미라 사건에 얽매이는 것은 바로 실성한 메리 링키 때문이다.

"메리 링키 씨 일이라면 저도 할 말이 없습니다."

하고 나는 말했다.

"제가 냈던 의견이 아무 도움도 못 된 것 같아서."

그러자 홈즈 씨는 곧바로 내 말을 자르고 말했다.

"짐 브라우너를 메리와 대면시킨 일을 말씀하시는 거라면, 그렇지 않습니다. 그녀는 확실히 차도를 보이고 있습니다. 짐과 만난 게 큰 도움이 된 건 분명합니다.

다만 그녀의 머릿속에서 침대 위에 누워 있던 미라의 시각적인 기억이 좀체 사라지지 않고 있어요. 그것 때문에 시체 발견 당시의 충격이 조금씩 누그러들다가도 걸핏하면 되살아나는 겁니다. 이것이 그녀가 일상에 복귀하는 걸 방해하고 있어요.

그 미라는 눈앞에 있는 짐과는 다른 사람이며 그 비참한 사건은 모두 계획된 것이다. 이런 우리의 설명을 메리가 올바로 받아들일 수 있을 만한 논리적인 사고능력이 돌아온다면 사태는 크게 한 걸음 진전될 겁니다.

하긴 그렇게 되면 자신이 남동생이라고 믿었던 인물이 만들어낸 함정에 빠졌다는 충격과 다시 싸워야 하는 결과가 되겠지만요. 그리고 그 후에는 남동생이 실은 이미 죽었다는 사실과 싸워야 할 겁니다. 하지만 살해된 것은 아니니까 약간의 희망은 있겠죠.

어쨌거나 이렇게 갈 길은 멀지만 그녀가 착실하게 전진하고 있다는 것은 확실합니다. 희망을 버리는 건 바보 같은 일이예요. 매일매일 그녀에게 일어나는 작은 성공들이 결코 덧없는 기쁨이 아닌 것도 분명합니다."

홈즈 씨가 그렇게 말하자 와트손 씨도 이어서 말했다.

"저희는 착실하게 전진하고 있습니다. 다만 메리한테 자식이라도 있었더라면, 하는 생각은 있어요. 여성은 자신의 애정을 쏟을 대상이 있을 때와 없을 때가 백팔십도로 다릅니다. 그 때문에 오히려 나빠지는 경우도 있지만 이번에는 크게 도움이 되었겠죠. 하지만 저희가 선물할 수 있는 것도 아니고 말입니다."

나는 두 사람의 친절한 말을 듣고 많이 안심했다. 이들이 곁에 있어 준다면 그 부인도 언젠가는 좋은 운명과 만나게 될지도 모른다.

나는 안락의자에 기대어 잠시 눈을 감아봤다. 편안해서 기분이 무척 좋았다. 계속 이렇게 있고 싶은 기분이 들었다. 나는 아주 짧은 순간 그 기분을 즐기고, 또한 가슴에 아로새기고, 그런 다음 매듭을 지었다.

"메리 링키 씨의 용태를 알고 나니 조금 안심이 되네요. 섭섭하기 그지없지만 계속 이러고 있을 수도 없으니."

내가 거기까지 말했을 때, 뒤룩뒤룩 살찐 커다란 남자가 문을 열고 방으로 뛰어들었다. 얼굴은 시뻘겋게 물들어 있고, 휜

해진 이마에는 땀이 맺혀 있다. 남자는 흔들의자에 앉아 있는 홈즈 씨를 노려보더니,

"당신이 홈즈라는 사람이겠죠. 지금 런던에서 나만큼 곤란한 인간도 없을 겁니다. 무슨 일이 있어도 오늘은 나를 계속해서 혼란스럽게 하는 그 말도 안 되는 일을 이해가 가도록 설명해 주셔야겠습니다!"

그렇게 소리를 질러댄 뒤 내 쪽을 힐끗 보더니,

"오기만 하면 바로 이야기를 들을 수 있을 줄 알았는데 먼저 온 손님이 있다니 아쉽군요."

하고 말했다.

나는 마침 돌아가려던 참이었다고 말한 다음 홈즈 씨, 와트손 씨와 차례로 악수를 나눴다. 홈즈 씨의 손은 커다랗고 뼈가 드러나 보이는 반면에, 와트손 씨는 부드럽고 청결해 보였다.

그리고 시끄러운 손님에게 안락의자를 권한 다음 얼른 돌아섰다. 두 사람은 미안한 표정이었지만 나는 오히려 잘됐다고 생각했다.

그 길로 나는 크레이그 선생 댁에도 찾아가서 귀국 인사를 했다. 가정부의 언제나 놀란 듯한 얼굴도, 선생의 줄무늬 플란넬 셔츠도 여전했다.

클래펌 커먼에 있는 하숙집으로 돌아오자 하숙 동료인 할머니가 목청 큰 프랑스 말씨로 나를 맞이해줬다.

"나쓰메 씨, 이것 좀 보세요."

그렇게 말하기에 포개고 있는 할머니의 두 손안을 봤더니 흰 쥐같이 생긴 동물 두 마리가 꼬물꼬물 움직이고 있었다. 뭐냐고 묻자 새끼 고양이라고 했다.

"그 페르시안 고양이가 겨우 출산을 했어요."

하고 말하기에 그제야 무슨 일인지 이해했다. 식당 구석 바구니에 어미 고양이가 있었다. 가까이 다가가 보니 여기도 새끼가 세 마리 있었다. 모두 다섯 마리가 태어난 모양이었다.

손에 들어보니 아직 눈 뜬 녀석은 없었다. 슬슬 낳을 때가 됐는데 새끼가 좀체 나올 생각을 하지 않는다고 하숙집 사람이 이야기하던 게 떠올랐다. 키워줄 사람을 찾아야겠네, 하는 여주인의 말소리가 안쪽에서 들려왔다.

3층 내 방으로 돌아가니 마사오카 시키의 사망을 알리는 편지와 유학 연장은 결코 승인할 수 없다는 내용의 문부성 편지가 나를 기다리고 있었다.

이것으로 마침내 11월 7일 출발이 결정됐다.

나와 합류해서 함께 일본으로 돌아가기 위해 베를린에서 후지시로 데이스케가 찾아왔다. 떠나기 전에 런던을 모르는 후지시로를 데리고 런던을 돌아다녔다. 그중에서도 켄징턴 박물관과 대영박물관은 성심성의껏 안내했다.

11월 7일은 순식간에 다가왔다. 하늘이 잔뜩 찌푸린 금요일이었다. 하긴 이 나라에서는 이 계절에 화창한 날이 드물다. 내 마음은 몹시 무거웠다. 불쾌하게만 생각했던 이 땅 생활도 막상 떠날 때가 되니 서운했다.

출항 시각이 다가오자 우리는 영국 최후의 식사를 하기 위해 둘이서 템스 강이 보이는 경양식당에 들어갔다. 템스 강의 탁한 수면을 스치며 갈매기가 날고 있다. 우리는 창 너머로 그 풍경을 바라보며 맥주로 건배했다.

2년에 이르는 영국 체류를 혼자 곱씹고 있는데 가게 한쪽 구석에서 커다란 환성이 들려오는 바람에 명상에서 깨어났다. 무슨 일인가 싶어 나는 상반신을 뒤로 틀었다.

돌아보니 고양이 한 마리가 지금 막, 고기를 굽고 있는 요리사 노인의 탁자 위에 휙 뛰어오른 참이었다. 노인은 황급히 주걱이며 칼 따위를 휘둘러 이 침입자를 쫓아냈다. 사냥을 포기한 고양이는 훌쩍 바닥으로 뛰어내려 우리 테이블 아래를 유유히 통과해서 거리로 나갔다.

후지시로가 어디나 다 똑같네, 독일에서도 비슷한 광경을 봤는데 서양에서는 고양이도 육류를 먹나 보다, 하고 히죽히죽 웃으며 내게 말했다.

나도 비슷한 장면을 시코쿠의 마쓰야마에서 본 적이 있다. 그래서 그 이야기를 꺼내려던 찰나, 내 머릿속에 섬광처럼 날아든 생각이 있었다. 그 때문에 나는 잠시 멍하니 있었다.

나중에 듣자 하니 이때 후지시로는 내게 계속 말을 걸었다고 하는데 전혀 기억이 나지 않는다. 고기가 도착하자 어떻게 음식은 먹은 모양이다. 하지만 마음은 완전히 딴 곳에 가 있는 상태였다.

이때 내가 다른 사람 눈에 어떻게 보였는지 모르지만 마음은 아주 급한 상태였다. 내가 떠올린 생각을 실행에 옮기려면 한시가 급했다. 문득 정신을 차리고 보니 코앞에 굉장히 걱정스러운 표정을 지은 후지시로가 있었다. 아무래도 내가 신경발작이라도 일으켰나 해서 걱정이 된 모양이었다.

"대체 왜 그래?"

후지시로는 물었다. 나는 말문이 막혔다. 자초지종을 자세히 설명할까도 싶었다. 하지만 후지시로의 이 오해를 그대로 이용하는 것도 하나의 방법이라고 계산했다. 사실대로 말해도 이해하지 못 할 터였다. 괜히 이야기했다가 상대가 잘난 체 설교라도 하게 되는 것은 질색이었다. 그래서 나는 귀찮다는 듯,

"배까지는 배웅 안 나갈 거야."

하고 불쑥 말을 꺼냈다.

함께 가는 줄 알았던 후지시로는 당연히 깜짝 놀랐다. 입을 헤벌린 채 금붕어처럼 눈을 동그랗게 떴다. 한참 뒤에야,

"어쩌려고? 영국에 남을 생각이야?"

하고 말했다.

"먼저 돌아가서 사람들한테 안부 전해줘. 나는 다음 주 배로 돌아갈게."

그 말만 남긴 채 나는 얼른 식당을 나섰다. 후지시로의 얼굴

은 보지 않았다.

길에서 마차를 잡아타고 마부에게 클래펌 커먼이라고 말했다. 하숙집에 도착하자 부랴부랴 문을 열고 안으로 들어갔다. 들어가 보니 생각했던 대로 아직 늦지 않았다. 고맙게도 새끼 고양이 한 마리가 바구니 안에 남아 있었다.

하숙집 주인에게 이 새끼 고양이를 나에게 달라, 어떻게 된 일인지는 나중에 설명하겠다는 말을 남기고 다시 바깥으로 나왔다. 그랬다가 퍼뜩 생각이 나서 다시 안으로 들어가 일주일만 더 있게 해달라고 부탁했다.

베이커 스트리트로 가는 마차 안에서 새끼 고양이는 내 팔에 꼭 달라붙은 채 불안에 떨며 내내 울었다.

새끼 고양이를 안고 계단을 올라 홈즈 씨의 방으로 들어가니 두 사람은 때아닌 고양이 소리에 놀라 의자에서 벌떡 일어섰다.

"이걸 좀 보시죠, 귀엽지요."

나는 살짝 홈즈 씨의 말투를 흉내 내어 말했다. 고양이는 발톱을 내밀어 가슴팍에 야무지게 매달려 있었기 때문에 내가 두 손을 놓고 아무리 장난을 친대도 전혀 걱정이 없었다.

"혈통서까지 있는 페르시안 고양이입니다. 어떠세요, 두 분. 마음에 드십니까?"

내가 이렇게 말하자 두 사람은 싱긋싱긋 웃으며 고개를 까딱까딱했다. 나는 더욱 자신에 차서 이렇게 말했다.

"그럼 됐네요, 메리 링키 씨도 틀림없이 마음에 들어 할 겁니다."

셜록 홈즈라는 사람은 감동했다 하면 아주 성미가 급해지는 사람이다. 우리 세 사람은 그 길로 콘월행 열차에 올라탔다. 내 생각을 들었을 때 홈즈 씨가 뱉어낸 대사는 이렇다.

"때마침 사건 하나를 해결한 참 아닌가. 랜즈엔드에서 주말 휴가를 보내기에 지금보다 좋은 날이 또 있을까, 왓슨."

그러고는 곧장 외투와 지팡이를 가지러 안으로 들어갔다.

랜즈엔드에 도착하니 짧은 겨울 해는 한참 전에 지고 일대에 엷은 안개가 끼어 있었다. 나는 물론 처음 오는 곳이라 까막눈 신세다. 두 사람을 따라가 변두리의 싸구려 여인숙에서 하룻밤을 보냈다.

밤이 깊은 탓에 바깥 풍경은 전혀 보이지 않았지만 이곳이 황량한 지역이라는 소문은 전부터 들어 알고 있었다. 나는 여인숙의 허름한 침대 안에서 잠에 빠져들 때까지 멀리 파도 부서지는 소리를 듣고 있었다.

하룻밤을 보내고 보니, 그곳은 내가 상상했던 것보다 훨씬 살풍경했다. 아침 안개가 주위를 희미하게 뒤덮고 있고, 공기는 싸늘하며 축축했다. 숙소에서 나온 우리는 좁다란 외길을 따라 새끼 고양이 한 마리가 든 바구니를 들고 아직 동이 채 트지도 않은 아침 길을 서둘렀다.

파도소리가 점점 가까워지는 것을 보니 길이 바다 쪽으로 난 모양이었다. 그렇게 생각하는 사이 불쑥 벼랑 끝이 나왔다. 바닷물 냄새가 난다. 길은 벼랑을 따라 이어진다. 저 멀리 발밑에서는 거친 파도가 부서지고, 그 주위를 낮게 나는 갈매기도 자칫하면 날개를 적실 것처럼 보인다.

서서히 동이 트면서 사방이 선명해졌다. 해가 오름에 따라 나는 몇 번이고 주위를 둘러봤다. 눈에 비치는 바위도, 마른풀로 뒤덮인 평원도, 풀 사이를 가르며 군데군데 모습을 드러낸 흙도, 모든 것들이 겨울빛으로 가라앉아 있다. 간밤에 이슬비라도 내려 땅을 살짝 적신 모양이다.

이 나라 흙에는 특유의 색이 있다. 나는 전부터 그걸 느끼고 있었다. 일본에서는 찾아볼 수 없는 북녘 땅 특유의 색깔이다. 그리고 그 색의 특징을 가장 잘 보여주는 것이 늦가을, 이 계절이다.

영국은 늦가을의 색깔을 품고 있는 나라다. 나는 이곳에 발을 들이면서 전보다 한층 더 한 감회를 느꼈다.

정신병원은 바닷가에서 한참 떨어진 언덕 위에 있었다. 싸늘한 안개를 뚫고, 우리는 그 뒤로도 한참을 헐떡이며 걸었다.

홈즈 씨는 이쪽에서 많이 걸어봤는지 숨찬 기색 하나 없이 장신의 몸을 구부리고 성큼성큼 산길을 오른다. 거침없이 쭉쭉 올라간다. 홈즈 씨가 나보다 나이가 훨씬 위인 것을 떠올리며 나는 몇 번이나 감탄했다.

정신병원은 생각했던 것보다 매우 작았다. 나는 켄징턴의 박물관 정도 되는 크기의 건물을 상상하고 있었다. 그러나 눈앞에 나타난 병원은 프라이어리 로드에 있는 링키 저택보다도 작았다.

우리는 원장인 니브힐 씨의 안내를 받아 마치 런던탑처럼 높다란 담장을 둘러 세운 정원으로 들어갔다. 정원은 온통 잔디로 뒤덮여 있었는데, 이 역시 링키 저택에 비하면 아주 아담한 안뜰 수준이었다.

정원으로 들어서니 수많은 환자가 으스스한 침묵 속에 삼삼오오 산책하는 광경이 눈에 들어왔다. 거의 속삭이는 것 같은 그들의 대화에 섞여 바이올린 소리가 들려왔다.

나는 고개를 돌려 소리가 나는 곳을 찾았다. 홈즈 씨도 나와 비슷한 동작으로 음악의 주인을 찾고 있었다.

홈즈 씨를 따라 와트손 씨와 나는 잔디밭을 가로질렀다. 이윽고 너도밤나무 아래, 돌 위에 앉아 조용히 바이올린을 켜고 있는 부인이 보였다.

나는 서양 음악에는 일자무식이다. 하물며 바이올린은 잘 켜는지 못 켜는지 구분할 능력이 없기 때문에 링키 부인의 솜씨가 어느 정도인지 평가할 수는 없다. 그래도 부인의 솜씨가 상당하다는 것은 알 수 있었다. 아마추어의 솜씨가 아니다. 나중에 들었는데 남편을 만나기 전에는 바이올린 연주를 직업으로 했다고 한다. 당연히 솜씨가 좋을 수밖에 없었던 것이다. 정신병을 앓고 있어도 정상일 때 배운 연주 기술은 잊어버리지 않는 모양이다.

문득 바이올린 소리가 멎었다. 물론 그녀가 연주를 멈췄기 때문이다. 그녀가 연주를 멈춘 이유는 내가 들고 있는 바구니 안에서 새끼 고양이가 울었기 때문이다.

그녀는 두리번거리며 주위를 살폈다. 마치 맹인의 동작처럼 보이기도 해서 이 모습만 봐서는 부인이 얼마나 회복된 상태인지 알기 어려웠다.

곧 소리가 나는 곳을 찾아낸 실성한 여인은 내 쪽으로 몸을 틀더니 바이올린을 풀 위에 내던진 채 걸어와서는 내 얼굴은 전혀 보지도 않고 낚아채듯이 바구니를 빼앗아 갔다.

뚜껑을 여는 데도 애가 타는 모양이었다. 뚜껑의 걸쇠가 생각대로 잘 벗겨지지 않자 그녀는 초조한 듯 낮게 신음했다. 죽을 만큼 배고픈 거지가 주먹밥의 포장을 허둥지둥 벗겨 내려는 모습과 비슷했다.

이윽고 뚜껑이 열리고, 안에 든 새끼 고양이를 본 메리 링키는 비명인지 환성인지 모를 고함을 내질렀다. 그리고 고양이를 안아 들더니 끝없이, 실성한 사람들이 보통 그렇듯 집요하게 고양이의 얼굴에 뺨을 문질러댔다.

홈즈 씨는 어쩌고 있나 싶어서 돌아보니 그는 그녀가 팽개친 바이올린을 주워들고 가만히 서 있었다.

배는 다음 주도, 그다음 주까지도 예약이 꽉 차 있었다. 이런 상황으로는 12월에나 런던을 떠날 수 있을 것 같았다. 며칠 전에 타지 않고 그냥 보낸 11월 7일 배도 10월 중순에 예약한 것임을 감안하면 그도 당연했다. 나는 기왕 이렇게 된 거 쓰다만 문학론 초고를 영국 땅에서 완성해야겠다고 생각했다.

단바마루를 보낸 지도 대강 2주가 지났을 무렵, 내가 영국에 남아 있다는 소문이 들어간 모양이었다. 다카하마 교시와 가와히가시 헤키고토한테서 마사오카 시키의 임종 상황을 자세히 기록한 편지가 왔다. 다카하마는 나에게 마사오카 생전의 추억담을 써달라는 부탁도 했다. 임종은 9월 19일이었다고 한다.

그리고 그 편지에는 내 우울증 소문이 일본에까지 퍼져 있다고도 적혀 있었다. 나는 경양식당에서 후지시로와 있었던 일을 떠올리고 조금 씁쓸해졌다. 나중에 일본에 돌아간 뒤에 알게된 사실인데, 후지시로는 역시 귀국하자마자 '나쓰메, 정신에 문제 있음'이라고 문부성에 보고한 모양이었다. 그건 나도 지극히 당연한 조치였다고 생각한다.

다카하마가 나에게 마사오카의 추억담을 쓰라고 한 이유는 《호토토기스》에 싣기 위해서인 모양이다. 보아하니 내가 전에 시키 앞으로 보낸 편지가 〈런던 소식〉이라는 제목으로 게재되었다고 한다. 나는 이거 야단났구나, 싶었다. 그건 곤란하다. 그 편지에서는 병상에 누운 시키를 격려할 생각으로 장난을 좀 많이 쳤기 때문이다.

마사오카의 부고를 받고 내가 얼마나 충격을 받았는지는 종이 몇 장을 써도 다 쓸 수 없을 것이다. 도저히 지금은 쓸 수 없다. 게다가 나는 심술쟁이라, 당장 생전의 마사오카를 생각하면 떠오르는 기억이라는 것은 그를 향한 일종의 조롱 같은 문구들뿐이다.

마사오카 시키라는 남자는 하여간에 자신이 선생인 줄 아는 남자였다. 내가 자작한 하이쿠 | 일본 고유의 단시. 특정한 달이나 계절의 자연에 대한 시인의 인상을 묘사하는 서정시 | 를 보여주면 당장에 글을 뜯어고치고 권점 | 주의할 부분을 표시하기 위해 글자 옆에 찍는 점 | 을 찍으려 들었다. 하이쿠뿐만 아니라 내가 한시를 지어서 보여줬을 때도 주필朱筆을 들고 수정해서 넘겨줬다. 그래서 이번에는 영작해서 보여주자 그 대단하신 선생님도 이것만은 손을 댈 수가 없다보니 'Very Good'이라고만 써서 돌려줬다.

내가 우에노 씨의 별채를 빌려 쓰던 무렵의 일인데, 중국에서 돌아온 시키가 느닷없이 내 거처로 들이닥쳤다. 집에도 돌아가지 않고 친척들도 찾아가지 않고 여기에 있겠다고 선언을 했다. 나는 허락도 하지 않았는데 멋대로 그렇게 정해버렸다. 그러자 우에노 집안사람들이 뒤에서 나를 계속 말렸다. 마사오카씨는 폐병에 걸렸다는 말이 있으니 돌려보내라는 것이었다.

나도 기분은 다소 찜찜했지만 개의치 않고 그냥 뒀다. 그때 문전박대하지 않기를 잘했다고 지금도 절절히 생각한다. 이런 일들이 내 머릿속에 하나둘 떠올랐다.

하지만 이런 추억담은 존경하는 벗을 위한 추도문으로는 적당하지 않기 때문에 다카하마에게 보내는 답장에는 자세한 설명 고맙다는 인사와 함께 지금은 쓸 수 없다는 뜻을 밝혔다. 그렇게 쓰고 편지를 봉하려는 순간 문득 떠올라서,

'양복쟁이 가을 관을 따라가지 못하네.'

이렇게 한 구절을 덧붙였다. 이제는 이 구절에 권점을 찍을 사람도 없다.

귀국선은 12월 5일 하카타 호로 결정됐다. 역시 템스 강의 앨버트독에서 출항한다.

12월 5일 금요일은 이 북녘 도시에서도 유난히 추운 날이었다. 성미 급한 가게는 벌써 크리스마스 장식으로 단장을 마친 상태였다.

템스 강 기슭에 서너 갈색으로 흐려진 수면은 불어대는 찬바람에 소름이라도 난 듯 온통 잔물결을 일으키고 있었다. 추위 때문인지 갈매기도 보이지 않았다.

하카타 호는 이미 부두에 모습을 드러내고 있다. 하지만 출항까지는 아직 시간이 많이 남아 있었다. 나는 선착장을 가득 메운, 추위에 웅크린 사람들을 봤다. 동양인이라고는 보이지 않았다.

배웅해주는 이도 없는 쓸쓸한 출발이다. 공사관 사람들도 내가 11월 7일에 귀국한 줄로 알고 있기 때문에 나올 일이 없다. 나는 얼마 되지도 않는 소지품이 든 가죽 가방을 발치에 놓고 외투의 옷깃을 세워 찬바람을 막으며 승선 허가가 내려오기를

기다렸다.

강 하류에서 빈 배가 올라온다. 좌우로 갈색 파도를 일으키고 있다. 일어난 파도는 이윽고 부두에 정박해 있는 하카타 호까지 닿는다. 하지만 3천 8백 톤이 넘는 기선은 미동도 하지 않는다.

어디선가 냐아오냐아오 하고 괭이갈매기로 짐작되는 울음소리가 들려왔다. 나는 메이지 22년 | 1889년 | 여름, 보슈 | 현재 지바 현 남부 | 를 여행하던 때를 떠올렸다. 그리고 이 나라에도 보슈처럼 괭이갈매기가 있구나, 하고 멍하니 생각했다.

그때, 별안간 누가 내 어깨를 쳤다.

항구에 아는 사람이라고는 없었던 나는 소스라치게 놀라 뒤를 돌아봤다. 그러자 우러러봐야 할 만큼 커다란 남자가 서 있었다. 귀덮개가 달린 사냥 모자를 쓰고 새 주둥이처럼 튀어나온 파이프 너머로,

"누가 배웅해주는 게 싫으신 모양입니다, 나쓰메 씨."

하고 말했다.

홈즈 씨였다. 옆에 와트손 씨도 보였다. 무엇보다 이때 내가 놀란 것은 두 사람 뒤쪽에 메리 링키가 서 있었기 때문이다. 그녀의 품에는 그때 그 페르시안 고양이가 단단히 매달려 있었다.

나는 어쩐지 무척 기뻤다. 그래서 나도 모르게 큰 목소리로 말했다.

262

"홈즈 씨, 와트손 씨까지. 이 배인 줄 어떻게 아셨습니까!"

그러자 홈즈 씨는 과장스럽게 어깨를 움츠린 다음 말했다.

"이거, 너무하십니다. 친구에게 말도 없이 귀국하는 죄는 용서한다 치더라도 전문가에게 그런 막말은 용서할 수가 없군요. 당신이 아무리 런던에서 몰래 도망치려고 한들, 우리는 그 앞을 턱하니 막아설 수 있습니다."

와트손 씨도 말했다.

"우리나라와 나쓰메 씨 나라가 올해 동맹을 맺었다고 하질 않습니까(영일 동맹. 메이지 35년 | 1902년 | 체결. 다이쇼 12년 | 1923년 | 폐지). 우리는 한편입니다."

어쨌거나 나는 뒤에 선 부인이 무엇보다 궁금했다. 그래서,

"그나저나 메리 씨까지 오셨는데, 이제 괜찮으신가요."

하고 물었다.

병석에서 일어난 영국 부인은 내 질문에 대답하는 대신 새끼 고양이를 소중한 듯 꼭 끌어안은 채 내 앞까지 걸어왔다. 그리고 아주 확실한 말씨로,

"고양이 고마워요, 나쓰메 씨."

하고 말했다. 나는 그녀의 손을 정중히 잡고 서양의 기사처럼 인사를 했다.

그녀는 딱히 미인은 아니지만 무척 호감이 가는 얼굴이다. 이 부인을 보는 게 처음은 아니었지만 이런 식으로 분명하게 대화를 하는 것은 처음이다. 지금 상태로 보아 부인은 이제 거

의 다 회복되었는지도 모르겠다고 생각했다. 그래서 나는,

"이제 아픈 곳은 다 나으신 것 같네요."

하고 말했다. 이 말은 진심이었다. 이 자리에 만약 후지시로 데이스케 같은 인간이 있어서 나와 이 부인 중 누가 미친 사람이라고 생각하느냐고 묻는다면 그 인간은 틀림없이 내 쪽을 가리킬 것이다.

"이렇게 산책도 할 수 있을 정도로 좋아졌습니다. 나쓰메 씨 덕분에 말이죠."

홈즈 씨는 말했다. 나는 조금 당황했다.

"제 덕분이라니요, 이 녀석 덕분이죠."

나는 새끼 고양이를 가리켰다. 홈즈 씨는 생각에 잠겼다.

"그래요, 누구 덕이 큰지는 어려운 문제죠."

고명하신 탐정은 골치 아프다는 표정으로 말했다.

"하지만 저희는 이 어려운 문제를 해결할 좋은 방법을 생각해 냈습니다."

나는 무슨 소리인가 싶어 뒷말을 기다렸다.

"이 고양이의 이름을 나쓰메로 정하는 방법이죠."

나는 얼결에 소리 내 웃었다.

"설마 싫다고 하시는 건 아니겠죠."

"당치 않아요. 영광입니다. 역시 홈즈 씨는 머리가 좋은 분이군요. 그렇게 되면 저는 이 나라를 떠나더라도 제 분신은 남게 되는 거로군요?"

그러자 나쓰메 씨의 퍼스트 네임(first name)이 뭐였던가요, 하고 홈즈 씨가 물었다.

"긴노스케입니다."

내가 대답하자,

"긴……, 흠, 역시 그쪽으로 안 하길 잘했군요. 그 이름은 본인도 외우기 힘들 것 같으니까요."

하고 말했다.

이때 메리가 앞으로 나서더니 나에게 까만색 작은 손가방처럼 생긴 것을 내밀었다.

"답례입니다."

하고 부인은 말했다.

"이제 저한테는 필요 없는 거라서."

그것은 낡은 바이올린이었다. 언젠가 랜즈엔드에 있는 정신병원으로 찾아갔을 때 부인이 너도밤나무 아래에서 연주하던 그 바이올린이었다.

나는 당황했다. 홈즈 씨의 얼굴을 보니, 괜찮으니 받으라는 듯 말없이 고개를 까닥까닥하고 있었다. 그래도 나는 잠시 망설였지만 이 악기를 필요로 하던 이가 이제 필요하지 않게 되었고, 그것을 대신할 것을 준 사람은 분명 나이니 내가 이것을 받는 것이 이치에 맞다고 생각을 고쳤다.

"그럼 감사히, 그 사건과 제 영국 체류 그리고 여러분의 친절한 마음을 잊지 않기 위한 기념품으로 받겠습니다. 고국에 돌아가면 연주할 수 있도록 연습해야겠어요."

내가 이렇게 말하자

"많이 바빠지실 겁니다. 이 책도 읽으셔야 하니까요. 이건 제 선물입니다. 홈즈와 함께 한 사건을 기록한 책입니다."

그렇게 말하더니 와트슨 씨는 근사한 장정의 저서 세 권을 나에게 줬다. 그리고 나서, 짐이 되지 말아야 할 텐데요, 하며 걱정했다.

그들의 친절이 마음에 사무쳤다. 갑자기 홈즈 씨가 당황하며 허둥댔다.

"이거 난처하게 됐네."

홈즈 씨는 말했다.

"난 선물 준비를 못 했는데."

무슨 말씀을 그렇게 하십니까, 하고 나는 말했다. 그에게서 가장 큰 선물을 받았다는 생각이 들었다. 이 이상 받아봐야 들고 갈 손도 없다.

"그래."

홈즈 씨는 결심한 듯 말했다.

"저는 부피가 커지지 않는 선물을 하도록 하지요. 나쓰메 씨, 잠깐 그걸 저한테 빌려주시겠습니까?"

홈즈 씨는 바이올린 가방을 받아들더니 뚜껑을 열었다. 그리고 익숙한 손놀림으로 악기를 꺼내어 현의 상태를 확인했다.

이윽고 셜록 홈즈 씨의 턱밑에서 길게 꼬리를 이으며 흐느껴우는 듯한 음악이 탄생했다.

　나는 이때, 뭐라고 표현하기 힘든 충격을 받고 그 자리에 꼼짝없이 서 있었다. 2년이라는 긴 시간의 영국체류였지만 이때만큼 영롱한 순간을 만난 적은 없었다. 나는 이때, 태어나서 처음으로 음악이라는 것을 들었다고 생각했다. 그리고 음악이라는 것은 이처럼 자연의 일부를 이루고 있다는 것을 깨달았다.

　정말로 그것은 자연이었다. 황량한 부두와 템스 강 수면의 풍치에 잘 녹아들어, 백만 개의 말을 초월해 이 오래된 나라가 가진 기쁨이며 슬픔을 내게 호소하는 것 같다. 신의 선율이다. 나는 내 가슴 속에서 이토록 과장된 말들이 저도 몰래 솟아오르는 것을 느꼈다.

　홈즈 씨는 누가 뭐래도 명백한 명인이다. 지금껏 연주회장에서 들어본 그 어떤 전문가의 연주보다 아름답고, 또 정취가 배어 나온다. 범죄학자가 되지 않았다면 분명 음악가로 대성했을 것이다.

　그리고 나는 이 음색을 듣고 유럽의 전통에 사무치도록 감동했다. 이곳에도 수백 년의 역사가 살아 있다. 하늘로 날아오르는 듯한 고음에, 깊은 우울을 연주하는 저음에, 정신이 아뜩해질 것 같은 문명으로 향하는 걸음의 한순간 한순간이 숨죽인 채 서려 있다.

　이 얼마나 대단한 사람들인가, 나는 그렇게 생각했다. 그들은 끝내 이런 음색에까지 도달했다. 우리 동포는 웬만한 각오가 아니고서는 도저히 쫓아갈 수도 없을 것이다. 나는 태어나서 처음 흘려보는 기분 좋은 눈물이 눈꺼풀 안에 가득 고이는 것을 느꼈다.

불현듯 음악이 멈췄다. 나는 숙이고 있던 고개를 들었다.

"아, 안 되겠군."

홈즈 씨는 말했다.

"비가 내리기 시작했어. 악기가 상해."

순간, 터질 듯한 박수가 사방에서 일어났다. 그제야 보니 부두의 거의 모든 사람이 우리를 에워싸고 음악에 몰입해 있었다.

셜록 홈즈 씨는 뜻밖의 청중 쪽을 돌아보더니 과장되게 놀란 척한 다음, 활을 든 손으로 모자를 살짝 들어 올려 인사했다. 그리고 바이올린을 부랴부랴 가방에 넣어서 나에게 돌려줬다. 나는 나도 모르게 홈즈 씨의 오른손을 꽉 움켜잡았다. 그의 손은 내 손보다 차갑게 식어 있었다.

"홈즈 씨, 저는 뭐라고 말을 해야 할지……."

거기까지 말해놓고 나는 말문이 막혔다. 홈즈 씨는 순간 내 눈을 응시하며,

"마음에 드셨는지 모르겠습니다."

라고만 말했다.

다음 순간, 홈즈 씨는 내 얼굴에서 시선을 싹 돌리더니 쌀쌀한 말투로,

"자, 나쓰메 씨, 승선이 시작됐군요."

하고 말했다.

나는 만감이 교차하는 심정으로 깊숙이 머리를 숙인 다음 와트손 씨와 메리 씨에게도 머리를 숙인 후 흩뿌리기 시작한 이슬비 속에서 트랩을 향해 걸었다. 뭔가 굉장히 아쉬운 기분이었다.

트랩을 천천히 올라갈수록 런던 거리와 홈즈 씨 일행이 점점 작아져 간다. 그들 위로 가루를 뿌리듯 조용히 이슬비가 내리고 있다.

이제 두 번 다시 이 나라에 올 일은 없을 거라고, 나는 그렇게 생각했다. 일본과 영국은 너무도 멀다. 내 인생에 남은 시간이 앞으로 몇 년이나 될지 모르겠지만, 가벼운 마음으로 선뜻 찾아올 수 있는 거리가 아니다.

안녕, 영국이여……. 나는 속으로 중얼거렸다.

안녕, 마차가 오가는 돌로 된 도시여. 그리고 안개와 가스등의 도시여, 살아서 다시 볼 일은 없겠지. 안녕.

나는 아득히 먼 거리를, 파도를 넘어 찾아왔다. 도착한 해는 서력 1900년, 묘하게도 19세기 최후의 해였다. 유럽 땅에서는 19세기가 끝날 무렵, 세기말을 부르짖는 우울한 사상이 페스트처럼 만연해 있었다고 들었다. 나는 탈피가 시급한 조국과 이 낡은 세기를 뛰어넘어 왔다고 생각했다.

새로운 나라, 새로운 세기, 새로운 인생. 나는 그런 곳에 혼자서 용감하게 뛰어들 작정이었다. 그리고 그때도 나는 지금처럼 가슴속으로 안녕을 외쳤다. 안녕 19세기여, 라고……

이때 불현듯, 나는 고함을 지를 뻔했다. 나도 모르는 새 트랩 중간에서 걸음을 멈췄다. 다시금 내게 하늘의 계시가 내려왔다. 그랬구나, 알았어, 하고 나도 모르게 소리 내어 말했다.

걸음을 멈춘 내 어깨를 뒤에서 밀치듯 승객들이 트랩을 올라온다. 나는 걸음을 멈춘 채 잠시 생각했다. 그리고 다음 순간, 흐름을 거스르며 사람들을 밀어 제치고 총총히 트랩을 내려갔다.

홈즈 씨 일행은 이슬비 속에 서서 뭔가 이야기에 열중하고 있었다. 내가 성큼성큼 다가가자 눈을 동그랗게 뜨고,

"아니 나쓰메 씨, 일본에는 안 돌아가시려고요?"

하고 말했다.

알았습니다, 하고 내가 숨을 헐떡이며 말하자, 뭘 말입니까? 하고 와트손 씨가 물었다.

"그 '쓰네 61' 말이에요."

내가 이렇게 말하자 두 사람은 잠시 무슨 소린가 하는 표정이었다. 그러다 곧 이해했는지 눈을 빛냈다.

"와트손 씨, 그 '61'의 사본을 지금 갖고 계시진 않겠죠?"

나는 우선 그렇게 물어봤다. 와트손 씨는 외투 안주머니를 더듬었다. 다음으로 윗도리 주머니를 더듬었다. 사실 처음부터 나는 기대하지 않고 있었다. 그 사건 이후 시간이 워낙 많이 지

났으니 그가 아직도 그 종이를 가지고 있을 리는 없었다. 그런데 와트손 씨가 환성을 질렀다.

"마침 가지고 있었네요. 이런 우연이. 이 윗도리를 입은 게 그때 이후 처음이라 말입니다. 아직도 주머니에 들어 있었네요. 아까 나올 때 괜히 입고 싶더라니, 잘했네요."

이렇게 말하면서 그는 나도 한때 가지고 있었던 그 종잇조각을 내밀었다.

옷이 많은 와트손 씨가 아니고는 얻을 수 없는 행운이다. 한 벌 있는 프록코트를 수없이 빨아 입는 나한테는 있을 수 없는 일이다.

나는 건네받은 종잇조각을 두 손으로 폈다. 종이 위로 작은 빗방울이 떨어져 조그맣고 동그란 벌레처럼 반짝였다.

"여기에 별다른 의미는 없습니다, 홈즈 씨."

나는 해석을 시작했다.

"게다가 이게 사본이 아니었다면 분명 아무도 헷갈리지 않았을 거예요. 아니면 시체 안에서 시간이 지나 잉크 자국이 거의 사라져버린 건지.

이 종이는 이렇게 보면 분명 '61'이 맞습니다. 하지만 그건 이 아래쪽에 찍혀 있는 '랭엄 호텔'이라는 활자 때문에 일어난 오해입니다.

Langham Hotel

랭엄 호텔이라는 글자가 적힌 방향대로 이 종이를 읽으면 '61'
이 맞지만, 이 호텔 이름은 킹즐리가 쓴 게 아니니까요.

보세요, 이렇게도 보입니다."

나는 그렇게 말을 마치자마자 종이를 거꾸로 돌렸다.

Langham Hotel

"이러면 보세요, '61'이 아니라 '19'예요. 베낀 게 아니었다면 펜
이 나간 방향 같은 것들로 봐서 상하 구별을 할 수 있었을 겁니
다. 이 뒤에 이어지는 글자는, 필체의 개성이 강하기는 하지만
th와 C가 아닐까요.

이 t는 일반적으로 쓰는 방식과 순서가 다른 것 같기는 한데,
제가 처음 영국에 와서 놀란 점 중 하나가 교육을 그리 많이 받
지 못한 사람들은 글자를 적는 차례가 각양각색이라는 거였어

요. 우리나라에서는 글자를 적는 순서에 아주 까다로운데 영국 인들은 그렇지 않더군요. 이 사람은 t라는 글자를 쓸 때 가로획 을 먼저 쓰는 버릇이 있었던 것 같습니다.

다시 말해서 이 글자는 'つね61'이 아니라 '19th c', 다시 말해서 '19세기'의 줄임말이 아닐까요."

오호, 그럴싸하군, 하고 홈즈 씨와 와트손 씨는 입을 모아 말 했다.

"이제 와서는 뭐 어느 쪽이든 상관없는 일이죠. 게다가 이 글 자는 사건과는 아무런 관련도 없습니다. 아마도 이 킹즐리라는 사람이 '잘 가라, 19세기'나 뭐 이런 낙서 같은 걸 했던 게 아닐 까요.

그가 죽었을 때를 생각해 보면 1900년이었으니까, 19세기 최 후의 해입니다. 그는 거의 19세기가 끝나는 것과 동시에 죽었습 니다.

우리 동양인들이야 그리 큰 감흥은 없지만, 유럽 사람들에게 1900년에서 1901년으로 넘어가는 시점은 굉장히 인상 깊지 않았 습니까. 이 땅에서는 19세기와 함께 세상이 끝난다는 말을 하 는 사람들도 있었다고 들었습니다."

내가 이렇게 말하자 홈즈 씨는,

"그렇군요. 이거 한 방 먹었는데요, 나쓰메 씨. 고리타분한 문 학 같은 건 때려치우고 탐정이 되시는 게 어떻습니까?"

하고 진지한 얼굴로 말했다.

"흠, 그는 그걸 굶어 죽기 직전 입에 넣은 거로군."

와트손 씨가 말했다.

"그저 굶주려 있어서 그랬을 뿐, 적힌 내용에는 딱히 의미가 없었던 거야."

그러자 홈즈 씨가 씁쓸하다는 듯 말을 이었다.

"그런데 우리는 사건과 연결 지어서 생각했지. 그나마도 거꾸로 보면서 말이야. 왓슨, 설마 이 내용을 기록할 생각은 아니겠지."

홈즈 씨가 처음 이 종이를 봤을 때, 그의 정신은 메리 링키일도 있어서 정상이 아니었다. 그렇지 않다면 이런 간단한 일을 그만한 인물이 놓쳤을 리 없다.

"그나저나 이 종이의 나머지 부분인 본체는 어디로 갔을까?"

홈즈 씨가 말을 꺼냈다.

"자투리 조각은 이렇게 나왔어. 그런데 킹즐리는 아무도 찾는 이 없는 외딴집에서 혼자 외롭게 아사했지. 그럼 이렇게 찢어서 입에 넣은 종이의 나머지는 당연히 그 집에 남아서 조니 브릭스턴의 눈에 띄었어야 해. 나는 그 악당 놈한테 이 부분을 몇 번이나 물어봤어. 하지만 그는 정말로 모른다고 주장했지. 거짓말을 하는 것 같지는 않던데……."

홈즈 씨는 파이프를 오른손에 들고 우리 주위를 빙빙 돌았다.

"이 종이에 적힌 문장은 뭐였을까. 메모? 낙서? 아니면 시 같은 것? 나쓰메 씨, 어떻게 생각하십니까?"

"저는 낙서라고 생각했는데, 듣고 보니 시였을지도 모르겠네요."

나는 대답했다.

"아니, 아니요. 나쓰메 씨, 저는 그렇게 생각하지 않습니다. 방금 죽어가는 사람이, 아 물론 죽기 직전에 썼다고 단정할 수는 없지만 조만간 죽을 것을 각오한 사람이 쓰는 글은 시나 메모 같은 게 아닙니다."

"그렇다면?"

"편지죠. 유서 말입니다. 응, 개연성이 있군. 이 가능성은 아주 커, 왓슨. 틀림없어, 편지야. 그런데 그게 사라지고 없단 말이지. 왜일까? 이상해."

홈즈 씨는 걸음을 멈추고 생각에 잠겼다.

"다 먹어버린 거 아닐까?"

와트손 씨가 말했다.

"그건 있을 수 없어."

홈즈 씨는 곧바로 대꾸했다.

"유서, 편지를 누구한테 보내는데요?"

"그게 핵심입니다, 나쓰메 씨. 보낸다면 유일하게 한 인물밖에 생각할 수 없어요. 이 사람입니다."

홈즈 씨는 의기소침하게 서 있는 메리 링키를 손으로 가리켰다.

"고독한 킹즐리는 부모님도 돌아가셔서 혈육이라고는 생이별한 누나인 당신밖에 없습니다. 그렇지 않습니까, 메리 씨? 죽기 직전 킹즐리가 누군가에게 편지를 쓴다면, 당연히 어딘가에 살아 있을 누나가 되겠죠. 그리고……."

그때, 홈즈 씨는 눈을 번쩍번쩍 빛내며 메리 링키 부인 쪽으로 몇 걸음 다가섰다. 부인은 영문을 모르는 얼굴로 멍하니 서 있다.

그런 그녀의 목에서, 홈즈 씨는 천천히 로켓 목걸이를 벗겼다. 부인은 같은 모양의 파란색 로켓 두 개를 목에 걸고 있었다.

"흠집이 나 있군. 이게 남동생이 가지고 있던 로켓이죠? 킹즐리는 생이별한 누나와 통하는 유일한 추억 속에 편지를 넣었을지도 몰라요. 언젠가 누나의 손에 들어갈지도 모른다고 생각하면서 말입니다. 자, 이렇게 말이죠."

홈즈 씨가 손바닥 위에서 로켓을 열자 작게 접힌 종이가 들어 있었다. 메리 링키가 튕겨지기라도 한 듯 홈즈 씨 옆으로 다가갔다.

홈즈 씨는 천천히 종이를 펼쳤다. 다가가서 나도 들여다봤다. 랭엄 호텔 편지지였다. 부두를 건너오는 이슬비 섞인 찬바람에 편지지가 팔랑팔랑 흔들렸다.

"친애하는 누님께."

홈즈 씨는 편지를 소리 내어 읽었다.

"다음 부분은 찢어져서 못 읽겠어. '이제 곧 …… 는 가고, 새로운 시대가 시작되는데 우리에게 새로운 시대는 올 성싶지도 않네요. 저는 실패했지만 누님은 행복하게 살 수 있기를. 킹즐리.' 짧지만 가슴을 울리는 편지군. 왓슨, 그 사본 좀 줘보게. 고마워."

홈즈 씨가 일부분이 찢어진 편지를 '쓰네 61' 종이와 맞추니, 찢어진 부분이 딱 맞아 '친애하는 누님께, 이제 곧 19세기는 가고……'라는 문장이 완성되었다.

"킹즐리는 이 편지를 써서 아버지의 유물인 로켓에 넣어둔 거야. 그런데 먹을 게 없어지자 문득 떠올리고는 로켓을 열어 편지지의 일부를 찢어서 입에 넣고 씹으면서 나머지는 원래대로 접어서 로켓에 넣어뒀고. 씹다가 삼켰는데 목에 걸린 거지. 그리고 타액이 기관으로 들어가면서 몸이 쇠약했던 킹즐리는 질식사를 한 거야."

홈즈 씨는 편지와 '쓰네 61' 사본까지 두 장을 메리 부인에게 돌려줬다. 부인은 그 두 장의 종이를 가슴에 꼭 끌어안고 눈물을 뚝뚝 떨어뜨렸다.

"이게 무슨 일인가요. 신은 어떻게 이런 무자비한 짓을 하신 걸까요. 아니요, 다 내 잘못입니다. 조금 더 일찍 동생에게 손을 내밀었어야 했어요."

"자신을 책망하는 것은 좋지 않습니다, 메리 씨. 신은 가장 고통이 덜한 방법으로 킹즐리를 당신 곁에서 데려가신 겁니다."

"그런가요, 홈즈 씨? 정말 그럴까요?"

"그럼요. 지금은 자신의 몸을 돌보세요."

"오오."

부인은 퍼뜩 떠올랐다는 듯 목청을 높였다.

"제 일이라면 걱정하지 마세요. 여러분과 여기 일본 신사분이 베풀어주신 따뜻한 인정을 헛되게 만드는 일은 결코 하지 않을 거예요. 저는 정신 똑바로 차리고 있어요. 이 정도 일에는 이제 지지 않아요. 다만 생각지도 못했던 너무도 슬픈 사실을 지금 알아버려서 잠시 이성을 잃고 말았습니다. 이제 괜찮습니다."

"충분히 이해합니다."

내가 말했다.

승선해서 선실에 짐을 푼 다음 나는 갑판으로 나갔다. 아래쪽으로 홈즈 씨 일행이 아주 조그맣게 보였다.

"잘 지내세요!"

나는 소리쳤다.

하지만 그 소리가 작았는지 홈즈 씨는 귀에 손을 대고 안 들린다는 시늉을 했다. 어쩌면 그의 모자에 달린 귀덮개 탓인지도 모르겠다.

그래서 이번에는 더욱 큰 목소리로,

"이 배로 함께 일본에 갑시다!"

하고 외쳤다.

그러자 그는 입에 두 손을 댄 채 뭐라고 큰소리로 대꾸했다. 하지만 마침 이때 출항을 알리는 징소리와 기적이 울리는 바람에 나는 홈즈 씨의 말을 전혀 알아듣지 못했다.

기적은 꽤 오랫동안 울려 퍼졌다. 그리고 아직 소리가 잦아들기도 전에 배가 조용히 안벽에서 멀어지기 시작한 탓에, 나는 한 번 더 말해 달라고 외칠 수도 없어 홈즈 씨의 마지막 말은 끝내 알아내지 못했다.

한 가지, 지금도 확실히 기억하고 있는 것은 홈즈 씨가 뭐라고 고함을 지른 다음 큰소리로 웃은 것처럼 보였다는 점이다. 그리고 옆에 서 있던 와트손 씨는 놀란 얼굴로 잠시 친구의 얼굴을 바라보고 있었다.

일본에 돌아와서도 나는 이때 일을 떠올리며 끊임없이 생각했다. 와트손 씨가 그때 왜 그렇게 놀란 얼굴을 하고 있었을까 궁금했다. 결국 알 수는 없었다.

그러나 한참 후에 그가 쓴 책을 읽고 알았다. 홈즈 씨는 입을 열지 않고 소리 없이 웃을 뿐, 큰소리로 웃는 사람이 아니라고 한다. 그러고 보니 그랬던 것 같다. 그래서 그때 그렇게 놀랐구나, 하고 뒷날 혼자 무릎을 쳤다.

배가 영국을 떠나감에 따라 부두의 한 사람, 한 사람 얼굴은 곧바로 희미해졌지만, 유달리 마르고 단정한 홈즈 씨의 모습은 언제까지고 알아볼 수 있었다. 따라서 그 옆에서 고양이를 안

고 있을 메리 링키도, 그리고 오래도록 손을 흔들고 있는 와트
손 씨도 쉽게 알 수 있었다.

이슬비가 내리고 있으니 그들이 얼른 돌아가기를 바랐다. 하
지만 그러면서 정작 나도 끝없이 손을 흔들었다.

딱히 이렇다 할 이유는 없었지만 문득 그러고 싶어서 잠시
눈을 감아봤다. 그러자 눈꺼풀 안쪽에 홈즈 씨가 특유의 점잖
빼는 동작으로 돌아다니고 있었다. 그 점잖은 척하는 행동은
서양인 특유의 것이다. 일본인에게서는 결코 볼 수 없다.

나는 좀 전에 내가 홈즈 씨에게 소리친 내용을 곱씹어봤다.
이 배로 함께 일본에 가자고 나도 모르게 소리친 이유에는 짐
작 가는 데가 있었다. 크레이그 선생이다. 내가 마지막 작별인
사를 하러 찾아갔을 때 선생은 내게 이렇게 물었다.

"자네 나라 대학에 서양인 교사는 필요 없는가?"

내가 이렇다저렇다 대답 없이 있자,

"내가 조금만 더 젊었어도 갈 텐데 말이야."

이렇게 말하고는 어딘가 세월의 무상함을 느낀 듯한 표정을
지었다. 선생의 얼굴에서 감상적인 느낌이 나온 것은 이때뿐이
다.

아직 젊으시지 않습니까, 하며 내가 위로했더니 아니, 언제
무슨 일이 일어날지 몰라. 벌써 쉰여섯이니까, 하며 이상하게
침울해했다.

크레이그 선생은 왠지 모르게 영국인 혹은 서양인에게 진절

머리를 내고 있는 부분이 있었다. 홈즈 씨한테는 그런 부분이 없지만 그래도 홈즈 씨와 크레이그 선생은 어딘가 닮은 부분이 있다. 베이커 스트리트라는 곳은 괴짜들이 많이 모이는 거리인 것 같다.

마침내 손을 흔들어봐야 소용없는 거리까지 멀어졌을 무렵, 내 머릿속으로 문득 그 새끼 고양이의 얼굴이 떠올랐다.

영국 부인의 팔에 안긴 페르시안 고양이에게 일본 남자인 내 이름이 붙었다는 게 유쾌했다. 마치 고양이가 된 것 같은 기분이었다.

"난 고양이야."

일본어로 그렇게 소리 내어 말해봤다. 이번에는 좀 더 우스꽝스럽게 말해 보고 싶어져서,

"나는, 고양이로소이다!"

하고 말했다. 말한 다음 나는 한바탕 웃어젖혔다. 꽤 근사한데, 하고 생각했다. 일본에 돌아가면 이런 제목으로 소설이라도 한번 써볼까 싶었다.

후기

전 세계에 있는 셜로키언들의 존경스러운 연구에 따르면, 셜록 홈즈는 총 60편의 작품을 통틀어 292번 웃었다고 한다. 하지만 많은 연구자들은 이것이 모두 감정을 억누른 소리 없는 웃음이고, 그는 단 한 번도 독자에게 드러내놓고 큰소리로 웃는 모습을 보여준 적이 없다고 주장한다.

이 '61번째 홈즈 이야기'를 쓰면서 내가 꼭 해보고 싶었던 것이 하나 있었다. 그것은 홈즈가 293번째 웃음을 큰소리로 웃게 하는 것이었다. 하지만 정신없이 쓰다 보니 까맣게 잊고 있다가 마지막에 이르러서야 퍼뜩 떠올리는 바람에 이렇게 억지 춘향 같은 형태가 되고 말았다.

그리고 반드시 이곳에 써야 할 것이 또 하나 있다. 그것은 베이커 스트리트의 유명하지 않은 주민, 크레이그 선생과 관련된 이야기다(크레이그 선생의 정확한 주소는 베이커 스트리트와 나란히 달리는 길 하나를 건넌 곳으로, 글로스터 플레이스 55A이다).

메이지 42년(1909년)에 소세키가 쓴 《영일소품永日小品》 중 주옥같은 단편 〈크레이그 선생〉을 보면 그의 후일담을 알 수 있다. 마지막 부분을 이곳에 인용해 두기로 한다.

> 귀국한 지 2년 정도 지나, 갓 받아 펼친 문예지에서 크레이그
> 씨가 사망했다는 기사를 보았다. 셰익스피어 전문학자라는
> 설명이 두세 줄 덧붙여져 있을 뿐이었다. 나는 잡지를 내려놓
> 고 그 사전은 결국 완성되지 못한 채 휴지 조각이 되었으려나,
> 생각했다.

그 푸른색 표지의 수첩은 지금 어디에 있을까. 채링크로스, 녹스 은행 지하 금고의 양철 상자 안에 꽉 들어차 있을 왓슨 선생의 사건 비망록 자료와 함께 세상 빛을 보게 하는 수고를 누군가는 해야만 한다고 생각한다.

또 하나, 이 이야기를 쓰고 있을 때, 1981년 11월 17일 자 마이니치신문에 콘월 반도의 끝인 랜즈엔드 곶이 매물로 나왔다는 기사가 실렸다. 구매자는 아마도 외국인이 될 것이다.

생각해 보면 홈즈 시대, 다시 말해서 빅토리아 왕조 후반 시대에 대영제국은 지구 곳곳에 식민지를 갖고 있어 해가 지지 않는 제국이라는 말을 들었다. 세련된 옷을 근사하게 몸에 걸치고 가스등 길을 활보하던 당시 런던 사람들 중 누가 지금의 사양길을 예상이나 했을까. 한때 강력했던 대국은 해외 식민지를 모두 잃었을 뿐 아니라 자신의 발치까지 타국의 수중에 떨

어질 판국이다.

그리고 지금에야말로 동양의 마술이 그들의 우울증에 박차를 가하고 있다. 나쓰미의 나라가 보내는 자동차며 텔레비전의 우수성은 그들에게는 그야말로 동양의 마술 그 자체일 것이다.

한때 홈즈의 기질에 가장 맞는 곳이라고 왓슨이 말했던 랜즈엔드 곶이 외국인에게 경매 붙여졌다는 말을 듣는다면, 땅속에서 셜록 홈즈는 과연 뭐라고 할까……?

여왕 폐하가 내려주겠다는 '경'의 칭호를 단호하게 거절했을 정도의 홈즈라면, 어쩌면 오늘날의 영국을 내다보고 있었을지도 모른다. 그렇다면 아무 말도 하지 않고 그저 비웃음만 흘렸을까. 그 웃음이야말로 분명, 소리를 죽인 웃음이 어울린다.

1984년 8월
시마다 소지島田荘司

참고문헌
사람과 문학 시리즈, 《나쓰메 소세키》, 각슈겐큐샤.
명탐정 독본1, 《셜록 홈즈》, 프레지던트샤.
《영일소품》《런던소식》, 나쓰메 소세키 저, 가도카와 분코.
《셜록홈즈 전집》, 도쿄토쇼.

작품해설

끝없는 재창조와 도전의 세계
– 셜로키언과 패스티시, 그리고 나쓰메 소세키

홈즈와 레스트레이드가 언급한 '모르그 가의 살인사건'(81쪽)
은 19세기 중엽, 프랑스의 모르그 가에 살고 있던 한 모녀가 처
참한 시체로 발견된 사건이다. 놀랍게도 창문에는 못질이 되어
있어 사람이 드나들 수 없는 밀실 상태였다. 이 사건을 해결한
이는 경찰이 아닌 오귀스트 뒤팽이었다. 홈즈와 왓슨의 첫 만
남을 기록한 《주홍색 연구》에서 홈즈는 뒤팽에 빗대 자신을 칭
찬하는 왓슨에게, 뒤팽은 별 볼 일 없는 친구라고 말한다. 많
은 홈즈 연구가들은 홈즈의 이런 반응을 두고, 그의 주장과 달
리 그 프랑스 탐정을 무척 의식하고 있다는 의미로 해석했다.

물론, 어떤 이들에게 뒤팽과 홈즈는 각각 에드거 앨런 포와
코난 도일이 탄생시킨 허구의 인물이다. 하지만 이 두 탐정은
전 세계 추리소설 팬들에게는 그야말로 역사 속에 살아 숨 쉰

전설이었다. 일본 신본격 미스터리의 대부인 시마다 소지에게도 그랬다. 이 작품, 《나쓰메 소세키와 런던 미라 살인사건》(이하, 《런던 미라 살인사건》)에서 소지는 일본인에게 친숙한 이야기와 인물을 통해, 셜록 홈즈를 보다 한 발짝 가까이 현실에 다가서게 했다.

일본의 국민작가, 일본의 셰익스피어로 잘 알려진 나쓰메 소세키夏目漱石는 그의 대표작인 《나는 고양이로소이다》, 《마음》, 《도련님》 등이 교과서에 꾸준히 실리는 등, 지금까지도 일본 국민들에게 가장 크게 사랑받고 있다. 영문학을 전공한 그는 1900년, 나라의 보조금을 받아 2년간 영국 유학길에 오른다. 그리고 체류기간 중, 베이커 스트리트에 있는 셰익스피어 학자 크레이그 선생의 집을 오가며 영문학을 공부했다. 소지의 주장대로, 베이커 스트리트에 다니던 이방의 유학생과 늘 남다른 탐구심을 보였던 홈즈 사이에 아무런 교류가 없었다는 것이야말로 어불성설일 것이다.

일부 독자들은 이 작품에서 나쓰메 소세키에 의해 우스꽝스럽게 묘사된 셜록 홈즈를 보는 것이 불편했을 지도 모른다. 하지만 셜로키언만의 특별한 역사를 아는 분이라면 이 작업이 홈즈와 셜로키언에 대한 애정 없이는 불가능했단 걸 눈치 챘을 것이다. 등장인물의 표현과 행동을 원작에서 고스란히 가져온 것은 물론, 홈즈가 낸 신문광고마저 〈붉은 머리 연맹〉에 등장한 광고와 매우 흡사하다. '프라이어리 로드 미라 살인사건'의 최대 난제였던 숫자 '61'의 의미도, 아서 코난 도일이 집필한 홈즈 원작 60편에 이은 61번째 소설이라는 의미에서 비롯된 것이다.

원작뿐 아니라, 많은 셜로키언이 지지해온 가설을 채용한 부분도 눈에 띈다. 예를 들어, 홈즈의 코카인 중독과 정신병에 관한 설정은 니콜라스 메이어의 《셜록 홈즈의 7퍼센트 용액》(시공사)에서 등장한 이후 많은 셜로키언에게 지지를 받아왔다. 왓슨이 소세키에게 조심스럽게 밝힌 '모리어티는 가공인물'이란 설정 역시 이 소설에서 유례 했다. 사소해 보이기는 해도 《런던 미라 살인사건》에서 소세키가 홈즈의 집에서 종종 목격한 초인종 끈과 전화기 역시, 많은 셜로키언들이 실존 여부에 대해 많은 논쟁을 벌인 부분이기도 하다. 이렇게 작은 부분까지도 작품에 꼼꼼히 반영할 수 있었던 것은, 소지가 헌사에서도 밝혔듯 홈즈 그 자체만이 아니라, 셜록 홈즈의 팬과 그들의 연구를 존경하는 마음을 가지고 있었기 때문일 것이다.

실제로 나쓰메 소세키의 대표작인 《나는 고양이로소이다》가 셜록 홈즈와의 특별한 인연 때문에 만들어 진 것인지 우리가 확인할 길은 없다(알려진 바로는 절친한 친구이자 하이쿠 시인인 다카하마 교시의 조언 때문이라고 한다). 하지만 소지가 이 작품 속에 묘사한 나쓰메 소세키의 영국 생활은 전부 소세키의 기록을 바탕으로 하고 있다. 관심이 있는 독자들은 《런던 소식》(하늘연못)과 이 소설을 직접 비교해 보시길 바란다. 소지는 단순히 내용을 빌려온 것만이 아니라, 그 당시 소세키가 낯선 타국에서 느꼈을 불안과 우울함을 '살인사건'과 연관 지어 재미나게 꾸며냈다. 두 작품을 비교해 보며, 한국에서는 뚜렷한 순문학과 추리소설의 경계가 얼마나 절묘하게 허물어져 있는지 발견하는 것도 색다른 재미일 것이다.

시마다 소지에게는 많은 수식어가 있지만, '무관의 제왕'이라는 별명만큼 안타까운 것은 또 없을 것이다. 일본 미스터리에 대한 그의 헌신과 영향력에도 불구하고 작품으로 문학상을 수상한 일이 거의 없다. 이 작품《런던 미라 살인사건》은 시마다 소지가《침대특급 하야부사 1/60초의 벽》(해문 출판사)으로 처음 베스트셀러 작가가 된 직후 발간한 소설이다. 무관의 제왕답게, 이 작품은 그의 작품을 통틀어 가장 많은 상에 노미네이트된 무관의 명작이다. 1984년 발표된 이후, 제92회 나오키상, 제6회 요시카와 에이지문학신인상, 제38회 일본추리작가협회상 후보로 올라 아슬아슬한 차이로 고배를 마신다. 유일하게 일본셜록홈즈클럽으로부터 특별상을 받아 그 노고를 인정받는다.

물론 홈즈와 소세키가 조우한다는 이 기막힌 우연을 포착한 작가가 시마다 소지 혼자만은 아니다. 야마다 후타로의《눈 안의 악마》에 수록된 단편인〈노란 하숙인〉이 소지의 소설보다 앞서 나왔고, 소지 이후에는 야나기 코지의《나는 셜록 홈즈로

소이다》(한국판은《소세키 선생의 사건일지》)라는 소설이 등장했다. 세 작품은 모두 같은 소재를 다른 시각으로 그려내 일본의 셜로키언에게 다양한 재미를 선사했다고 평가받는다.

편집부

나쓰메 소세키 夏目漱石

1867년 2월 9일 도쿄 신주쿠의 기쿠이에서 나쓰메 고효에 나오카스의 5남 3녀 중 막내로 태어났다. 본명은 긴노스케. 태어난 직후 부친의 친구였던 시오바라 쇼노스케의 양자로 갔으나 9세 때 양부모가 이혼하게 되면서 생가로 되돌아갔다.

1889년에 동급생인 마사오카 시키正岡子規(1867~1902)와 친교를 맺었다. 시키가 직접 쓴 한시와 하이쿠 등을 묶은 문집인《나나쿠사집七草集》의 뒤쪽에 비평을 쓰고 9편의 칠언절구를 첨가하는 것으로 우정이 시작되었으며, 이때 처음 소세키라는 필명을 사용한다.

1890년에 도쿄대학 영문과에 입학하였다. 대학 시절 동급생 중에는 후에 만주 철도 주식회사 총재가 된 나카무라 제코와 언어학자 하가 야이치 등이 있다. 시키의 집에서 훗날 나쓰메 소세키를 직업 작가의 길로 이끄는 다카하마 교시와 만나게 된다.

1893년 도쿄의 고등사범학교, 1895년 시고쿠의 마쓰야마 학원, 규슈의 구마모토 제5고등학교에 재직하였다. 잦은 잔병치레에 이어 28세 경부터 신경쇠약 증세가 나타난다. 30세에 19세의 아내 나가네 쿄코와 결혼했으나 아내 역시 히스테리가 극심해 자살을 기도하기도 하였다.

구마모토 제5고등학교 교사로 재직하다가 1900년(34세)에 문부성 장학생으로 2년간 영국 유학길에 오른다. 1900년 9월 독일 기선을 타고 요코하마를 출항해 10월에 영국에 도착했으며 2년간 유니버시티 칼리지 런던에서 강의를 듣게 된다. 그를 전후하여 약 1년간 셰익스피어 학자인 크레이그 교수의 개인 지도를 받는다. 인종차별 등으로 몇 번이나 하숙을 옮겼으며, 책을 사기 위해 생활비를 줄일 정도로 궁핍한 유학생활을 이어간다.

1901년, 런던에서 고독한 유학생활을 보내며 마사오카 시키 앞으로 쓴 편지가 〈런던 소식〉이라는 제목으로 《호토토기스》에 연재된다. 물리화학 연구를 위해 독일로 유학하던 화학자인 이케다 기쿠나에가 런던에 찾아와 소세키와 잠시 동거하기도 한다. 1902년, 다카하마 교시의 편지로 11월에 마사오카 시키의 죽음을 알게 된다. 이 시기에 신경쇠약이 점점 악화되고 발작이 잦다는 소문이 일본까지 알려진다. 문부성의 명령에 의해 1902년 12월 기선으로 일본에 귀국한다.

1905년 《호토토기스》에 《나는 고양이로소이다》를 발표하여 큰 호평을 얻는다. 50세 때 위궤양으로 인한 내출혈로 사망한다.

대표작으로 《나는 고양이로소이다》, 《도련님》, 《마음》, 《피안이 지날 때까지》 등이 있다.

함께 읽으면 좋은 책
나쓰메 소세키 소설 전집 1 《런던 소식》 (나쓰메 소세키 저, 노재명 역, 하늘연못, 2010)

셜록 홈즈 Sherlock Holmes

세계 최초의 사립 탐정Consulting detective인 동시에 세계에서 가장 유명한 명탐정이다. 셜록 홈즈는 영국 시골의 작은 지주 집안에서 태어났다. 홈즈는 전기작가인 존. H. 왓슨에게 자신의 출생지에 대해 명확히 언급한 적이 없어 정확하게 알려져 있지 않다. 셜록 홈즈의 할머니는 프랑스의 궁정 화가였던 베르네의 동생이며 형제로는 형인 마이크로프트 홈즈가 있다. 홈즈는 180cm가 넘는 큰 키에 매부리코를 가졌다고 알려져 있다.

대학 2학년 때 동문인 트레버의 집에 놀러가 '글로리아 스콧호'의 비밀에 대해 밝혀낸다. 이것이 홈즈의 첫 번째 사건으로 기록되어 있다. 홈즈는 1881년 스탬포드의 소개로 평생의 친구가 되는 존. H. 왓슨을 만나게 된다. 왓슨은 아프간 전쟁에서 부상당하고 전역한 의사였다. 홈즈는 왓슨과 함께 베이커 스트리트 221B에서 하숙을 시작한다. 홈즈와 왓슨이 처음 함께 활약한 것은 '주홍색 연구'로 알려진 사건이다. 당시 홈즈는 이미 경시청에 조언을 해줄 정도로 능력을 인정받고 있었다.

홈즈가 난해한 사건을 명쾌하게 해결하는 과정을 지켜본 왓슨(대리인의 이름은 아서 코난 도일이다)이 집필한 《주홍색 연구》, 《네 사람의 서명》, 《셜록 홈즈의 모험》 등을 통해 셜록 홈즈의 활약상이 널리 알려진다. 셜록 홈즈는 런던 경시청의 실력자로 알려진 레스트레이드 경감 등에게 훌륭한 조언을 해주고, 단독으로 사건 수사를 하는 등 미궁에 빠진 범죄를 여러 건 해결한다. 홈즈는 바이올린 연주를 즐겼다고 전해진다. 한때 코카인에 빠지기도 했다.

홈즈는 당시 런던 범죄계 거물인 모리어티 교수의 악행을 저지하기 위해 노력하다가 스위스 라이헨바흐 폭포에서 모리어티와 함께 추락한다. 이 사건으로 인해 홈즈가 세상을 떠났다고 생각한 런던 시민들은 가슴에 근조 리본을 달고 다니고 홈즈의 죽음에 항의하는 등 크게 애도한다. 하지만 1894년 왓슨에 의해 셜록 홈즈의 생존이 확인되었으며 홈즈의 입을 통해 모리어티 교수의 최후가 드러난다. 모리어티 교수가 죽었음에도 홈즈가 자신의 생존을 알리지 못했던 것은 모리어티의 오른팔로 알려진 세바스천 모런 대령이 홈즈를 노리고 있기 때문이었다. 홈즈는 베이커 스트리트로 다시 돌아오기 전까지 티베트 라사 등지를 방랑했으며, 형 마이크로프트의 도움을 받았던 것으로 알려졌다.

홈즈가 해결한 많은 사건의 배경은 런던이지만 〈악마의 발〉로 독자들에게 알려진 사건의 배경은 런던이 아니라 콘월 지방이다. 이 당시는 홈즈가 건강을 위해 콘월에서 요양하던 때였다.

은퇴한 홈즈는 서섹스 지방의 다운즈에 정착해 꿀벌을 기른다. 은퇴 이후 형 마이크로프트의 부탁으로 영국 정보부를 위해 비공식적으로 일하기도 했다. 〈마지막 인사〉 이후 공식적으로 알려진 셜록 홈즈의 사건은 없다.

홈즈의 전기작가인 왓슨이 썼다고 알려진 대표작으로는 장편 《주홍색 연구》, 《네 사람의 서명》, 《바스커빌 가의 개》, 《공포의 계곡》을 비롯하여 단편집인 《셜록 홈즈의 모험》, 《셜록 홈즈의 회상》, 《셜록 홈즈의 귀환》, 《셜록 홈즈의 마지막 인사》, 《셜록 홈즈의 사건집》이 있다.

함께 읽으면 좋은 책
《베이커 가의 셜록 홈즈》 (W.S. 베어링 굴드 저, 정태원 역, 씨엘북스, 2011)

시마다 소지는 나쓰메 소세키가 남긴 글을 본 소설에 적극적으로 반영하였다. 이 소설에서 소지가 발견했다고 한 〈런던 비망록〉이란, 사실은 소세키가 남긴 작품 속에서 볼 수 있는 '런던 유학' 당시의 모습에 붙인 시마다 소지식 애칭일지도 모른다.

나쓰메 소세키의 《영일소품永日小品》에는 총 25개의 짧은 글들이 모여 있다. 그 중에서도 〈하숙〉, 〈과거의 냄새〉, 〈따뜻한 꿈〉, 〈안개〉, 〈크레이그 선생〉에서 찾아볼 수 있는 유학시절 경험은 《나쓰메 소세키와 런던 미라 살인사건》에 그대로 옮겨졌다. 시마다 소지가 소세키의 글을 어떤 방식으로 인용하였는지 이해할 수 있도록, 소설의 등장인물이기도 한 크레이그 선생의 캐릭터가 잘 살아 있는 〈크레이그 선생〉을 부록에 실었다.

번역 최려진
한국외국어대학교 환경학과와 방송통신대학교 일본학과를 졸업했다. 옮긴 책으로는 《경제 예측 뇌》, 《복지강국 스웨덴, 경쟁력의 비밀》, 《단단한 경제학》 등이 있다.

부록

크레이그 선생

나쓰메 소세키 지음

최려진 옮김

크레이그 선생은 제비처럼 4층 꼭대기에 둥지를 틀고 있다. 포석이 깔린 길 끄트머리에 서서 한껏 고개를 젖혀보아도 창문조차 보이지 않는다. 아래에서부터 한 칸 한 칸 걸어 올라가다가 허벅지가 아파올 즈음에야 선생의 집 문이 나타난다. 문이라고 해도 그럴싸한 대문이나 지붕이 있는 것은 아니다. 너비가 석 자도 못 되는 검은 문짝에 놋쇠붙이가 달려있을 뿐이다. 문 앞에서 한숨 돌린 후 그 쇠붙이 아랫부분을 문에 콩콩 부딪치면 안에서 열어준다.

문을 열어주는 사람은 언제나 여자다. 근시 탓인지 안경을 걸치고 항상 놀란 얼굴이다. 쉰 살 가량 되어 보이니 제법 오랜 세월 세상을 보며 살아왔을 텐데 아직도 놀라고 있다. 문을 두드리기가 미안할 만큼 눈을 휘둥그레 뜬 채 어서 오라고 맞는다.

 들어가면 여자는 금세 사라진다. 문을 들어서자마자 있는
응접실―처음 갔을 때는 그곳이 응접실이라고 생각지도 못했
다―에는 별다른 장식도 무엇도 없다. 창문이 두 개 있고 책이
잔뜩 꽂혀 있을 뿐이다. 크레이그 선생은 대개 그곳에 진을 치
고 있다. 내가 들어오는 것을 보면 여어, 라며 손을 내민다. 악
수를 하자는 몸짓이니 손을 잡기는 잡지만 선생은 그 손을 맞
잡는 법이 없다. 이쪽에서도 그다지 악수할 기분이 날 리가 없
으니 아예 그만두어 주면 좋으련만 변함없이 여어, 라며 털북
숭이에 주름이 가득한, 그리고 언제나 소극적인 손을 내민다.
습관이란 이상한 것이다.

 이 손의 소유자는 내 질문에 답해주는 선생님이다. 처음 만
났을 때 보수를 묻자, 보수라……, 하고 잠시 창밖을 보더니
"한 번에 7실링은 어떻겠나. 너무 많다면 좀 깎아도 괜찮네"라
고 답했다. 그래서 1회 7실링으로 계산해서 월말에 한꺼번에 지
불하기로 했는데 때때로 선생에게 느닷없이 지불을 재촉당하
기도 했다. "자네, 내가 돈이 조금 필요한데 지불해줄 수 없겠
나?" 하는 식이다. 내가 바지 주머니에서 금화를 꺼내어 노골적
으로 "참 나……" 하며 내놓으면 선생은 "이거 미안하군"이라며
받아들고 소극적인 손을 펼쳐 잠시 손바닥 위에 놓고 바라보다
가 결국 돈을 바지 주머니에 넣는다. 곤란한 점은 선생이 결코
거스름돈을 주지 않는다는 것이다. 하는 수 없이 더 낸 돈을

다음 달로 이월해야겠다고 마음먹으면 다음 주에 또 책을 좀 사야한다며 재촉하기도 한다.

선생은 아일랜드인이어서 말을 알아듣기가 꽤 어렵다. 조급해할 때면 도쿄 사람과 사쓰마 | 일본 큐슈 가고시마 현의 북서부에 위치한 지역 | 사람이 싸우는 것 만큼이나 난감한 상황이 된다. 게다가 차분하지 못하고 성미도 급한 편이라 나는 때로 알아듣기를 포기한 채 운을 하늘에 맡기고 선생의 얼굴만 쳐다보고 있다.

그런데 그 얼굴이 또 결코 예사롭지 않다. 서양인이니 코가 높지만 콧등이 툭 튀어나온 데다 너무 두툼하다. 그 점은 나와 비슷한데 이런 코는 첫눈에 호감을 일으키지 못한다. 그런가 하면 전체적으로 헝클어진 매무새는 거칠고 투박한 느낌을 준다. 특히 수염은 그야말로 안쓰러울 정도인데, 검은 수염과 흰 수염이 제멋대로 자라 너저분하다. 언젠가 베이커 스트리트에서 마주쳤을 때는 채찍을 잃어버린 마부인줄 알았다.

선생이 흰 셔츠나 흰 칼라가 달린 옷을 입은 모습은 여태껏 본 적이 없다. 언제나 줄무늬 플란넬 셔츠를 걸치고서 두툼한 실내화를 신은 발을 스토브 속에 밀어 넣을 듯 내민 자세로 앉아 때때로 무릎을 치면서―그 때 알았는데 선생은 소극적 손에 금반지를 끼고 있었다―간혹 무릎을 치는 대신 허벅지를 문지르며 가르쳤다. 대체 무엇을 가르치는지는 알 수가 없다. 듣고 있자면 선생이 좋아하는 곳으로 끌고 가서 결코 돌려보내주지 않는다. 그리고 계절이나 날씨에 따라 좋아하는 곳이 이리저리 달라진다. 때로는 어제 오늘 사이 양극단을 옮겨 다니는 일마저 있다. 나쁘게 말하면 그때그때 떠오르는 대로 하는 무책임한 수업이고, 좋게 말하면 문학적 좌담이라고 할 수도 있다. 이제와 돌이켜 보면 1회 7실링 정도로 체계 잡히고 규칙적인 강의가 가능할 리 없으니 오히려 선생의 태도가 타당하다 하겠고 그 점을 불만스럽게 여긴 내가 모자란 것이다. 무엇보다 선생의 머리도 그 수염과 마찬가지로 조금 어수선한 상태에 가까운 듯하니, 보수를 올려서 훌륭한 강의를 받겠다고 들지 않은 것이 오히려 다행인지 모른다.

선생이 뛰어난 분야는 시였다. 시를 읽을 때는 얼굴부터 어깨까지가 아지랑이처럼 흔들린다. 거짓말이 아니다. 정말로 아른아른 흔들렸다. 그러나 내게 읽어 주는 것이 아니라 선생 혼자 읽고 즐기는 상황이 되어 버리기 때문에 결국 이쪽의 손해가 된다. 한번은 스윈번Algernon Charles Swinburne ｜1837-1909, 영국의 시인, 평론가｜ 의 《로저먼드Rosamund, Queen of the Lombards》인가 하는 책을 가져 갔더니 선생은 잠시 보여주게, 라며 펼쳐 들고 두세 줄 낭독하다가 갑자기 책을 무릎 위에 엎어 놓고 코안경까지 벗어던지더니 "아아, 이건 아니지. 스윈번도 이런 시나 쓸 만큼 늙었단 말인가!" 탄식했다. 내가 스윈번의 걸작 《캘리던의 아탈란타Atalanta in Calydon》를 읽어보겠다고 생각한 것은 그때였다.

선생은 나를 어린애처럼 여겼다. 자네 이거 아나, 혹시 저건 아나, 하며 얼토당토않은 질문을 자주 했다. 그런가 하면 느닷

없이 어려운 질문을 던지며 동년배로 격상시켜 대하기도 했다. 언젠가는 왓슨Sir William Watson | 1858~1935, 영국의 시인 | 의 시를 읽어주더니 이 시에 셸리Percy Bysshe Shelley | 1792~1822, 영국의 시인 | 와 비슷한 점이 있다고 하는 사람도 있고 전혀 다르다고 하는 사람도 있는데 자네는 어떻게 생각하느냐고 물었다. 어떻게 생각하냐니, 나는 서양의 시는 먼저 눈으로 읽어 이해하고 그 다음에 귀로 듣지 않으면 도통 알 수 없다. 그래서 아무렇게나 대답했다. 비슷하다고 했는지, 비슷하지 않다고 했는지 지금은 잊었다. 그런데 놀랍게도 선생이 늘 하듯 무릎을 치더니 자신도 그렇게 생각한다고 해서 무척 당혹스러웠다.

어느 땐가 선생은 창밖으로 머리를 내밀어 까마득한 아래 거리를 바쁜 듯 지나는 사람들을 내려다보고 말했다.

"이보게, 저렇게 많은 사람들이 지나다니지만 저 중에 시를 아는 이는 백에 하나도 안 된다네. 딱한 노릇이야. 도대체 영국인은 시를 이해할 줄 모르는 국민이니까. 거기에 대면 아일랜드인은 훌륭해. 훨씬 고상하지. 정녕 시를 음미할 수 있는 자네나 나는 행복하다고 해야 할 걸세."

나를 시를 이해하는 동지로 봐주시니 대단히 감사한 일이지만 그에 비해서는 대우가 몹시 냉담하다. 나는 아직 선생과 마음으로 통한다고 느낀 적이 없다. 그저 기계적으로 떠들어대는 노인이라고만 생각했다.

이런 일도 있었다. 내가 지내던 하숙이 너무 싫어져서 선생이

사는 곳이라도 빌려볼까 싶어 어느 날 수업을 마친 후 부탁해 보았더니 선생은 즉시 무릎을 치며 "좋아, 우리 집 방들을 보여주지. 이리 오게" 하고는 식당이며, 하녀 방, 부엌까지 이리저리 나를 데리고 다니며 보여주었다. 애초에 4층 한구석인 그 집이 넓을 리가 없다. 2, 3분 만에 더 볼 곳이 없어졌다. 그러고 나서 선생은 처음 있던 자리로 돌아와, 자네도 보았듯 이런 집이라 어디 받아들여 줄 데가 없다고 거절하는 줄 알았더니 난데없이 월트 휘트먼Walt Whitman | 1819~1891, 미국의 시인 | 의 이야기를 시작했다. 예전에 휘트먼이 와서 선생의 집에 한동안 머무른 적이 있는데―말이 너무 빨라 잘은 모르겠지만 아무튼 휘트먼이 찾아온 모양이다―휘트먼의 시를 처음 읽었을 때는 전혀 가치가 없다고 생각했지만 여러 편 읽다보니 점점 재미있어져서 결국에는 애독하게 되었다. 그래서…….

나에게 방을 빌려주는 문제는 어딘가로 날아가 버렸다. 나는 흘러가는 대로 맡기고 아, 그랬습니까, 라며 듣는 수밖에 없었다. 아마 그때 셸리가 누군가와 싸웠다나 하는 이야기를 들려주었던 것 같다. 싸움은 좋지 않아, 나는 둘 다 좋아하는데 내가 좋아하는 두 사람이 싸우다니 그건 더 안 될 일이지, 라고 호소하는 것이었다. 하지만 아무리 호소해도 이미 몇 십 년 전에 했던 싸움이니 어쩔 수가 없다.

선생은 칠칠맞지 못해서 자신의 책을 늘 제자리에 두지 못했다. 그래서 책이 보이지 않으면 몹시 안달 내며 불이라도 난 듯

호들갑스럽게 소리 질러 부엌에 있는 할멈을 부른다. 그러면 문을 열어주었던 할멈 역시 난리라도 만난 표정으로 응접실에 나타난다.

"내 책, 내 워즈워스William Wordsworth | 1770–1850, 영국의 낭만파 시인 | 는 어딨지?"

할멈은 여전히 놀란 눈을 접시만 하게 뜨고 일단 책장을 찾아보는데 아무리 놀랐어도 든든한 사람이라 금세 워즈워스를 찾아낸다. 그러면 "히어, 서(Here, sir)"라고 하며 이것 보라는 듯 선생 앞에 들이민다. 선생은 그 책을 빼앗다시피 받아들고 손가락 두 개로 더러워진 표지를 탁탁 털면서 "자네, 워즈워스가……" 라고 이야기를 시작한다. 할멈은 더욱 놀란 눈으로 부엌으로 물러난다. 그러고도 선생은 2, 3분 동안 계속 워즈워스를 두드린다. 그러다 결국 기껏 찾은 워즈워스는 펼쳐보지도 않고 만다.

선생은 종종 내게 편지를 보냈다. 편지의 글씨는 도무지 읽을 수 없을 정도다. 기껏해야 두세 줄이니 몇 번이고 읽어볼 여유는 있지만 아무리 읽어도 알 수가 없다. 선생에게서 편지가 왔다는 것은 사정이 있어서 수업을 못 하겠다는 말일 거라 단정하고 나는 아예 처음부터 읽는 수고를 않기로 했다. 가끔 놀란 표정의 할멈이 편지를 대필하기도 한다. 그때는 훨씬 읽기 쉽다. 선생은 편리한 서기를 둔 것이다. 선생은 나에게 자신이 악필이라 곤란하다며 탄식했다. 그러면서 자네 글씨가 훨씬 낫네,

라고 말했다.

 그런 글씨로 원고를 써서 어떻게 될지 정말 걱정이다. 선생은 아든Arden판版 셰익스피어 전집을 출판한 분이다. 그 글씨는 활자로 변형될 자격이 충분하다고 생각한다. 어쨌거나 선생은 아무렇지 않게 서문을 쓰고 주석을 다는 작업을 한다. 뿐만 아니라 이것 좀 보게, 하며 햄릿에 붙인 서문을 읽어보라고 한 일도 있다. 다음에 갔을 때 재미있었다고 말하자 일본에 돌아가면 꼭 이 책을 소개해 달라고 했다. 아든 셰익스피어 중 햄릿은 내가 귀국 후 대학에서 강의할 때 무척 도움을 받은 책이다. 햄릿을 그만큼 빈틈없고 요령 있게 해석한 책은 아마도 없을 것이다. 사실 그 당시에는 얼마나 훌륭한지 잘 몰랐다. 그러나 선생의 셰익스피어 연구에는 전부터 놀라고 있었다.

 응접실을 지나 꺾어지면 육첩六畳 | 다다미 6장 크기의 방, 3평 가량 | 정도 되는 작은 서재가 있다. 선생이 높이 둥지를 틀고 있는 것은 사실 사층 구석, 그 중에서도 가장 깊숙한 구석에 선생의 소중한 보물이 있어서이다. 길이 1자 5치 | 약 45센티미터 | , 너비 1자 | 약 30센티미터 | 가량 되는 푸른 표지의 수첩을 열 권 남짓 두었는데 선생은 틈만 나면 종이쪼가리에 적었던 문구를 푸른 표지 수첩에 써넣으며, 구두쇠가 구멍 뚫린 동전 모으듯 하나하나 늘려가는 것을 일생의 낙으로 삼고 있다. 이 푸른 표지 수첩들이 셰익스피어 사전의 원고라는 것은 이곳을 방문한 지 얼마 지나지 않아 알게 되었다. 선생은 사전을 완성하기 위해 웨일스 모

대학의 문학교수 자리를 버리고 매일 대영박물관에 다닐 시간을 만들었다고 한다. 대학교수 자리까지 팽개치고 나왔으니 7실링짜리 제자를 소홀히 하는 것도 무리는 아니다. 선생의 머릿속은 밤낮으로 오직 셰익스피어 사전 생각뿐이다.

"선생님, 슈미트Alexander Schmidt | 독일의 영어학자 | 의 셰익스피어 사전이 있는데 또 그런 걸 만드는 겁니까?"라고 물어본 적이 있다. 그러자 선생은 자못 경멸을 감출 수 없다는 듯 "이걸 보게" 하며 자신이 가진 슈미트 셰익스피어 사전을 보여주었다. 들여다 보니 전후 두 권으로 구성된 슈미트의 셰익스피어가 한 장도 멀쩡한 곳 없이 새까맣게 되어 있었다. 나는 감탄을 하며 그 책을 바라보았다. 선생은 대단히 우쭐해서 큰소리 쳤다. "이보게, 슈미트와 같은 정도의 책을 만들 거라면 내가 왜 이런 고생을 하겠나." 그러더니 다시 손가락 두 개를 들어 까맣게 된 슈미트를 탁탁 치기 시작했다.

"대체 언제부터 이 일을 시작하신 겁니까?"

선생은 일어나 맞은편 책장으로 가더니 계속해서 뭔가를 찾다가는 역시 다른 때처럼 안달이 난 목소리로 "제인, 제인, 내 다우든Edward Dowden | 1843-1913, 문학비평가, 셰익스피어 연구가 | 어디 갔나?" 하고 할멈이 오기도 전부터 다우든의 책이 있는 곳을 물어댔다. 할멈은 이번에도 놀란 표정으로 나왔다. 역시 여느 때와 마찬가지로 책을 찾아서는 나무라듯 "히어, 서"라며 들이밀고 돌아갔다. 선생은 할멈이 뭐라 하든 전혀 관심 없이 허겁지겁 책

을 펼쳤다. "그래, 여기 있군. 다우든이 분명히 내 이름을 여기 언급했어. '특별히 셰익스피어를 연구하는 크레이그 씨'라고 쓰여 있지. 이 책이 187……년에 출판되었고 내 연구는 그보다 훨씬 전이니까……." 그렇게 오랜 세월에 걸친 끈질긴 노력이라니 참으로 놀라웠다. 나는 내친 김에 "그럼 언제 완성됩니까?" 물어보았다. 언제인지 어찌 알겠나, 죽을 때까지 계속할 뿐이지, 라며 선생은 놓였던 자리에 다우든을 다시 꽂았다.

나는 얼마 후부터 선생에게 가지 않게 되었다. 개인교습을 그만두기 얼마 전 선생은 "일본의 대학에 서양인 교수는 필요 없나? 나도 젊으면 가볼 텐데"라며 어쩐지 무상함을 느끼는 듯한 표정이었다. 선생의 얼굴에 감상이 드러난 것은 그때뿐이었다. 나는 "아직 젊지 않으십니까?" 하고 위로했지만, "아니야, 언제 어떤 일이 있을지 알 수 없어. 벌써 쉰여섯이니까"라고 말하는 선생은 이상하게 침울한 모습이었다.

귀국한 지 2년 정도 지나, 갓 받아 펼친 문예지에서 크레이그 씨가 사망했다는 기사를 보았다. 셰익스피어 전문학자라는 설명이 두세 줄 덧붙여져 있을 뿐이었다. 나는 잡지를 내려놓고 그 사전은 결국 완성되지 못한 채 휴지 조각이 되었으려나, 생각했다.

보노보의 집

새러 그루언 지음

《필라델피아 인콰이어러》의 기자 존 티그펜은
동물원에서 일어난 한 사고에서 유인원이 보여
준 활약 때문에 유인원에 흥미를 느낀다. 그리
고 새해 첫날, 유인원 중 인간과 DNA일치율이 98.7%나 된다는 보노보를
취재하기 위해 미국 캔자스대학의 영장류언어연구소로 향한다.

이곳의 이사벨 턴컨 박사는 유인원 보노보의 인지능력을 연구한다. 그
녀가 관리하는 보노보 여섯 마리는 인간의 말을 알아들을 뿐만 아니라,
수화를 통해 자신의 의사를 표현할 수도 있다. 이사벨은 이 영리한 보노보
들을 연구대상이 아닌 가족으로서 아끼고 사랑한다. 이사벨의 안내로 보
노보들과의 첫 만남을 가진 존은, 난생처음으로 동물과의 이성적이고 감성
적인 교감을 체험한다. 존은 천지가 개벽하는 것 같은 발견을 기사로 옮길
기대에 부푼다.

하지만 그날 밤, 정체를 알 수 없는 괴한들이 연구소를 습격해 시설 일
부를 폭파하고 이사벨은 크게 다친다. 게다가 이 사건의 원인을 보노보라
고 생각한 대학은 보노보들을 어딘가에 헐값에 팔아넘긴다. 존의 기대와
는 달리 존이 속한 신문사와 대중은 사건의 자극적인 면에만 집중한다. 부
상에서 회복한 이사벨은 가족처럼 여기던 보노보들이 팔려간 걸 알고는
보노보를 찾기 시작한다. 그런데 아무런 진전이 없던 어느 날, 갑자기 사라
졌던 보노보들이 포르노의 빅 브라더, 켄 폭스가 만든 리얼리티 TV쇼 〈보
노보의 집〉의 주인공이 되어 나타난다.

형편없는 환경 속에서 인간의 욕심과 관음증에 희생되어가는 보노보들.
보노보와 TV쇼를 둘러싼 음모와 계략. 가족들을 되찾고 싶은 이사벨과 저
널리즘의 마지막 양심 존이 펼치는 유쾌하고 짜릿한 '보노보 구출작전'이
시작된다.

나쓰메 소세키와 런던 미라 살인사건

지은이 시마다 소지
옮긴이 김소영

초판 1쇄 발행 2012년 7월 27일

ISBN 978-89-92524-43-8 03830

편집 김정임, 이지선
교열 안현아, 이하영

펴낸이 탁연상
펴낸곳 도서출판 두드림
주소 서울시 서초구 양재동 13-9 양재우남 703호
전화 0505-707-0050 **팩스** 0505-707-0051